金粟儒林篇

从清代说部看士人生活

侯会 著

著

金粟儒林篇

从清代说部看士人生活

侯会 —— 著

中华书局

图书在版编目（CIP）数据

金粟儒林篇：从清代说部看士人生活/侯会著. —北京：
中华书局,2017.6
ISBN 978-7-101-12478-1

Ⅰ.金… Ⅱ.侯… Ⅲ.古典小说-小说研究-中国-清代
Ⅳ.I207.41

中国版本图书馆 CIP 数据核字（2017）第 042630 号

书　　名　金粟儒林篇：从清代说部看士人生活
著　者　侯　会
责任编辑　胡正娟　于　欣
出版发行　中华书局
　　　　　（北京市丰台区太平桥西里 38 号　100073）
　　　　　http://www.zhbc.com.cn
　　　　　E-mail：zhbc@ zhbc.com.cn
印　　刷　北京瑞古冠中印刷厂
版　　次　2017 年 6 月北京第 1 版
　　　　　2017 年 6 月北京第 1 次印刷
规　　格　开本/880×1230 毫米　1/32
　　　　　印张 10¼　插页 4　字数 200 千字
印　　数　1-6000 册
国际书号　ISBN 978-7-101-12478-1
定　　价　45.00 元

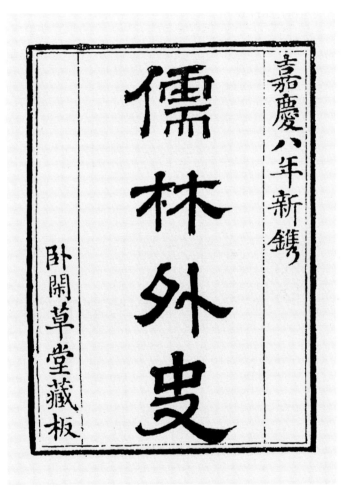

卧闲草堂本《儒林外史》书影

四書中孟夫子說道君子有三件至樂的事即使在那極貧極賤

的時候忽肽有人要把一個皇帝禪與他做這也是從天開地闢

以來絕無僅有的奇遇人生快樂那得還有過於此者不知君若

那三件至樂的事另有心怡神悅形容不到的田地那忽肽得做

皇帝的快樂不過是於外之来條条做的泡影不在那君了三

樂之中那君子的三樂憑你甚麼大勢劫他不來憑你甚麼大錢

買他不得遮是甚麼神人聖人賢人哲人有這三樂固是完全著

西周生輯著

然黎子較定

《醒世姻緣传》书影

岐路燈目錄

綠園李海觀孔堂手著

1

《岐路灯》抄本书影

有文武中式者給花紅銀四拾　有拔貢者給花紅銀五兩有優　有補廪者給花紅銀貳兩有歲　會內子孫有文武新學者給

成都桂湖公园刘氏祠堂奖学碑（局部）

辑三　儒林经济，科举引领

辑四　边缘儒士，谋生百态

辑五　当官做吏，鲜不为利

辑六　君子之泽，五世而斩

书藏"金粟"话儒林（代序）

　　清人蒲松龄《聊斋志异》有《书痴》一篇，写彭城郎生家境贫寒，百物典尽，唯独父亲留下的藏书，一卷不肯弃置。他将父亲手抄的《劝学篇》贴在壁上激励自己，每日苦读不辍——"不为干禄，实信书中真有金粟！"　（不为求官，只信书中真有金钱、米粟！）

　　《劝学篇（一作"诗"）》相传为宋真宗赵恒所作，内有"书中自有千锺粟""书中自有黄金屋""书中自有颜如玉"[①] 等语，千百年来，成为鼓舞贫寒子弟发愤读书的座右铭。——而"书痴"郎生苦读的结果，竟真的获得了"窖粟""金辇"，还得到神女的眷顾，最终进士及第，做了高官。

　　文中所叙虽属"小说家言"，却在一定程度上反映了清初士人的生活现状及处世心态，而类似的状况及心态，在明清世情小说中还多有反映。

　　一般认为，"世情小说"代表着中国古代通俗小说的最高水平，

[①] 赵恒《劝学诗》："富家不用买良田，书中自有千锺粟。安居不用架高堂，书中自有黄金屋。出门莫恨无人随，书中车马多如簇。娶妻莫恨无良媒，书中自有颜如玉。男儿若遂平生志，六经勤向窗前读。"

经典之作有《金瓶梅》《醒世姻缘传》①《儒林外史》②《红楼梦》及《歧路灯》③ 等。它们的诞生，将读者从帝王将相、英雄好汉、神佛妖魔的遥远世界，拉回眼下的现实生活。书中细说凡人的吃饭穿衣、喜怒哀乐，让读者从平凡中品味出生活的乐趣。

通俗小说的读者以"下里巴人"居多，受市井习气浸染，心胸眼界不无局限。他们见东家财主钱过北斗、米烂陈仓，不由得心中一阵阵"羡慕嫉妒恨"；可看到西邻秀才穷得揭不开锅，又找回了几分优越感。眼见富裕人家出了败家子，他们幸灾乐祸、暗自拍手；路过公爵府的高墙，又心生好奇，想见识见识"钟鸣鼎食"的排场、少爷小姐的风流……世情小说的出现，恰恰迎合并引领了世俗读者的阅读趣味。

---

① 《醒世姻缘传》，又名《恶姻缘》，全书 100 回。作者署名"西周生"，或以为是蒲松龄的笔名。故事背景为明代，叙两代姻缘。第一代男主人公为官宦子弟晁源，他宠幸侍妾珍哥，逼死嫡妻计氏，又因猎杀妖狐而遭报应，最终死于非命，珍哥也瘐毙狱中。第二代男主人公为财主子弟狄希陈，他先后迎娶薛素姐、童寄姐，婚后备受妻妾凌虐；家中一婢珍珠被寄姐逼死。后经高僧指点，希陈始知自己是晁源转世，素姐、寄姐及珍珠分别为妖狐、计氏及珍哥托生。希陈诵经消怨，后得善终。
② 《儒林外史》，全书 56 回，作者为清人吴敬梓。是书以明代为背景，实则展示了 18 世纪清中前期的社会面貌。书中重点描写文人儒士的生活状态、精神面貌，突出了批判科举、轻视功名富贵的主题，塑造了形形色色的儒生形象，如周进、范进、马二先生、王惠、严贡生、严监生、王玉辉、虞育德、杜慎卿、杜少卿等，刻画生动，堪称典型。该书是明清说部中唯一一部足称讽刺的长篇小说。
③ 《歧路灯》，全书 108 回，作者为清人李绿园。作品以明代为背景，实则反映了清代中前期的社会生活图景。全书讲述乡绅子弟谭绍闻幼年失怙，又为庸师所误，加之交友不慎，遂致堕落；赌博狎妓，无所不为。后家业凋零，在父执劝导、忠仆扶持及亲戚提携下，幡然悔悟，浪子回头，终于重振家声。

这类小说的一大特点，都将衣食住行、银钱经济当成描述重点——这又是百姓每日一睁眼就会遇上的问题。而名著之所以永不过时，原因之一，便是因应了百姓这"永不过时"的需求！

笔者前面两本书《食货〈金瓶梅〉：晚明市井生活》和《物欲〈红楼梦〉清朝贵族生活》，都是从物质生活角度入手，来阐释小说名著。所涉及的两部名著，一写外埠土豪，一写京师贵戚，于中下层百姓，稍有间离感。本书则对《醒世姻缘传》《儒林外史》和《歧路灯》三书做一番探讨，小说主人公多为士人，与市民比邻而居，更觉熟悉。本书的讲说模式，依然侧重银钱经济、世俗生态，书名弁以"金粟"，也仍取"食货""物欲"之义。

三部小说的作者，《醒世姻缘传》署名"西周生"，或以为即《聊斋》作者蒲松龄（1640—1715）。不过也有人不予认同，以为作者另有其人，活动时间尚应前移。《儒林外史》的作者吴敬梓（1701—1754）则生活于 18 世纪上半叶。《歧路灯》作者李绿园（1707—1790）的一生，差不多跟整个 18 世纪相吻合。——三书作者的活动时间前后相衔，涵盖 17 世纪下半叶到整个 18 世纪。书中反映的生活图景，也应与明崇祯至清乾隆这一时段相对应。

这一二百年，又是朝代更迭、社会动荡的时期，经济的运行极不平稳。单就白银的购买力而言，百多年间起伏甚大；而衣食住行的价格，也因社会的治乱、年景的丰歉，多有浮动。因而本书第一、二辑在讨论物价时，答案颇有参差。

三书主人公既多士人，必然与科举功名发生扯不断、理还乱的联系。因而本书第三、四辑"儒林经济，科举引领""边缘儒士，谋生百态"，便都是围绕科举与经济的话题展开。

"功名"与"富贵"向来是一对孪生兄弟。本书第五辑"当官做吏，鲜不为利"，摘取三书所叙官场贪渎的骇人内幕做集中论述。对于今人认识中国官场运作的历史，不无帮助。

这三部书还映射着封建末世某种普遍的社会忧思，即对子孙不肖、后继乏人的焦虑。这又从一个侧面，印证了科举制对世袭体制的成功制约。——本书第六辑"君子之泽，五世而斩"，对此略作探讨。

本书不是纯学术著作，不过尝试以小品的形式，聊聊小说人物，谈谈书背后的历史。熟悉这几部小说的读者，不妨换个视角跟在下重新审视；没读过的，权当听听故事。

还应指出，三部小说的思想艺术水平并不均衡。《醒世姻缘传》的风格近于《金瓶梅》，西周生对经济信息及底层世相的记录描摹，详赡而生动，有超越笑笑生处。《儒林外史》格调自高，然而作者笔下的儒士，也是要吃饭穿衣的；透过钱孔看去，往往呈现着别样面目。相比之下，《歧路灯》的思想深度、艺术水准似不能与二书比肩；不过书中对子弟教育的关注，对赌博之害的警示，至今仍有借鉴意义。取其一点，无论其他，亦不失读书一法，故一并论及。

丙申秋月，于与德堂

辑

白银时代，穿衣吃饭

一

白银有价，与时沉浮

"柴米油盐酱醋茶"，百姓开门七件事，件件都离不开一个字——钱。

《儒林外史》中的贵公子杜少卿出门在外，盘缠用尽，中途上岸，拿件衣服去典当。因肚中饥饿，在吉祥寺茶桌上要了壶茶，吃了三个烧饼，"倒要六个钱"，一时竟走不出茶馆门。幸亏遇上熟人，才解了燃眉之急。（《儒林外史》，33回）

"一文钱难倒英雄汉"！在商品交易中，才不管你是公侯家子，还是乞儿穷汉，只认钱，不认人！——倒也开了"人人平等"的新境界。

明清两代的"钱"（货币）以白银为主，铜钱为辅，参用纸钞。三者的兑换比率，按明洪武初年的规定，是白银一两等同于铜钱一千文（一贯）、纸钞一贯。不过在明代，纸钞因贬值速度惊人，早早退出了流通领域。铜钱也因质重价轻、携带不便，始终处于配角地位。从明中叶直至整个清代，白银成为最主要的流通货币，这状况维持了四五百年之久，在世界货币史上也堪称奇迹。

白银的单位为两——明清时一两约重 37 克，一斤为十六两，约重 590 克[①]；跟今天十两一市斤、重 500 克，有所不同。

---

① 明代两为 36.9 克，一斤为 590 克。清代一两为 37.3 克，一斤为 596.8 克。

有个问题始终缠杂不清：一两白银的购买力到底是多少，相当于人民币几何？上"网"搜搜，答案五花八门。有说600元的，有说300元的——笔者在《食货〈金瓶梅〉》和《物欲〈红楼梦〉》二书中，分别采取了一两白银相当于人民币200元和300元的比率。计算的依据和方法，在两书中都有交代。

　　一般而言，贵金属的购买力，多以粮食为基准来推算。然而世有治乱、年有丰歉，粮价是个变量，银价又焉能不变，这从小说里也可看出。

　　《醒世姻缘传》第55回，狄员外与人谈及粮价说："……那几年粮食贱，四石粮食值二两银子罢了；这二年，四石粮食值五六两银子哩。……"又同书第90回，作者感慨说："偏是好年成，人越肯费，粮食又偏不值钱。一石细米，一石白麦，粜不上五六钱银；蜀秫、荞麦、黄黑豆、杂粮，不上二三钱一石。粜十数石的粮食，济不得一件正事。"

　　即是说，丰年谷贱，一两银能买两石米；若是杂粮，买的就更多。年成不好时，一两五钱银才买一石米，丰歉之间相差两三倍之多。两相准折，正常年景一石米价约为八钱银，大致不差。——这也有个验证，同书第78回，陆长班数说京城物价高，道是"京城里一两一石米，八分一斤肉，钱半银子一只鸡"；由此推想，外省米价低于京城，当在七八钱一石，较为合理。

　　今天的米价何尝没有浮动呢。前几年，市场上1.5元一斤的大米就很不错；这两年，2元多的大米也不过如此。就让我们按2元一斤来计算吧。——明清时一石为 120 斤，约合今制 142 市斤。^① 如此测算，则丰年一两白银的购买力（按二石米一两银计算）可达 568 元，歉年（按一石米一两五钱银计算）则仅约 190 元。而正常年景（按一石米八钱银计算）约为 350 元。

《醒世姻缘传》所反映的银价是否准确？有同时期的文献记载可以稽核。清人钱泳^②《履园丛话》有一段关于清前期苏松地区米价涨跌的记述：

> 康熙四十六年，苏、松、常、镇四府大旱，是时米价每升七文，竟长至二十四文。次年大水，四十八年复大水，米价虽较前稍落，而每升亦不过十六七文。雍正、乾隆初，米价每升十余文。二十年虫荒，四府相同，长至三十五六文，饿死者无算。后连岁丰稔，价渐复旧，然每升亦只十四五文为常价也。至五十年大旱，则每升至五十六七文。自此以后，不论荒熟，总在廿七八至三十四五文之间为常价矣。（《履园丛话》卷一"旧闻·米价"）

《醒世姻缘传》所反映的背景较早，涵括明末清初。钱泳所记

① 明代一石为 70 800 克，相当于 141.6 市斤；清代一石为 71 616 克，相当于 143.2 市斤。
② 钱泳（1759—1844），江苏金匮（今无锡）人，一生长期做幕客。另著有《说文识小录》《守望新书》《履园金石目》《梅溪诗钞》《兰林集》等。

康熙四十六年（1707）的江北大旱，小说中应无反映。①不过钱泳提到大旱之前江北米价为每升七文，却有参考价值——七文铜钱约折白银八厘八，②即一石八钱八；按今日的米价核算，那时一两银的购买力约合 320 多元。——这与《醒世姻缘传》中正常年景的白银购买力（350 元）已十分接近。

不过从钱泳所述可以看到，大旱之年，米价涨至二十四文一升，一石米的价值竟暴涨到白银三两！接下来的几年，米价虽有回落，仍在每升"十六七文""十余文"之间浮动（即一石米约值白银一两五至二两）。半个世纪后的乾隆二十年（1755），灾荒再起，升米更涨至三十五六文（一石米值白银四两）！之后虽经"连年丰稔，价渐复旧"，但升米十四五文已是常价（一石米一两八钱银），再也难回每升七文的好时光。

康熙四十六年那场饥荒发生时，《儒林外史》的作者吴敬梓只有七岁。他后来经历了"雍正、乾隆初，米价每升十余文"的时期——假定是十二三文吧，则那时一两白银的购买力，应在 180—190 元之间。《歧路灯》的作者李绿园，则身历了乾隆二十年的那场大饥荒。不过在那之后，升米十四五文，已成常价。只是在李绿园著书的几十年里，铜价有所下跌，例如在《歧路灯》中，一串钱

---

① 有研究者考证，《醒世姻缘传》描写的大饥荒情景，主要依据应为明万历二十八年（1600）及崇祯十三年（1640）的灾荒事实。
② 明初白银一两可兑换铜钱千文，这属于官方规定。而银、铜的实际兑换率波动很大，一般而言，呈铜贵银贱的趋势。康熙年间一两银仅能兑换八百文铜钱。

（即一贯钱）可直接兑银一两，因而白银的购买力仍可维持在一两180—190元的水平。①

总的来说，《醒世姻缘传》中的白银购买力较高，一两可折合人民币350元；《儒林外史》及《歧路灯》则均按一两185元计算。如此核定，应距事实不远。

白银的购买力在百多年间下降了40%以上，这倒符合康熙末、乾隆初"通货膨胀"的大趋势。其中除了因天灾导致粮食上涨之外，还有人口膨胀以及白银进口猛增等因素。

然而通俗小说压根不是一面光亮平滑的水银镜，它在反映历史图景时，难免夸张变形。而物价水平的涨落，又受着多种复杂因素的影响，因而在读小说时，切忌认死理儿、钻牛角尖。

五柳先生自谓"好读书，不求甚解，每有会意，则欣然忘食"——在任何时候，这都不失为一种读书妙方。

二分银子吃饱饭

卖粮食的人，总嫌粮价低。《醒世姻缘传》第42回，乡村财主狄员外为汪姓塾师助丧，捐了八两银子，说是："我粜了十二石粮食，方才凑足了这八两银子，岂是容易？"想来这十二石粮食，

---

① 只是这里的数据，是以眼下2元一斤的米价为基准推算的。若按米价1.5元测算（那是《食货〈金瓶梅〉》所用基准数），则《醒世姻缘传》中一两白银购买力应为244元，而《儒林外史》及《歧路灯》中一两白银仅值128—135元。

多应是蜀秫、荞麦、黑黄豆一类吧。若是大米，售价还能高些。

可是换个角度，银贵米贱又是人们所期盼的。小说第 56 回，作者追忆"太平年景"的物价，说那时从北京回山东绣江，"路上饭食，白日的饭是照数打发，不过一分银吃的响饱，晚间至贵不过二分"。

白天要赶路，午饭只好将就。但也不能饿肚子，"照数打发"即想吃多少吃多少；"响饱"是指撑得打饱嗝吧？晚饭则要吃好，大概有荤有素，但"至贵不过二分"。——照《醒世姻缘传》时代的银钱比计算，午饭一分银相当于 3.5 元，晚饭"不过二分"即不到 7 元。一天伙食算下来，10 元打住。

同书第 69 回，狄员外的儿媳薛素姐结识了侯、张两位道婆，随了一帮善男信女到泰安州去烧香。在济南打尖住店，"主人家端水洗脸，摆上菜子油炸的馓枝、毛耳朵，煮的熟红枣、软枣，四碟茶果吃茶。讲定饭钱每人二分，擀油饼，豆腐汤，大米连汤水饭，管饱。"——这是晚餐的饭资，应连茶钱包括在内。全是素食，并无荤菜。此时的物价，显见高于从前的"太平年景"。

到了《儒林外史》时代，米价虽有变动，但涨跌并不明显。书中第 11 回，乡民邹吉甫受人之托，前去探访蛰居乡间的读书人杨执中，要在他家摆酒备饭，准备迎接两位贵客。邹吉甫知道杨执中是个"穷极的人"，所以预先做了安排，自带了一只鸡，到镇上割了三斤一方肉，还沽了一瓶酒。可他没料到，杨家竟穷到连"早饭米"都没有，于是又连忙掏钱买米：

（邹吉甫）在腰间打开钞袋一寻，寻出二钱多银子，递与杨执中道："先生，你且快叫人去买几升米来，才好坐了说话。"杨执中将这银子，唤出老妪，拿个家伙到镇上籴米。不多时，老妪籴米回来，往厨下烧饭去了。

"二钱多银子"在乾隆初年可换一百七八十文钱。前面说过，乾隆初年的米价为每升十余文，这银子用来买米，可背回十八九斤来（一升为 1.42 斤）。

邹吉甫是娄中堂家的看坟人，有娄家荫庇，小日子过得不错。此番他来打前站，正是为了迎接即将来访的娄家两位公子。他拈出二钱多银子买米，可谓恰到好处：待客富富有余，又为主人添了数日果腹之粮。——此刻米价若仍是七文一升，二钱多银子的米，恐怕老妪就背不动了。

不过小说另一处的米价，却便宜得让人摸不着头脑。《儒林外史》第 22 回写乡下青年牛浦郎初次出门，来到南京，在码头小饭馆用餐：

走堂的拿了一双筷子、两个小菜碟，又是一碟腊猪头肉、一碟子芦蒿炒豆腐干、一碗汤、一大碗饭，一齐搬上来。牛浦问："这菜和饭是怎算？"走堂的道："饭是二厘一碗，荤菜一分，素的一半。"牛浦把这菜和饭都吃了，又走出店门。

读书至此，不免生疑："一大碗饭"仅算二厘银子，什么米如此便宜？——二厘银子按《儒林外史》时代的银价，仅合三角七分。"一大碗饭"至少要用四（小）两米煮成，约合今秤三（大）两。依此推算，今天一斤米煮成熟饭，售价仅为一元三角钱——这个价格是不是太低了点？今天饭铺里一斤米饭要卖到五至十元！

有几个理由，或可解释这一怪现象。一来，清代社会没有今天如此发达的商品流通及物价管控机制。年成不同、地域不同，物价差异可以很大。二来，米价也是随质论价的，绝细的好米与半腐的压仓陈米，价格自然不可同日而语。其三，当年饮食业的招徕手段，多靠荤素菜肴赚取利润，而以廉价主食招揽生意。如《醒世姻缘传》中所谓"照数打发"、"管饱"之类，即是此种模式。直至今天，饮食业仍有采用此种经营手法的。其四，大都市万货荟集、物流通畅，物价反比穷乡僻壤低廉，这种现象，古今皆然，随处可见。

牛浦郎这一顿饭，一个腊猪头肉算是荤菜，价银一分，一个芦蒿炒豆腐干算是素菜，价银五厘，加上二厘一碗米饭，共花掉一分七厘银子，合今日 3.15 元。两个小菜碟和一碗汤，应是额外奉送。在南京这地方，二分银子的购买力跟几十年前相比，并不逊色。

小地方物流不畅，反导致物价腾贵的例子，在《儒林外史》中也能找到。书中第 2 回写老童生周进到山东兖州府汶上县薛家集当书塾先生，一年馆金十二两银子，住在观音庵内，"每日二分银子在和尚家代饭"。

有一次，举人王惠路过此地，到庵中避雨。到晚间雨犹不止，举人吩咐把船中的食盒挑上来，叫和尚拿一升米做饭。开饭时，"管家捧上酒饭，鸡鱼鸭肉，堆满春台"；王举人让也不让，独自大嚼起来。待举人吃罢饭，收了碗，老和尚才将周进的寒酸晚饭端上，除了米饭，只有"一碟老菜叶，一壶热水"。第二天天色放晴，王举人拱手上船，扬长而去，"撒了一地的鸡骨头、鸭翅膀、鱼刺、瓜子壳，周进昏头昏脑扫了一早晨"。

作者的用意，显然是在衬托世态炎凉、世道不公。同是读书人，举人老爷的酒饭是"鸡鱼鸭肉堆满春台"，穷塾师则粗茶淡饭，充饥而已。——小地方物流不畅，物价畸高，是伙食低劣的重要原因。

也难怪，一天伙食钱二分银子，只可换十六七个铜钱。其中八九文买多半升老米，余下七八文买些菜蔬，分配到三餐中，又能吃到什么？——周进来到薛家集第一天，就当众宣称吃斋，想来也是从经济角度考虑吧？"穷吃素，老看经"；这句古话，已道出原委。不知他后来当上御史，是否仍然吃长斋、戒荤腥？

两文的烧饼八分的面

比起米价，面价似乎要贵一些。面粉由小麦磨成，小麦的价格与米价不相上下，甚至还要高些。《醒世姻缘传》第54回说到

"一石白麦"卖到九钱银。小麦经去壳研磨，制成面粉，还要出许多糠麸。故"头拦的白面……市价一分一斤"——按彼时一分银3.5元计，再核为今天的市斤，相当于2.97元一斤，远高于2元一斤的米价。

《醒世姻缘传》多处提到面食，品种有烧饼、面饼、馓枝、毛耳朵等，只是未提价格。若知价格，还要到《儒林外史》中去搜寻。如前所说，《儒林外史》第33回中的落拓贵公子在吉祥寺茶桌上"吃了三个烧饼，倒要六个钱"。

一个烧饼要两文，折银2.5厘，换算成人民币，是四角六分。三个烧饼一元三角九分。面食价格明显高于米饭。南京码头饭馆的米饭，一大碗才合三角七分！只是那种老米饭，不知吃惯山珍海味的杜少爷能否下咽？

《儒林外史》的面食中还有馒头，又分实心的和带馅的两种。周进初到薛家集，众家长凑了份子钱摆酒接风，席间捧出的汤点，便是"一大盘实心馒头，一盘油煎的扛子火烧"。因是家中自做，未言及价钱。

带馅的馒头，在杭州市上要卖三文一个。书中第18回写杭州胡三公子附庸风雅，邀集一伙"名士"，在西湖宴集作诗。临时预备了鸡鸭鱼肉，又到馒头店里买馒头。"那馒头三个钱一个，胡三公子只给人家两个钱一个，就同那馒头店里吵起来"，结果馒头没买成，只买了些"索面"回去。

带馅的馒头一个三文钱，这应是时价，胡三公子为什么只给人两文？大概此前确是两文，刚涨过价，故胡公子不能接受。作者正是通过这一文钱的争吵，写出胡三公子的鄙吝。——然而此番涨价幅度不小，竟高达50％。有人由此分析，这场小纷争，应是乾隆年间物价开始上涨的旁证。

带馅的面食，还有包子。《儒林外史》第48回，老秀才王玉辉的女儿殉夫而死，王玉辉心中烦闷，出门访友。途中饿了，"坐在点心店里，那猪肉包子六钱一个，王玉辉吃了，交钱出店门"。——一个猪肉包子六文钱，折银7.5厘，在南京码头几乎可买四大碗米饭；王玉辉吃一个便饱，想来包子个头儿不小。

仍说胡三公子，当时没买馒头，只买了些索面回去。索面即挂面，应当比烧饼便宜许多。一般饭馆里也卖面条，是带汤汁的。有位马二先生游西湖，走得饿了，"只得走进一个面店，十六个钱吃了一碗面"。——十六文折银二分，不算便宜。只是马二先生饭量大，一碗面下肚，竟没啥感觉。

还有更贵的面。第28回，一伙人谈论扬州"有钱的盐呆子"（这里是对盐商的蔑称）。其中一人问道："我听见说，盐务里这些有钱的到面店里，八分一碗的面，只呷一口汤，就拿下去赏与轿夫吃。这话可是有的么？"另一人证实说："怎么不是有的！"又有人调侃说："他那里当真吃不下，他本是在家里泡了一碗锅巴吃了，才到面店去的。"

一碗面八分银，汤汁自然是鲍鱼鲜贝之类。八分银算不上天价，但对于衣食不周的底层百姓，却也贵得出奇。这一碗面的价值，便是老塾师周进四天的伙食钱。又据文献记载，乾隆前期一个挑木打炭的佣工，每天工钱十五文，折银还不到二分。这碗面是一个佣工四五日的收入！

今天大城市的最低工资，也应在每月 1 500—2 000 元。平均一日可支配 50—66 元。就是普通打工者，八分银一碗的面（约 15 元）也不妨来一碗。只是今天这个价位的汤面，上面漂着一两片纸一样薄的牛肉，跟"盐呆子"八分银一碗的汤面，自不可同日而语。

换一种算法，按一碗面合低薪收入者（假如月薪 1 000 或 1 500 元）四五日的工资计算，这样一碗面应合 150—220 元，也确实高得令人咋舌！

小酌席面，凄美爱情

《醒世姻缘传》语言朴实，描摹简练。书中有关酒饭饮食的描写有上百处，多是"整了三四桌酒"、"吃了一回酒"云云。即便说到酒菜名称，也大多是肥鸡鲜鱼、家常做法；类似《金瓶梅》里的"酿蟹"、《红楼梦》里的"茄鲞"，再也不曾出现。

如小说第 4 回说到市井人家待客的饭菜，是"四碟上菜，一碗豆角干，一碗暴腌肉，一大壶热酒……又端出一碟八个饼，两碗水饭来"。这是武城县萧郎中讨好主顾、招待大户管家的菜单。

明水镇的狄员外请了"乡约"来吃饭，席面要丰盛得多。先摆上"四碟小菜，四碟案酒，四碟油果，斟上烧酒"，边喝边聊。正式饭菜上来，是"两碗摊鸡蛋，两碗腊肉，两碗干豆角，一尾大鲜鱼，两碗韭菜烩豆腐，两碗煎的藕，两碗肉鲊，鸡汤，锅饼，大米薄豆子，吃了个醉饱"——不说菜肴粗细，单看这"两碗""两碗"的菜量，已见出山东人的热情豪爽。（《醒世姻缘传》，34回）

狄员外送儿子狄希陈到北京"坐监"即到国子监读书，租了沙窝门内童七的房子住。房东童七爷、童奶奶带着个闺女童寄姐过活。狄、童两家从此成了朋友。日后狄希陈还娶了寄姐，两家又成了亲家。

且说狄员外初次做房客，送一份见面礼给童家，有绵绸、棉线、大花手巾等，另有四瓶"绣江县自己做的羊羔酒"。童家的回赠是"一大方肉，两只汤鸡，一盒澄沙馅蒸饼，一盒蒸糕，一锡瓶薏酒"。

狄员外于是又添些菜蔬，让厨子做了，晚上请客，"把肉做了四样，鸡做了两样，又叫狄周买了两尾鱼、六个螃蟹、面筋、片笋之类，也够二十碗，请过童七来坐。又送了六碗菜，一碟甑糕蒸饼，一瓶羊羔酒与童奶奶"。——狄员外是山东明水镇的财主，家里开着旅店，颇为殷实；童家在京城给陈内官当伙计，拿着内官的本钱开了个乌银铺。这样的酒席，要算小康之家的盛宴了。（《醒世姻缘传》，54回）

百姓的家常便饭，其实也蛮有滋味。武城县有个厨子刘恭，人颇无赖，但很会"生活"："他门前路西墙根底下，扫除了一搭子净地，每日日西时分，放了一张矮桌，两根脚凳，设在上下，精精致致的两碟小菜，两碗熟菜，鲜红绿豆水饭，雪白的面饼，两双乌木箸，两口子对坐了享用。临晚，又是两碟小菜，或是肉鲜，或是鲞鱼，或是咸鸭蛋，一壶烧酒，二人对饮，日以为常"（《醒世姻缘传》，51回）——只是小说作者西周生满脑子等级观念，认为一个厨子如此"摆谱"，很不像话，其实对这样的生活，连作者带读者，又都有点羡慕呢。

小说中最丰盛的一席酒，是当铺"内掌柜"孙兰姬摆下的。原来，狄员外的儿子狄希陈要"廪膳纳贡"，需要换"当十的折子钱"①。狄希陈打听得东门里秦敬宇当铺内有当十钱可换，自己跑到店内同秦掌柜讲好，要换三百两银子的。

到约定换钱的那天，秦敬宇吩咐妻子孙兰姬在家"备一个小酌"，请狄希陈吃酒。孙兰姬听了，"甚是欢喜"，于是在家中安排酒席：

> 将出高邮鸭蛋、金华火腿、湖广糟鱼、宁波淡菜、天津螃蟹、福建龙虱、杭州醉虾、陕西琐琐葡萄、青州蜜饯棠球、天目山笋鲞、登州淡虾米、大同酥花、杭州咸木樨、云南马金囊、北京琥珀糖，摆了一个十五格精致攒盒；又摆了四碟剥果：一碟荔枝、一碟风干栗黄、一碟炒熟白果、一碟羊尾笋筷

---

① 当十钱是指一种形制较大的铜钱，上铸"当十"字样，一枚当十钱可当十枚铜钱用。朝廷规定援例纳贡（用钱捐功名）者要用当十钱交纳，借此回收当十钱。这样的钱，又称折子钱。

桃仁；又摆了四碟小菜：一碟醋浸姜芽、一碟十香豆豉、一碟莴笋、一碟椿芽。——预备完妥。知狄希陈不甚吃酒，开了一瓶窖过的酒浆。

秦掌柜要招待大主顾，内掌柜孙兰姬为什么"甚是欢喜"？原来，这客官狄希陈，竟是孙兰姬的"初恋情人"。——当年狄希陈十六岁，由老师程乐宇带领，到济南府参加童生府考。闲时狄希陈到趵突泉游玩，在一所花园里遇上个穿着蜜合罗衫的十六七岁"磐头闺女"。一来二去，两人竟"好"上了。这女孩儿就是孙兰姬，原是个"唱的"（唱曲的妓女）。

日后狄希陈没事就借故往济南府跑，把孙兰姬接到客店里缠绵，不肯回家。狄妈妈是个火爆脾气的妇人，赶到济南来找儿子，本待把那迷惑儿子的"老婆"痛打一顿；及至见面，竟是个俊俏娇媚、善解人意的小姑娘，"娇娇滴滴的迎将出来，喜笑花生的连忙与他接衣裳、解眼罩，问安请坐、行礼磕头"；听狄妈妈骂儿子，只在一旁"嗤嗤的笑"。狄妈妈哪里还下得去手？竟转变了念头，要把孙兰姬娶回去做儿媳。

谁知天有不测风云，老鸨收了东门当铺掌柜秦敬宇一百两银子，将孙兰姬嫁到秦家，做"两头大"（虽是姜，却分家另过，以正妻相待）。狄妈妈派家人给孙兰姬送银子和绸缎，正赶上鼓乐齐鸣、新人上轿。姑娘见了狄家仆人，不由得掉下泪来，从头上拔下一枝金耳挖，托他带给狄希陈，让他转告狄希陈："不要撩了（引者注：撩，意为丢掉)，留为思念。"

此番狄希陈特地来秦家当铺换钱，已与孙兰姬私下见过一面。如今秦掌柜又吩咐摆酒请客，孙兰姬自然喜在心上，恨不得把普天下的美味都搜罗尽了！

可惜她白费了心思，阴差阳错的，两人竟错过了见面机会。"从此一别，便都彼此茫茫，再难相见。"——小说中一段最纯真的爱情，竟是借着痴情女安排小酌的情节来表达，不禁令人唏嘘！

乡民酒席与名士饮馔

《儒林外史》中的饮食描写，城乡有别，又因人而异。

薛家集的学生家长们替老塾师周进接风，在乡民申祥甫家摆了两桌席。每桌八九个碗，"乃是猪头肉、公鸡、鲤鱼、肚肺肝肠之类。叫一声'请'，一齐举箸，却如风卷残云一般，早去了一半"(《儒林外史》，2回)。——这是乡下最粗鄙的席面，虽然也是鸡鸭鱼肉，但鸡是公鸡，味道不如肥美的母鸡；鱼是鲤鱼，是鱼中最廉价的；头蹄下水也是些不值钱的东西。不过对于乡下的劳动者，已是难得的盛宴，受欢迎的程度，可以从吃饭的速度看出。

乡绅家也不是顿顿七个碟八个碗。余特、余持兄弟俩是五河县的读书人，哥哥是贡生，弟弟是秀才，虽然家业寒素，也算是士绅人家。与之来往的亲戚，也多是乡绅。

余氏兄弟到亲戚家赴宴，"摆上酒来，九个盘子：一盘青菜花炒肉，一盘煎鲫鱼，一盘片粉拌鸡，一盘摊蛋，一盘葱炒虾，一盘瓜子，一盘人参果，一盘石榴米，一盘豆腐干。烫上滚热的封缸酒来"（《儒林外史》，45 回），这一席五热四凉，说不上丰盛，比起薛家集的粗劣筵席，顿觉高出一等。

一般城里官绅之家的日常饮馔，也高不到哪儿去。蘧公孙是蘧太守之孙，招赘在鲁编修家，自是衣食无忧、鱼肉常有。一日，他新结识的朋友马二先生前来拜访，蘧公孙备饭款待，"里面捧出饭来，果是家常肴馔：一碗炖鸭、一碗煮鸡、一尾鱼、一大碗煨的稀烂的猪肉"。

跟乡间的酒席相比，这顿饭并无太多不同；唯一的区别，大概是在烹调方法上。那一大碗"煨的稀烂的猪肉"，勾人食欲，甚得马二先生之心，说是："你我知己相逢，不做客套，这鱼且不必动，倒是肉好。"当下就吃了四碗饭，把一大碗烂肉吃得干干净净。后来又添了一碗饭，"连汤都吃完了"。（《儒林外史》，13 回）

同是士人，对饮馔的品味又因人而异，与个人的经济条件、出身修养有关。书中的杜慎卿，人称杜十七公子，是"天长杜宗伯（引者注：宗伯，即礼部尚书）的令孙"。刻图章的郭铁笔当面奉承他说："尊府是一门三鼎甲，四代六尚书，门生故吏、天下都散满了。督、抚、司、道在外头做，不计其数。管家们出去，做的是九品杂职官……"说得甚是肉麻，倒也都是实情。

杜慎卿生得"面如傅粉，眼若点漆，温恭尔雅，飘然有神仙之概"，书中说他"有子建之才，潘安之貌，江南数一数二的才子"，他当然是自视甚高的。虽然也跟世俗文人来往，那态度却总是居高临下、屈尊俯就。书中写杜慎卿请几位慕名而来的文士赏花吃酒：

> 杜慎卿道："我今日把这些俗品都捐（引者注：放弃，排除）了，只是江南鲥鱼、樱、笋，下酒之物，与先生们挥麈清谈。"当下摆上来，果然是清清疏疏的几个盘子。买的是永宁坊上好的橘酒，斟上酒来。杜慎卿极大的酒量、不甚吃菜。当下举箸让众人吃菜，他只拣了几片笋和几个樱桃下酒。传杯换盏吃到午后。杜慎卿叫取点心来，便是猪油饺饵、鸭子肉包的烧卖、鹅油酥、软香糕，每样一盘拿上来。众人吃了，又是雨水煨的六安毛尖条，每人一碗。杜慎卿自己只吃了一片软香糕和一碗茶，便叫收下去了，再斟上酒来。（《儒林外史》，29回）

检点这一顿小酌，杜慎卿酒喝了不少，可吃到嘴的食物，却只有那"几片笋和几个樱桃"以及"一片软香糕"——所谓"不食人间烟火"，杜慎卿庶几近之！

两天后，那几位文士还席，拉杜慎卿到聚升楼酒馆吃酒。因知道他不吃大荤，于是"点了一卖板鸭、一卖鱼、一卖猪肚、一卖杂脍，拿上酒来"。众人盛情劝酒，"杜慎卿勉强吃了一块板鸭，登时就呕吐起来"，闹得大家不好意思。后来"杜慎卿拿茶来泡了一碗饭，吃了一会还吃不完，递与那小小子拿下去吃了"（《儒林外史》，29回）——杜慎卿留给人的印象是：吃的最高境界是少吃甚至不吃！

在南京这样的大都市中，吃的途径很多。最省事快捷的方式，是到酒楼去吃。康乾时期的南京，饮食业格外发达，《儒林外史》第24回中记述，南京大街小巷中分布着大小酒楼六七百座，茶社一千余处！

今天人们"下馆子"，服务员先递上菜单，容你慢慢挑选。从前则由"走堂的"口头报菜单，叠着指头数道："肘子，鸭子，黄焖鱼，醉白鱼，杂脍，单鸡，白切肚子，生炒肉，京炒肉，炒肉片，煎肉圆，焖青鱼，煮鲢头，还有便碟白切肉……"（《儒林外史》，25回）令人耳不暇听。

类似场景在小说《歧路灯》中也出现过。第88回，败家子谭绍闻将先父书房碧草轩卖给人家开酒馆，客人入内，便有"走堂的"过来拭桌招呼，未及客人答言，便"唇翻舌搅说道：'蒸肉炒肉，烧鸡撕鸭，鲇鱼鲤鱼，腐干豆芽，粉汤鸡汤，蒜菜笋菜，绍兴木瓜老酒，山西潞酒……'一气儿说了几百个字，又滑又溜，却像个累累一串珠。"——有个传统相声《报菜名》，大概便有着这样的生活基础。

酒楼的酒食还可以"外卖"。《儒林外史》中拜访杜慎卿的几个文士，是为刻书聚在一起的。召集人诸葛天申是个乡下财主，邀请萧金铉、季恬逸两位帮他选文。三人同租了一处房子作为编辑刻书之所。到了晚间，诸葛"称了钱把银子"，托季恬逸去买酒食。不多一会儿，季恬逸便带着酒楼跑堂的回来，"捧着四壶酒，四个碟子来：一碟香肠，一碟盐水虾，一碟水鸡腿，一碟海蜇"，摆在桌上当夜宵。——"钱把银子"不到二十元，诸葛有二三百两银子的资本，这点小钱算不了什么。

不光南京市面繁华、饮食方便，作为大都市的杭州，同样是酒楼遍地。乡下青年匡超人经人介绍，到杭州投靠在布政使司任吏役的潘三，潘三带他到司门口的饭店去吃饭。

> 潘三叫切一只整鸭，脍一卖海参杂脍，又是一大盘白肉，都拿上来。饭店里见是潘三爷，屁滚尿流，鸭和肉都捡上好的极肥的切来，海参杂脍加味用作料。两人先斟两壶酒，酒罢用饭，剩下的就给了店里人。出来也不算账，只吩咐得一声："是我的。"那店主人忙拱手道："三爷请便，小店知道。"（《儒林外史》，19 回）

布政使司的潘三爷来用饭，不知日后真的会来结账买单么？

"吃货"马二的庐山真面

马二先生大号叫马纯上，他的饭量，我们在前头已经领教了。其实他也是"文化人"，可长得人高马大，食量惊人。

《儒林外史》第 14 回，写他袖了几个钱去游西湖，那西湖本是"天下第一个真山真水的景致！……真乃五步一楼，十步一阁；一处是金粉楼台，一处是竹篱茅舍，一处是桃柳争妍，一处是桑麻遍野"；更兼仕女游人络绎不绝，"看点"甚多。然而马二先生对山水、女人全不理会，眼里所见，无非各种吃食。

他先在茶亭里吃了几碗茶，在沿湖的牌楼下坐了一会儿，便又起身向前：

> 望着湖沿上接连着几个酒店，挂着透肥的羊肉，柜台上盘子里盛着滚热的蹄子、海参、糟鸭、鲜鱼，锅里煮着馄饨，蒸笼上蒸着极大的馒头。马二先生没有钱买了吃，喉咙里咽唾沫，只得走进一个面店，十六个钱吃了一碗面。肚里不饱，又走到间壁一个茶室吃了一碗茶，买了两个钱处片嚼嚼，倒觉得有些滋味。（《儒林外史》，14 回）

吃罢出来，一路寻找净慈寺、雷峰塔，又在一处茶室歇脚。"傍边有个花园，卖茶的人说是布政司房里的人在此请客，不好进去。那厨房却在外面，那热汤汤的燕窝、海参，一碗碗在跟前捧过去，马二先生又羡慕了一番。"

过了雷峰塔，来到了净慈寺，里面游客尽是"富贵人家的女客"，绸衣飘飘，香风阵阵。"马二先生身子又长，戴一顶高方巾，一幅乌黑的脸，拥着个肚子，穿着一双厚底破靴，横着身子乱跑，只管在人窝子里撞。女人也不看他，他也不看女人。"跑累了，又找个茶亭坐下：

吃了一碗茶。柜上摆着许多碟子：橘饼、芝麻糖、粽子、烧饼、处片、黑枣、煮果子。马二先生每样买了几个钱的，不论好歹，吃了一饱。

游湖倦怠，马二先生第二日在下处睡了一天，第三日又去城隍山走走。城隍山又叫吴山，是西湖东南方的一处山岗。一路上去，先在伍子胥庙外吃了一碗茶。东瞧西逛，来到一条街上，街边的房屋后面，能隐隐望见钱塘江。

那房子，也有卖酒的、也有卖耍货的、也有卖饺儿的、也有卖面的、也有卖茶的、也有测字算命的。庙门口都摆的是茶桌子。这一条街，单是卖茶，就有三十多处，十分热闹。

马二先生正走着，见茶铺子里一个油头粉面的女人招呼他吃茶。马二先生别转头来就走，到间壁一个茶室泡了一碗茶。看见有卖的蓑衣饼，叫打了十二个钱的饼吃了，略觉有些意思。

再往上走，到城隍庙中浏览一番，爬到吴山最高处。左望钱塘，右眺西湖，马二先生不由得心旷神怡。又在一座庙前的茶桌坐着，吃了两碗茶，肚子又饿起来。"恰好一个乡里人捧着许多烫面薄饼来卖，又有一篮子煮熟的牛肉。马二先生大喜，买了几十文饼和牛肉。就在茶桌子上尽兴一吃。"

这位马二先生如此迂执贪吃、古板无趣，他究竟是什么人？原来，他是位知名的"选家"，也就是编选时文的专家。——"时文"即八股文，又称"制义"，是明清科举考试的主要文体。选家的工作，便是挑选本届或历年"中式者"的优秀文章，加上批语，刊印出版，以便考生揣摩学习。这类工作今天还有人做，只是将"墨卷持运"等选本名称改为"某年（或历届）优秀（中）高考作文选"。

马二先生在"选界"享有大名，各书坊纷纷请他编选时文，酬以重金。此次来杭州前，他刚刚替嘉兴文海楼书店编选了一部《历科墨卷持运》，收获"束脩"一百两（相当于一万八九千元）。此番游西湖，正应豪饮大嚼、自我犒劳，何以缩手缩脚，一副寒酸相？

原来，这百两束脩早已花得差不多了——不是自己挥霍，而是救助朋友。蘧公孙与马二先生只是萍水之交，两人在书坊中因书结识，吃过两顿饭而已。一日，有个秀水县的差人找到马二先生，说蘧公孙私藏朝廷钦犯王惠的一只枕箱，如今被奴仆讹诈，要到官府告发；蘧公孙又不在家，让马二先生替他想想办法。

马二先生深知"窝藏钦赃"的罪名不小，他替朋友着急，明知蘧公孙将来无钱还他，一时热血涌动，慨然解囊，拿出九十二两银子替朋友消灾，自己只剩不多几两银子，勉强够来杭州的路费。

弄清前因后果，你对马二先生的印象是否有所改观？古板迂执、贪吃悭吝只是表面现象；慷慨正直、侠肝义胆，才是马二先生的本色！

马二先生游西湖的这一段，又恰似为江南美食做了一回"软广告"，展示的小吃名称不下二十多种，颇具地方特色。

譬如他在吴山吃的蓑衣饼，便是江南名吃。清人袁枚的《随园食单》中记录其做法："干面用冷水调，不可多揉，擀薄后卷拢，再擀薄了用猪油、白糖铺匀，再卷拢擀成薄饼，用猪油煎黄。如要咸的，用葱、椒盐亦可。"

有人说杭州吴山即蓑衣饼的发源地，其实苏州虎丘的蓑衣饼更有名。清人徐仲可《云尔编》引《元和志》说："蓑衣饼以脂油和面，一饼数层，唯虎丘制之。"又汤传楹《虎丘往还记》："予与尤子啖蓑饼二枚，啜清茗数瓯，酣适之味，有过于酒。"

蓑衣饼也曾入诗。清代诗人施闰章有《虎丘偶题》："虎丘茶试蓑衣饼，雀舫人争馄饨菱。"清人赵泐也有《虎丘杂咏》："便应饱吃蓑衣饼，绝胜西山露白梨。"——蓑衣饼之深入人心，由此可见。

何以叫"蓑衣饼"呢？有人说它层次繁多，状如蓑衣；也有人认为"蓑衣饼"乃"酥油饼"的误听误记，也不无道理。

羊羔酒里有羊羔吗

在《醒世姻缘传》中，一个"酒"字总共出现了 674 次；《儒林外史》与《歧路灯》则分别出现 556 次、653 次。这从侧面说明，明清官绅百姓的饭桌上，几乎是无酒不成席。

酒又有不同种类名目，如《醒世姻缘传》中便出现了黄酒、烧酒、薏酒、窝儿白酒、羊羔酒等名目。《儒林外史》中则有水酒、

烧酒、白酒、封缸酒、羊酒、百益酒、百花酒、橘酒等。《歧路
灯》中的名目还要多些，有南酒、帘儿酒、石冻春、二肘酒、建昌
酒、郫筒酒、膏枣酒、潞酒、汾酒、金华酒、绍兴木瓜老酒等。

这些名目，有的表达酿造种类（如黄酒、烧酒），有的展示品
牌（如百益酒、石冻春），也有以地域、原料命名的，前者如潞酒、
汾酒、建昌、郫筒、金华、绍兴等；① 后者如薏酒、羊羔酒、膏枣
酒、木瓜老酒等。

"薏酒"当即薏米酒，是以薏仁米及糯米为原料酿制的，属于
黄酒类，用锡壶装了吃。"窝儿白酒"是自制米酒，将糯米蒸熟，
拌上酒曲，待其发酵，在米饭上掘一小坑，即所谓"窝儿"。酒汁
渗入"窝儿"中，即为"窝儿酒"。——美女脸颊上的笑靥，人称
"酒窝"，或即源于此。至于说"窝儿白酒"，或指以此法制作的甜
酒，也未可知。

"羊羔酒"之名屡次出现在《醒世姻缘传》中，《儒林外史》里

---

① 清袁枚《随园食单》有专门谈"酒"的章节，录以备考：大概酒似耆老宿儒，越陈越
贵，以初开坛者为佳，谚所谓"酒头茶脚"是也。炖法不及则凉，太过则老，近火则
味变，须隔水炖，而谨塞其出气处才佳。……四川郫筒酒：郫筒酒，清冽彻底，饮之
如梨汁蔗浆，不知其为酒也。但从四川万里而来，鲜有不味变者。余七饮郫筒，唯杨
笠湖刺史木簰上所带为佳。……山西汾酒：既吃烧酒，以狠为佳。汾酒乃烧酒之至狠
者。余谓烧酒者，人中之光棍，县中之酷吏也。打擂台，非光棍不可；除强盗，非酷
吏不可；驱风寒、消积滞，非烧酒不可。汾酒之下，山东膏粱烧次之，能藏至十年，
则酒色变绿，上口转甜，亦犹光棍做久，便无火气，殊可交也。尝见童二树家泡烧酒
十斤，用枸杞四两、苍术二两、巴戟天一两、布扎一月，开瓮甚香。如吃猪头、羊
尾、"跳神肉"之类，非烧酒不可。亦各有所宜也。此外如苏州之女贞、福贞、元燥，
宣州之豆酒，通州之枣儿红，俱不入流品；至不堪者，扬州之木瓜也，上口便俗。

的"羊酒"，应当也指此酒。——京剧《空城计》中诸葛亮在城头唱道："我早预备下羊羔美酒，犒赏你的三军。"近代电影《逃亡》中有田汉作词的插曲《塞外村女》，唱道："有钱人家里团团坐，羊羔美酒笑颜开。"一般人理解，羊羔是羊羔，美酒是美酒，殊不知"羊羔美酒"还是一种酒名。

羊羔酒相传晋代已有，流行于唐宋。孟元老的《东京梦华录》中有记，北宋东京的高级酒肆中，一角"羊羔酒"要卖到八十一文！大文豪苏轼也写过"试开云梦羔儿酒，快泻钱塘药玉船"的诗句。

清代皇帝也喜饮羊羔酒。雍正曾亲自写一字条给抚远大将军年羹尧，内书："在宁夏灵州出一羊羔酒，当年进过，有二十年宁夏不进了，朕甚爱饮，寻些来，不必多进，不足用时再发旨意，不要过百瓶，密谕。"此字条夹在年羹尧雍正元年（1723）四月十八日的奏折中。灵州即今宁夏灵武。——皇上向臣子索要饮食，传出去有碍听闻，故以"密谕"形式表达；其实雍正还另有用意：以此表示亲密笼络之意。

《醒世姻缘传》写狄员外初到京城、寓居童家时，便送上四瓶"绣江县自己做的羊羔酒"。估计童家女儿寄姐喝得有些上瘾。因为她后来嫁给狄希陈，要丈夫从家乡给她捎响皮肉、羊羔酒回来。狄希陈竟忘记了，寄姐发起飙来，嗔怪说："你没钱也罢，你只替我买一件儿，或是穿的，或是戴的，难道这点银子儿也腾挪不出来？……住这们一向，跑了来到船上，你把那羊羔酒捎上两瓶，也只使了你一钱六分银；把那响皮肉秤上二斤，算着使了一钱，难道你这二钱多银子的家当也没了？可也是你一点敬我的心！"

　　狄希陈不服软，反驳说："这天是多咱（引者注：多早晚，什么时候）？羊羔酒陈的过不的夏，新的又没做；这响皮肉也拿的这们远么？"寄姐道："我的哥儿！你哄老娘！……羊羔酒可说放的过夏；响皮肉五荒六月里还好放几日撕挠不了，这八九月天气拿不的了？"（《醒世姻缘传》，87 回）

　　参看上下语气，寄姐说"羊羔酒可说放的过夏"，应当为"羊羔酒可说放不过夏"。原来这酒中真的有羊肉。《本草纲目》记录此酒的酿制古方，乃是：

> 用米一石，如常浸浆，嫩肥羊肉七斤，麹十四两，杏仁一斤，同煮烂，连汁拌末，入木香一两同酿。勿犯水，十日熟，极甘滑。一法，羊肉五斤蒸烂，酒浸一宿，入消梨七个，同捣取汁，和麹、米酿酒饮之。

　　书中还说这是北宋皇家真方，常饮可"大补元气，健脾胃、益腰肾"。而放了羊肉的酒，当真过不得夏天。连矫情的童寄姐也不得不接受这个解释，而单在响皮肉上纠缠了。①

---

① 又北宋朱翼中《北山酒经》卷下有"白羊酒"制法："腊月，取绝肥嫩羖羊肉三十斤。连骨，使水六斗已来入锅煮肉，令息软，漉出骨，将肉丝擘碎，留着肉汁。炊蒸酒饭时，酌撒脂肉于饭上，蒸令软，依常拌搅，使尽肉汁六斗。泼馈了再蒸，良久卸案上，摊令温冷得所，拣好脚醅依前法酸拌，更使肉汁二升以来，收拾案上及元压面水，依寻常大酒法日数，但曲尽于酴米中用尔。"

清代小说提到酒价的地方并不多，这里明说两瓶羊羔酒值一钱六分银，一瓶合八分，以当时的银价计算，约合28元。——与今日动辄几百元、上千元的茅台、五粮液相比，只能算小儿科了。不知是今天酒价虚高，还是那时酒价过低？

　　《儒林外史》中提到的"封缸酒"，是以大米、黍米为原料，按黄酒的方法酿制，又称醅酒，以陈年封缸者为美。——其实何止封缸酒，大凡酒类，总以存放日久、酝酿充分者为佳（当然也有例外，如羊羔酒）。

　　《儒林外史》第31回，写韦四太爷到天长县杜府做客，接待他的是世侄杜少卿。少卿是慎卿的堂弟，父亲曾为赣州知府，已经故去。韦四太爷便是已故知府的好友。作为世家，杜府的饮馔十分讲究，"那肴馔都是自己家里整治的，极其精洁。内中有陈过三年的火腿，半斤一个的竹蟹，都剥出来脍了蟹羹"。

　　席上，杜少卿向韦四太爷劝酒，老人答道："世兄，我有一句话，不好说。你这肴馔是精极的了，只是这酒，是市买来的，身分有限。府上有一坛酒，今年该有八九年了，想是收着还在？"

　　原来，当年少卿的父亲到赣州上任，临上船对韦四太爷说："我家里埋下一坛酒，等我做了官回来，同你老痛饮。"而今父亲已经过世，少卿问遍家人，有个老丫环记得说："是有的。是老爷上任那年，做了一坛酒，埋在那边第七进房子后一间小屋里，说是留着韦四太爷同吃的。这酒是二斗糯米做出来的二十斤酿，又对了二十斤烧酒，一点水也不搀。而今埋在地下足足有九年零七月了。这酒醉得死人的，弄出来少爷不要吃！"

杜少卿立即派人把那坛酒从地下取出，"打开坛头，舀出一杯来，那酒和曲糊一般，堆在杯子里，闻着喷鼻香"。韦四太爷说要买十斤酒搀上才能吃。到第二天，厨下煨了七斤重的老鸭，主客一同品尝这"九年半的陈酒"：

> 当下吃了早饭，韦四太爷就叫把这坛酒拿出来，兑上十斤新酒，就叫烧许多红炭，堆在桂花树边，把酒坛顿在炭上。过一顿饭时，渐渐热了。张俊民领着小厮，自己动手把六扇窗格尽行下了，把桌子抬到檐内。大家坐下。又备的一席新鲜菜。杜少卿叫小厮拿出一个金杯子来，又是四个玉杯，坛子里舀出酒来吃。韦四太爷捧着金杯，吃一杯，赞一杯，说道："好酒！"吃了半日。……韦四太爷这几个直吃到三更，把一坛酒吃完了，方才散。

这要算《儒林外史》中吃得最畅快的一席酒了！——小农经济时代自有其妙处，无论吃的喝的，大多可自家DIY，真材实料，质量可靠，保证"绿色"。今日那些工厂化制作的酒水，尽管打着人工酿造的幌子，盖着"三十年陈酿"的印章，总不如自家酿造喝起来甘醇、踏实。

圆领·道袍·直裰·襕衫

说罢"食"，再来看看"衣"。虽说"民以食为天"，但在"衣食住行"的序列中，"衣"居"食"前，颇难理解。

或因大凡动物都需饮食，而穿衣则是人类的独有需求吧？衣帽除了御寒的功能，更有礼仪的功用。据说亚当、夏娃也是吃了善恶果而萌发羞耻心，才以树叶障体，发明了衣裳。

在衣饰描写上，明清小说家颇费心思。如曹雪芹写《红楼梦》，为了提防文字贾祸，人物服饰只好折中满汉、融会明清。那些公子小姐的装束，倒像是舞台上的戏装。——《儒林外史》和《歧路灯》的作者面临着类似的尴尬。书中借"明"写"清"，在人物服饰上多有含糊其辞之处。

《醒世姻缘传》还好，作者西周生多半是由明入清的人，写起明代服饰颇为顺手，还不时借衣饰做文章，引出人物故事来。——如书中写晁思孝晚年纳妾的情节，便与一件衣服有关。

妾名春莺，本是丫环，自幼被爹娘卖到晁家，爹爹是个裁缝。有一年替武城知县做一套"大红劈丝圆领"，那衣料十分讲究，是县官花了十七两银子托人从南京买来的，连同补子一同交沈裁缝裁剪，预备新年庆典时好穿。

沈裁缝贪小，试图从衣料上偷出几双鞋面来，于是这里偷截尺半、那里裁短三寸，全靠"狠命的喷了水，把熨斗着力的熨开"，才勉强缝上。县官穿上新圆领到各庙行香，结果底摆太短，里面的道袍露出一大截，袖子也露出半截手臂来，两摆竟裂开半尺。县官大怒，命人捉拿沈裁缝，幸亏夫人说情，免了裁缝这顿打，教他照价赔偿。

裁缝又耍小聪明，将这圆领索性裁去一尺半，重新缝好，又买了些吃食，送给一位身长三尺、两臂极短的乡绅。这乡绅是个官迷，见了这件官服，十分喜欢，赏了他二十两纹银。不想沈裁缝去买衣料，途中银子被人偷去！后来又挖空心思凑了十两银子，仍不够衣料钱。狠狠心，把十一岁的女儿喜姐卖到晁夫人家，也只卖得五两银子。还是晁夫人听了裁缝老婆的哭诉，添了二两银子，才帮他们渡过了难关。——喜姐由此改名春莺，这才有了后来收房为妾的结局。

圆领（又作"员领"）是一种长衫，衣领不是通常的Y字形，是围绕颈部镶为圆边，因而得名。早在隋唐时，即已成为官式常服。历经五代、赵宋，至朱明依旧流行。在《醒世姻缘传》中，官员、举人、监生、教官、驿丞、僧官等，都可以穿着。书中第42回，县官劝一富户纳监（花钱捐纳监生），便说："你纳了监，就可以戴儒巾、着圆领，见了府县院道，都是作揖，唤大宗师……"明代作为秀才常服的"青衿"，也是圆领。

圆领的衣料质地也有高下之分，一件上乘圆领衣料竟需十四两银子（连补子共十六两），三个女孩儿的卖身钱，还够不上一件高档圆领衣料的价值！

除了圆领，宋元明的男子袍服，又有道袍、直裰、襕衫等名目。所谓道袍，本是道家的法服，其形制是斜领交裾，宽袖，衣长过膝，四周镶以黑布宽边；一般士人也穿。

道袍在《醒世姻缘传》中出现得最多，颜色质地各异，书中提到的，就有褐子道袍、荔枝红大树梅杨缎道袍、青彭缎夹道袍、佛头青秋罗夹道袍、姑绒道袍、紫花梭布道袍、油绿机上纱道袍、粗葛布道袍……有绸有布，有夹有单，价值也相差甚远。

《醒世姻缘传》中有位告老还乡的杨尚书，自奉甚薄，"冬里一领粗褐子道袍，夏里一领粗葛布道袍，春秋一领浆洗过的白布道袍，这是他三件华服了"。他家并不贫寒，除了有房有地，还开着酒店，单是大小管家就有一二十位。可管家们说："（我们）连领长布衫也不敢穿……倒不因穷做不起，就是做十领绸道袍也做起了。一则老爷自己穿的是一件旧白布道袍，我们还敢穿甚么？二则老爷也不许我们穿道袍，恐怕我们管家穿了道袍，不论好歹就要与人作揖，所以禁止的。"——穿道袍要有穿道袍的身份、礼数，因而不能随便穿着。可见道袍属于"上等人"的服饰，穿着是有规矩的。

吴敬梓、李绿园的生活年代，离明代渐远，写起前朝衣饰，已不能得心应手。《儒林外史》写得最多的是"直裰"。如第 1 回王冕在湖边放牛，见三个人到柳树下铺毡饮酒闲话，三人"头戴方巾，一个穿宝蓝夹纱直裰，两人穿元色直裰"。

再看老塾师周进的出场打扮："头戴一顶旧毡帽，身穿元色绸旧直裰，那右边袖子同后边坐处都破了，脚下一双旧大红绸鞋，黑瘦面皮，花白胡子。"（《儒林外史》，2 回）而老童生范进刚出场时，是穿着"麻布直裰"，在广东十二月上旬的天气里，冻得"乞乞缩缩"。（《儒林外史》，3 回）

算卦先生陈和甫，则"头戴瓦楞帽，身穿茧绸直裰，腰系丝绦"。（《儒林外史》，7 回）阔少胡三公子是"头戴方巾，身穿酱色缎直裰"。（《儒林外史》，18 回）吏役潘三的打扮，也是"头戴吏巾，身穿元缎直裰，脚下虾蟆头厚底皂靴"。（《儒林外史》，19 回）大盐商万雪斋的打扮也是方巾、直裰，只是衣料是"澄乡茧绸"的。

直裰至迟在宋代已经出现。一般以素布制作，对襟大袖，衣服边缘镶以黑边。最初也是和尚道士穿的，后来士人也穿。还有人说，直裰即道袍，本是一回事。又有人分说：直裰为长衣，背后的中缝直通下面，因此叫"直裰"，又叫"直掇"、"直身"。——明人王世贞在《觚不觚录》中说："无线道者，则谓之道袍，又曰直掇。""线道"是指缝在腰间的横带；有"线道"者，上下分开，也就不合"直掇"之义了。

《歧路灯》中只有两三处说到道袍、圆领，直裰则始终未提，倒是有几处提到"襕衫"、"大衫"。襕衫是指长衫下摆处接一横向布幅，以示上衣下裳之别。后来也有以镶边代替的，应与道袍无异。明代秀才、举人多穿襕衫。

《儒林外史》第 27 回，才子季苇萧出场时，"头戴方巾，身穿玉色绸直裰"，那正是典型的秀才打扮。——由宋代至明初，秀才的长衫本为白色，故有"白衣秀士"之称。至明洪武年间，长衫（襕衫）

白银时代，穿衣吃饭

改为玉色，由领至衿，缘以青边，即为"青衿"；而"青衿"也因此成为秀才的别称。青衿为宽袖，下摆有镶边，这又是襕衫的特征。

三部小说中提及士人服饰，《醒世姻缘传》说得最多的是道袍、圆领，不提直裰；《儒林外史》则多称直裰；《歧路灯》中襕衫出现得最多。——有人说，道袍、直裰、襕衫，有可能是同一种服饰，只是随着时代推移小有区别罢了。

穿衣戴帽规矩多

明清社会的等级制度，在穿衣戴帽上多有反映。杨尚书的管家不敢穿道袍，便是一例。不过时至晚明，礼仪规矩遭到破坏，《醒世姻缘传》的作者对此深恶痛绝，常常脱离故事主线，站出来大发感慨。

如在第 26 回，作者即对年轻人的奇装异服大加抨击：

> 那些后生们戴出那跷蹊古怪的巾帽，不知是甚么式样，甚么名色。十八九岁一个孩子，戴了一顶翠蓝绉纱嵌金线的云长巾，穿了一领鹅黄纱道袍，大红段猪嘴鞋，有时穿一领高丽纸面红杭绸里子的道袍，那道袍的身倒只打到膝盖上，那两只大袖倒拖在脚面；口里说得都不知是那里的俚言市语……

这里所说的云长巾，应即凌云巾，又叫忠静巾，状如圆筒，用细绢制作，嵌以彩线，本不新鲜，但以翠蓝色绉纱为之，就显得十分抢眼，再配以黄袍、红鞋，更觉古怪；而身短袖长的道袍，更是不合体制。——这些年轻人，便是中国 17 世纪的"嬉皮士"吧？只是高丽纸袍面、红杭绸里子的道袍，就不怕淋雨么？

让西周生愤慨的还有庶民百姓"若有几个村钱"，便"穿了厂衣，戴了五六十两的帽套，把尚书侍郎的府第都买了住起。宠得那四条街上的娼妇都戴了金线梁冠，骑了大马，街中心撞了人竟走"。

"厂衣"即官服。"帽套"为冬日加于帽外的毛皮饰物。明人刘若愚《酌中志》有"内臣佩服纪略"云："至于外廷，如今所戴帽套，谓之曰云字披肩。"帽套一般用贵重貂皮制成，价值甚昂，五六十两一顶，相当于两万元，那是十几亩地的价格！何况这本是勋贵高官的服饰，若寻常百姓佩戴，便属僭越。而"金线梁冠"是用金丝编织的鬏髻，又有五梁、七梁之分，也是贵妇的发饰。如今娼妓居然公然佩戴、招摇过市，骑马撞了人，竟不顾而去，作者自然不能容忍！

《儒林外史》的作者吴敬梓一身反骨，对当时的种种世相及科举制度持激烈的批判态度；但却难以跳出尊卑观念的框框，对人群中的服饰"僭越"现象，既有冷静客观的描述，又不乏挞伐之词。

书中第 22 回，写牛浦郎跟随清客牛玉圃前往仪征，在大观楼酒馆中遇到一位方巾客，叫王义安。三人同桌而食，忽然从楼下走上两个戴方巾的秀才来：

白银时代，穿衣吃饭

前面一个穿一件茧绸直裰，胸前油了一块；后面一个穿一件元色直裰，两个袖子破的晃晃荡荡的，走了上来。两个秀才一眼看见王义安，那穿茧绸的道："这不是我们这里丰家巷娼子家堂柜的乌龟（引者注：乌龟，旧时对妓院老板及妓院男性仆役的蔑称）王义安？"那穿元色的道："怎么不是他！他怎么敢戴了方巾，在这里胡闹！"不由分说，走上去一把扯掉了他的方巾，劈脸就是一个大嘴巴，打的乌龟跪在地上磕头如捣蒜。两个秀才越发威风。……

　　这里两个秀才，把乌龟打了个臭死。店里人做好做歹，叫他认不是。两个秀才总不肯住，要送他到官。落后打的乌龟急了，在腰间摸出三两七钱碎银子来，送与两位相公做好看钱，才罢了，放他下去。

　　方巾又叫角巾，属于软帽一类，下圆上方，平顶，据说有"平定四方"之意。方巾配青衿，是明代秀才的标准服饰。不过社会上各色人等，也有随意穿戴的，时当明末（书中应影射清代雍乾时期）礼制崩坏之时，大家也是睁一眼、闭一眼，民不举官不究。

　　只是王义安乃是"乌龟"，属下九流，居然也戴起方巾来，岂可容忍？因而一旦有人较起真来，理亏者只好磕头求饶、破财免灾了！

　　别看两个真秀才衣衫褴褛，可他们属于高人一等的士绅阶层，遇上这有违"纲常"的事，自然是义愤填膺，说话行事理直气壮。——作者吴敬梓抱什么态度呢？从这段貌似冷静的客观描写中，不难看到他挂在嘴角的一丝嘲讽：两个秀才分明是在小题大做、借机讹钱！

至明末，方巾的样式也有所变化，愈发高耸，人们形容"顶着个书柜"。《儒林外史》24 回，戏班老板鲍文卿在茶馆中便遇见一位戴"高帽"的同行：

> （鲍文卿）才走进茶馆，只见一个人坐在那里，头戴高帽，身穿宝蓝缎直裰，脚下粉底皂靴，独自坐在那里吃茶。鲍文卿近前一看，原是他同班唱老生的钱麻子。……鲍文卿道："我方才远远看见你，只疑惑是那一位翰林、科、道老爷错走到我这里来吃茶，原来就是你这老屁精！"当下坐了吃茶。钱麻子道："文卿，你在京里走了一回，见过几个做官的，回家就拿翰林、科、道来吓我了！"鲍文卿道："兄弟，不是这样说。像这衣服、靴子，不是我们行事的人可以穿得的。你穿这样衣裳，叫那读书的人穿甚么？"钱麻子道："而今事，那是二十年前的讲究了！南京这些乡绅人家寿诞或是喜事，我们只拿一副蜡烛去，他就要留我们坐着一桌吃饭。凭他甚么大官，他也只坐在下面。若遇同席有几个学里酸子，我眼角里还不曾看见他哩！"鲍文卿道："兄弟你说这样不安本分的话，岂但来生还做戏子，连变驴变马都是该的！"钱麻子笑着打了他一下。

鲍文卿是吴敬梓极力褒奖的正面人物，其最突出的表现，便是严守上下尊卑的界限，不肯逾越半步。吴敬梓褒奖他，也正因他的"自甘微贱"吧？不过吴敬梓并不认为唱戏的低人一等，他以生动的笔致，叙写了"戏子"鲍文卿与高官向鼎的生死交情。

鲍文卿死时，家人遇到了棘手问题：铭旌如何题写？——"铭旌"又称"灵幡"，古人在丧礼上将死者的官阶、名号书于铭旌，用竿挑起，以示对死者的纪念和表彰。人们还记得，《红楼梦》中贾蓉之妻秦可卿病故，为了铭旌写得好看，贾家临时花了一千两银子，为贾蓉捐了个"五品龙禁尉"的官衔，于是铭旌上才有了"诰封一等宁国公冢孙妇防护内廷紫禁道御前侍卫龙禁尉享强寿贾门秦氏宜人之灵柩"的写法。——然而生为地位微贱的"戏子"，鲍文卿的铭旌又该如何题写？

正在发愁之际，忽传"福建汀漳道向太老爷"前来吊孝。这位道台老爷便是向鼎，当年鲍文卿对他有恩，他一直铭记不忘，视这位"下九流"的戏班老板为老友。一番哭祭之后，向道台亲自挥笔题写铭旌："皇明义民鲍文卿（享年五十有九）之柩。赐进士出身中宪大夫福建汀漳道老友向鼎顿首拜题。"——在吴敬梓眼里，鲍文卿之所以值得尊敬，正因为他恪守尊卑界限，不肯稍有逾越！

一个人所以高尚，是因他甘于卑贱。吴敬梓给出的这道悖论难题，不知谁人能解？

一套顾绣衣料的故事

与男人服饰相比，女人服饰的形制规定要宽泛得多。《醒世姻缘传》第36回，小春莺为晁家生了继承人，晁夫人格外高兴。正值春暖换季，晁夫人为她添了不少衣服首饰，"与春莺做了一套石青绉纱衫、一套枝红拱纱衫、一套水红湖罗衫、一套玄色冰纱衫，穿了一条珠箍，打了一双金珠珠排、一副小金七凤、许多小金折枝花、四个金戒指、一付四两重的银镯"——这里的绉纱、拱纱、湖罗、冰纱，都是衣料名称。

同书第68回，写狄希陈之妻薛素姐随侯、张两道婆到泰山烧香，"穿了一件白丝绸小褚，一件水红绫小夹袄，一件天蓝绫机小绸衫，白秋罗素裙，白洒线秋罗膝裤，大红连面的缎子鞋，脊梁背着蓝丝绸汗巾包的香，头上顶着甲马"，一路骑着驴，还要丈夫狄希陈给他牵着牲口，引得"一街两岸的老婆汉子，又贪着看素姐风流，又看着狄希陈的丢丑"。

素姐这身打扮，不但衣料好，而且颜色搭配也讲究，白衣白裙，水红色的夹袄，大红的缎子鞋面，绸衫及背的汗巾包都是蓝调子的。上面绣的花又格外精致。"洒线"即指衣料上的刺绣。

妇人衣装，一看衣料，二看式样。素姐这套衣服为什么鲜明好看？原来衣料用的是南京的"顾绣"！——书中第66回介绍顾绣说："且只说南京有一个姓顾的人家，挑绣的那洒线颜色极是鲜明，针黹甚是细密，比别人家卖的东西着实起眼。"

先是狄希陈的同窗张茂实，托人到南京买了一套顾绣衣料，请高明的裁缝裁制，做成"鲜明出色的裙衫"，让张茂实的妻子智姐穿着。薛素姐见了，格外羡慕。智姐故意骗素姐说，你丈夫狄希陈也托我家掌柜花八两银子从南京带了一套顾绣衣料回来，难道没给你做吗？

原来，狄希陈素喜恶作剧，此前曾编造谎言，说自己与智姐有染，惹得张茂实将智姐痛打了一顿。智姐怀恨在心知道狄希陈怕老婆，因而有意如此说，欲报前仇。

素姐果然中计，回家后对狄希陈百般摧折，逼问那套顾绣料子藏在何处、给了何人。狄希陈被逼无奈，只好四处寻觅，先寻得两套"仇家洒线"回去搪塞，被素姐摔在脸上，让他再去找。

狄希陈打听得张茂实买了两套顾绣衣料，于是到张家店中好说歹说，匀得一套。张茂实与伙计李旺做局，骗他说这一衫一裙的原价是二十一两五钱银。狄希陈如获至宝，火急回家粜了米粮，"高高的兑了二十二两纹银"，送到张茂实店里，将顾绣衣料捧回家中。

过后张茂实又故意当着狄希陈的面跟李旺叨念，说衣料按原价给了狄希陈，没赚到钱。狄希陈又忙将"大斗两石细米"驮到张茂实家，张茂实虚情假意称了三两六钱银子给狄希陈，他还推托不受。——小说评论道："张茂实合李旺做了一路，将五六两的一套裙衫，多得了三四倍的利息，你不感激他（指狄希陈），倒骂了许多'呆X养的'。"

素姐得到这套顾绣衣料，心满意足。不过她的结论是："人是苦虫！要不给他两下子，他肯善便拿出来么？我猜你这衣裳情管是放在张茂实家，我若要的不大上紧，你一定就与了别人。论起这情来，也甚恼人，我还看菩萨分上罢了。你看个好日子，叫裁缝与我做了，我穿着好赶四月八上奶奶庙去。"——这才有了后来的一路张扬。

顾绣起源于明代嘉靖年间，相传有进士顾名世在上海修建别墅露香园，其儿媳缪氏，精于刺绣，尤其擅长模仿名人画作，用彩线绣出山水人物。所用丝线细于毛发，针脚细密，配色讲究，技法多变，颇能得原画神韵，因而受到江南士绅商贾的一致推崇，又因其姓氏及所居，称"顾绣"或"露香园绣"。

至清代，顾氏后人开设刺绣作坊，收徒传艺；商人也开办绣庄，专门收购顾氏绣品，高价出售。《醒世姻缘传》撰写之际，正值顾绣在江南声誉鹊起、官商之家竞相购买之时。这一信息被一位北方作者摄入小说、编为故事，说明顾绣的影响已辐射全国。

《醒世》中另一位讲究穿戴的妇人，是晁源之妾珍哥。珍哥原是女戏子，其服饰品味，不离舞台戏装。第1回，晁源要去打猎，珍哥也要跟着凑热闹。晁源让她把一件石青色洒线披风找出来，用一匹银红素绫做里子，找裁缝缝好，让珍哥打猎时穿。

珍哥不干，偏要"戏妆"出马，并向戏班子讨要"金勒子、雉鸡翎，蟒挂肩子"。晁源一团高兴，索性要她全做新的，"与珍哥新做了一件大红飞鱼窄袖衫，一件石青坐蟒挂肩；三十六两银子买了一把貂皮，做了一个昭君卧兔；七钱银做了一双羊皮里天青劈丝可脚的 鞋；定制了一根金黄绒辫鞓带；带了一把不长不短的镀银顺刀；选了一匹青色骟马，使人预先调习"。

待打猎那日，珍哥戎妆骑马，众多丫环使女也都骑了马前呼后拥，"分明是草茆儿戏，到像细柳规模"，众人见了，齐声喝彩！——这场玩闹，不知又花了多少造孽钱！

至于京城贵妇，穿戴反而并不复杂。《醒世姻缘传》第 78 回，写两位国公太太的装束，"二位太太俱穿着天蓝实地纱通袖宫袍，雪白的雕花玉带"；"徐太太当中戴一尊赤金拔丝观音，右边偏戴一朵指顶大西洋珠翠叶嵌的宝花。吴太太当中戴一枝赤金拔丝丹凤口衔四颗明珠宝结，右戴一枝映红宝石妆的绛桃。"——贵妇人的衣饰简洁而华贵，又非财主商贾的女眷可比了。

辑

求田问舍，雇马赁舟

二

晁源的豪宅买亏了

一个人除了吃饭、穿衣，最重要的需求就是栖身之所了。古代神话中有个有巢氏，便是教人筑巢造屋的神明。

我们从《金瓶梅》、《红楼梦》中已经大致了解古人在住房上的花费。如《金瓶梅》反映的是晚明的物价，山东清河县城繁华地段一所"门面二间、到底四层"的宅子，价银为一百二十两。而一所普通的"门面二间二层、大小四间"的平房，只需三十五两。典房的价格就更低廉，卖炊饼的武大在县门前典了一所两层小院，第二层是两层小楼，只需十数两银子。而书中"门面七间，到底五层"的大宅，要价一千二百两。

至于房租的价格，《金瓶梅》中几乎未涉及；只在第93回，提到一老者给了陈经济五百铜钱、一两银子，说是银子可当本钱做个小生意，铜钱则"与你盘缠，赁半间房儿住"——那或许是两三个月的租金吧。

《醒世姻缘传》中的房价比《金瓶梅》明显提高。晁源家在山东武城县，父亲做官后，他花六千两银子，买了姬尚书的府第，前后八层，所谓"侯门深似海，怎许故人敲"。

晁源带着宠妾珍哥儿住在第二层；原配夫人计氏领着两个丫环、一个老媪住在第七层，中间还隔着几层空房。——虽说这宅院比《金瓶梅》中前后五层的房子要深广，而价格竟然是前者的七倍，约合人民币210万！是否有点离谱？

求田问舍，雇马赁舟

我们试拿清雍正年间的房价做一比照。曹雪芹祖父曹寅的妻兄苏州织造李煦，于雍正元年（1723）被抄家，其在京家产有房屋数百间，作价如下：

> 草厂胡同瓦房二百二十五间，游廊十一间，折银八千零九十四两（均 34.3 两）；阮府胡同瓦房十六间，折银三百四十三两（均 21.44 两）；畅春园太平庄瓦房四十二间，马厩房八间，折银一千六百一十四两（均 32.28 两）。……

> 房山县除坟园房地及看园子之人外，丁府新庄有……瓦房二百一十间、偏厦子二十八间，马厩房十二间、土房十一间，折银二千四百一十五两（均 9.26 两）。……

> 查得办理李煦产务之奴才马二之家产：……黑芝麻胡同有瓦房十二间又半间，游廊三间，折银四百二十九两（均 27.68两）；林中坊有瓦房十五间，折银五百七十两（均 38两）。……①

从查抄估价可知，当时京城的房屋，位置好、质量高者，均价可达三十七八两一间，差些的也在二十两以上。至于房山等远郊农庄的房屋，也可低至不足十两一间——当然是与偏厦、马厩、土房平均的结果。

---

① 中国第一历史档案馆，1981 年第 2 期档案。

抄没财产估价普遍偏低，经过加权计算，清前期京城高质量的房屋，均价以五六十两一间为宜。地处山东武城县城的官宦旧宅，能有这个价格一半就不错。晁源所购前后八层的尚书宅，假使是门面七间，也不过五六十间房。若还有跨院、楼阁、花园等，房间总数也不会超过百间。以每间二十五两计算，总价撑死不会超过三千两。哪怕明末清初房价有所升降，晁源一掷六千两，也仍是"亏大发"了！

不过这桩房屋交易发生在晁源身上，也不奇怪。晁源是小说家浓墨刻画的纨绔子弟，小人乍富、挥霍无度，与人交易，挨宰受骗是家常便饭；因而这六千两的价格虽有夸张，却还没出圈儿。

从书中其他房价信息可知，与《金瓶梅》相比，房价涨幅并不算大。如书中第 25 回写单教官死后，他家一所"前面三间铺面，后面两进住房，客厅书舍件件都全"的房子，卖了一百五十两银子，合十六七两一间，比起《金瓶梅》中清河繁华地段"门面二间、到底四层"的宅子，每间只贵一二两。

又《醒世姻缘传》第 35 回，塾师汪为露购置了一所宅院，北、西、南各有房屋，他又借了东邻墙壁，自己盖起三间披厦。汪为露死后，儿子吃喝嫖赌，将房屋卖掉。"原价四十五两，因与汪为露住了几年，不曾修整，减了八两，做了三十七两。"——若按北、西、南各三间屋计算，原价每间只合五两银。当然，这是乡村小镇的房价，自不能跟县城的房子相提并论。

京城房子虽然贵些，却也可以接受。又第 76 回，童奶奶在北京锦衣卫街背巷子买了所"小巧房屋，甚有里外，大有规模，使了三百六十两价银"。书中未提院落格局，但看后面的描述，有"正厅"，有"中门"，还有"后边"，至少也应有三五间门面、两三层进深。——按十五间房屋算，每间均价二十四两。

《醒世姻缘传》作者应当来过北京，对前三门（正阳门、崇文门、宣武门）一带比较熟悉，相关地名在书中多有涉及。如此房的具体位置是"锦衣卫后洪井胡同"——今称"后红井胡同"，位于西交民巷一带。2007 年建国家大剧院时拆除，当时曾挖出一口古井，或即胡同名称由来。

《醒世姻缘传》只有一两处说到典房，都没提价格，倒有多处讲到租房的情形。前头说到单教官那所房子，被对门的杨尚书以一百五十两买去，租给薛教授，每月赁价是一两五钱，即一月租金相当于房价的百分之一。

京城的房租也有提到。如第 54 回写狄员外带儿子进京，在国子监东边路北寻到一处住所，"进去一座三间北房，两间东房，一间西房，两间南房，一间过道"，是带家具租赁的，连过道共九间房，中间是个小院，每月的房钱是三两银子。若按租金为房价的百分之一计算，这所房子值三百两银子。跟后洪井胡同前后二三进的童宅相比，单价贵了不少。——难道因为这里离国子监不远，属于"学区房"吗？

不过跟今日大都市的房价相比，那时的房价还是相当低廉的。如童奶奶的小巧院落折合今价，还不到 13 万元；狄员外租赁的国子监小院，售价当为 10 万元出头。而今一所两三居室的单元房，售价动辄 200—300 万甚至更高，月租金却不过四五千元，还不到房价的千分之二。若按租金、房价 1∶100 计算，今天大城市的房价，应降至四五十万元一所，或租金提升至每月二三万元，比较合宜。

不过那时也有租金便宜的房屋。如厨子尤聪攒了几两银子，带着媳妇出去住，"赁了人家两间房子，每月二百房钱"。——房只两间，八成是那种冬冷夏热的灰顶平房吧。铜钱二百文合银二钱五分，每间的月租金合一钱二三分；显然不能跟狄员外国子监学区房每间租金三钱三分的相提并论。

人间有价屋，天上神仙府

《儒林外史》时代，房价按白银计算有所上涨。只是彼时白银购买力降低，因而房屋的实际价格上涨不多。

书中提到的房屋买卖信息不多，且多半未提价格，似乎当时典房居住的情况比较普遍。

乡下青年匡超人到杭州投靠布政司吏役潘三，跟着潘三干了不少徇私枉法的勾当。潘三倒是讲义气，不但银钱上不曾克扣他，还替他说了一门亲事。女方"浅房窄屋"，"一间门面，到底三间"，婚后居住不便，潘三又替他"典了四间屋，价银四十两"。后来匡超人要进京作教习，把太太送回老家，这四间房又转出去，依然得银四十两。

大都市杭州房价如此，中等城市芜湖的房价也低不到哪儿去。牛浦郎的祖父牛老开着一家小店，家里只有一间半房子，"半间安着柜台，一间做客座"。牛老给牛浦郎娶了妻，那客座后半间便成了新房。牛老死后，家中欠了许多债，牛浦郎只好把那一间半房子典给人，典价十五两。——一间房平均典十两，与匡超人的杭州典价相同，似乎又是江南一带典屋的"官价"。（《儒林外史》，21回）

高质量的房子，典价要高得多。唱戏的鲍廷玺原名倪廷玺，从小过继给唱戏的鲍师傅。后来他找到亲哥哥倪廷珠，廷珠给苏州巡抚做幕宾，一年有千两银子的束脩。廷珠见兄弟居无定所，准备给他一笔银子，要他"弄一所房子"，把家眷接到南京来住。鲍廷玺看中施御史家一所"三间门面，一路四进"的房子，典价二百二十两。——只是时运不济，倪廷珠突然得急病故去，鲍廷玺房子买不成，预付的二十两"押议银"（定金）也被罚没了。

租房的价格是否也有上涨呢？诸葛天申、萧金铉等要刻书，要到报恩寺租房，看好三间房，"和尚一口价定要三两一月，讲了半天，一厘也不肯让"。其实那地方很偏僻，购物也不方便。——若按租金为房价百分之一计算，这样的房子要卖到一百两一间，可谓天价！

南京最贵的房子，大概要数秦淮河两岸的"河房"了。一来是城中最繁华的所在，二来离贡院不远，乡试之年考生多要在此赁房，以至租金高达八两。杜少卿后来搬到南京，便租了河房住。"南京的风俗是要付一个进房，一个押月"（即所谓"押一付一"），订了租约后，先付了十六两银子。

这河房倒也敞亮，客人来到，"将河房窗子打开了，众客散坐，或凭栏看水，或啜茗闲谈，或据案观书，或箕踞自适，各随其便"。（《儒林外史》，33回）后来汤总镇的两位少爷到南京应乡试，住在钓鱼巷，也是河房。"进了门，转过二层厅后，一个旁门进去，却是三间倒坐的河厅，收拾的倒也清爽。两人坐定，看见河对面一带河房，也有朱红的栏杆，也有绿油的窗槅，也有斑竹的帘子，里面都下着各处的秀才，在那里哼哼唧唧的念文章。"（《儒林外史》，42回）

这里所说，还都是寻常百姓的居所。若是世家大族及盐商富贾的宅第，又非一般百姓所能想见。——《儒林外史》第31回，写韦四太爷到天长杜府看望杜少卿，作者以似不经意之笔，写出宅第的深邃，花园的幽美：

（杜少卿）请韦四太爷从厅后一个走巷内，曲曲折折走进去，才到一个花园。那花园一进朝东的三间。左边一个楼，便是殿元公的赐书楼。楼前一个大院落，一座牡丹台，一座芍药台，两树极大的桂花，正开的好。合面又是三间敞榭，横头朝南三间书房后，一个大荷花池，池上搭了一条桥。过去又是三间密屋，乃杜少卿自己读书之处。

当请韦四太爷坐在朝南的书房里，这两树桂花就在窗槅外。

后来杜少卿搬到南京，朋友知道后，都感惊讶："尊府大家，园亭花木甲于江北，为甚么肯搬在这里？"——杜府正房有多大规模，书中并未细说；只是说到当年那坛酒时，通过老丫环之口，说"埋在那边第七进房子后一间小屋里"，依然于不经意间，描画出"侯门深似海"的气象。

由于杜少卿挥金如土、负债累累，田土卖尽，不得不将偌大的宅第"并与本家"——这"并"是卖是典，不得而知。还债赎当之后，"还落了有千把银子"，看来也是拿金子当生铁卖了！

至于盐商的宅第，更不用说。书中第 22 回写牛浦郎随牛玉圃到大盐商万雪斋家做客。

一直来到河下。见一个大高门楼，有七八个朝奉坐在板凳上，中间夹着一个奶妈，坐着说闲话。……

走进了一个虎座的门楼，过了磨砖的天井，到了厅上。举头一看，中间悬着一个大匾，金字是"慎思堂"三字，傍边一行"两淮盐运使司盐运使荀玫书"。两边金笺对联，写："读书好，耕田好，学好便好；创业难，守成难，知难不难。"中间挂着一轴倪云林的画。书案上摆着一大块不曾琢过的璞。十二张花梨椅子。左边放着六尺高的一座穿衣镜。从镜子后边走进去，两扇门开了，鹅卵石砌成的地，循着塘沿走，一路的朱红栏杆。走了进去，三间花厅，隔子中间悬着斑竹帘。有两个小幺儿在那里伺候，见两个走来，揭开帘子让了进去。举眼一看：里面摆的都是水磨楠木桌椅，中间悬着一个白纸墨字小匾，是"课花摘句"四个字。

至此，已不知是"云山第几重"了，但这还只是宅第的一部分，池塘那边，还有"高高低低许多楼阁"。——万雪斋原是盐商程家的小厮，后来发了财，"寻了四五万银子，便赎了身出来，买了这所房子"，那房价不可测度，又非西门庆、晁源等的"豪宅"可以望其项背了。

谭家大院盛衰史

《歧路灯》主人公谭绍闻的父亲谭孝移，是开封府祥符县的士绅。他十八岁进学，二十一岁食饩，三十一岁拔为贡生。家中有房有地，是祥符县的殷实富户。

谭家住着一所大宅院，宅后隔着一条胡同，还有个四五亩大的花园——原本是一位旧宦的书房，谭家花五百两银子买来，又费二百两银子"收拾正房三间"，请朋友题了"碧草轩"的匾额，当作书房。院中另有厢房、厨房、茶灶、药栏，连同园丁住的房屋也都具备。于是封了旧宦的正门，另开角门，跟谭家正宅的后门隔路相对。谭孝移每天在书房内看书，或跟一二知己"商诗订文"，或看园丁"灌花剔蔬"。

至于谭家正宅的规模，书中未详述。不过从零碎描述可知，后门对着碧草轩角门，前门开在另一条街上，这规模应当不小。宅中有前厅、祠堂、后楼。小说开头，有江南的亲戚派人来问候，谭孝移在碧草轩中接待，嘱咐家人王中说："你可引江南人到前院西厢房住。不必从胡同再转大街，这是自家家里人，即从后角门穿楼院过去。对账房阎相公说，取出一床铺盖，送到西厢房。……"庭院深深之貌，可以概见。

日后谭孝移的儿子谭绍闻不求上进，结交匪类，吃喝嫖赌，几乎将家产败光。有个浮浪子弟夏鼎，每天在谭绍闻身上打主意。一日夏鼎进得谭家，见了这一所大宅院，大为赞叹，说是："好一个日进斗金的院子！"谭绍闻追问缘故，夏鼎"指点"说：

> 你这客厅中，坐下三场子赌，够也不够？两稍间套房住两家娼妓，好也不好？还闲着东西六间厢房，开下几床铺儿，睡多少人呢？西偏院住了上好的婊子，二门外四间房子，一旁做厨房，一旁叫伺候的人睡，得法不得法？门外市房四间门面，两间开熟食铺子，卖鸡、鱼、肠、肚、腐干、面筋，黄昏下酒东西；两间卖绍兴、金华酒儿，还带着卖油酥果品、茶叶、海味等件。……这是你的祖上与你修盖下这宗享福房子，我前日照客时，已是一一看明，打算清白，是一个好赌场。……

（《歧路灯》，64回）

通过夏鼎之口，读者对谭家院落已有大概了解。仅仅半截院落，就有房屋二十来间；后面的"楼院"尚未包括在内。

谭绍闻因交友不慎，沉溺赌博，债台高筑，不得不变卖家产。先卖田地，又卖宅院。碧草轩也卖给人家开酒馆，立了死契；前半截院落及账房、临街铺面也都典与商家，立的是活契，共到手二千三百两银子——《金瓶梅》中门面七间、到底五层的大宅，也只卖一千二百两，可见此刻房价上涨迅猛。

不过多亏谭家义仆王中忍辱负重、竭力苦谏，将谭绍闻拉回正道。王中在自住小院掘得窖银一千两；早已离开谭家的账房先生阎楷也拿出二百两，共同将谭宅前院赎回。阎楷想开个书店，租了前头的铺面；那二百两银子，抵了两年的租金。

宅后的碧草轩院落，后来由绍闻的堂兄弟谭绍衣以一千五百两购回。他到外省做官，便将家眷安顿于此。——此轩当年连购置带收拾，共花了七百两，此刻回购，房价足足涨了一倍多（相当于从13万涨到28万）；这多少反映了当年房价上涨的趋势。

谭家另一处独立小院，本来是给书塾先生住的。后来被人看上，提出两种选择：或以二百两典与，或以三百两卖断。绍闻手头正紧，选择了卖断形式。——此事还披露了一个信息：当时典屋的价值，大致相当于房屋实价的三分之二。以此推想，《儒林外史》中匡超人四十两典下的房屋，实价约值六十两；鲍廷玺预定典价二

求田问舍，雇马赁舟

百二十两的施宅，实价应在三百三十两以上。不过典价高低，也可由当事双方商定，这里所讲，只是一般情况。

说到绍闻卖掉的这处小宅，还有故事可讲。有个姓高的皮匠曾租住此院，但只住其中两间房，租金一年三千钱。谭家的意思，权当雇人看院子，而且高皮匠答应义务给谭家做些活计。——高皮匠所做的"活计"，却是设局让老婆勾引绍闻，自己则出面捉奸，结果讹去谭家一百五十两银子。这也是败家子咎由自取。

租房的价格倒像是稳中有降。书中第 6 回，写谭孝移受州县保举，送部引见候补。进京后赁了柏姓老者的花园居住。

> 孝移进院一看，房屋高朗，台砌宽平，上悬一面"读画轩"匾，扫得一清如水。院内两株白松，怪柯撑天；千个修竹，浓荫罩地；十来盆花卉儿，含蕊放蕾；半亩方塘，有十数尾红鱼儿，唧尾吹沫，顿觉耳目为之一清。及上的厅来，裱糊的直如雪洞一般，字画不过三五张，俱是法书名绘，几上一块黝黑的大英石，东墙上一张大瑶琴，此外更无长物。推开侧房小门，内边一张藤榻，近窗一张桌儿，不用髤漆，木纹肌理如画，此外，两椅二几（引者注：几，同机，小凳）而已。
> （《歧路灯》，7 回）

谭孝移在读画轩一住二年，临别时捧了六十两银子作租金，与柏公话别。好客的柏公竟不肯收取，只拈了几小锭赏给家人。

不过柏公即使收了，这租金也只合每月二两五钱，是不是太低了点？——或许在乾隆中后期，房租与房价的比率已经拉大不少，若还按房租为房价的百分之一来计算，地处京城、环境幽美的园林轩榭，仅售二百五十两银子，岂非连谭家那个皮匠租住的小院落都不如了吗？

明末清初田价低

房子需要地基，粮食也要长在地里，吃饭住房都离不开土地。《歧路灯》中谭绍闻曾向夏鼎感叹，说自己背着几千两银子的债，"屠行、面房、米店里，天天来聒吵，好不急人！"夏鼎问："屠行便罢了，你如何把账欠到米面铺里？"绍闻说：家里的田地都典卖得差不多了，"向来好过时，全不算到米面上，如今没了地，才知米面是地上出的。傻死我了，说什么？"（《歧路灯》，81 回）——不错，从前田多的时候，赶上乡里佃户送粮纳租，总有二三十辆车子到谭家"过斗上仓"（《歧路灯》，19 回）。

书中第 85 回，写谭绍闻卖房还债，还剩下六百两银子，于是来找老仆王中商议。王中提出三件事：一是替老太太准备寿材，二是给小公子预备一间书房，三是把南乡的田地赎回一部分来。王中说：

> 大相公你想，俗话说：千行万行，庄稼是头一行。一家子

人家，要紧的是吃穿。吃是天天要吃哩。"一家吃穿，等着做官"，这官是望梅止渴的。况且一家之中，做官的人少，不做官的人多；做官的时候少，不做官的时候多。况且做官的饭，又是难吃的。……若说是做生意，这四五百两银子，不够作本钱。况生意是活钱，发财不发财，是万万不敢定的。唯有留下几亩土，打些庄稼，锅里煮的是庄稼籽儿，锅底烧的是庄稼秆儿，养活牲口是庄稼中间出的草料。万物皆从土里生，用的银钱也是庄稼粜的。才好自己有了勤俭之心。……

　　王中这一番话，可谓至理名言。中国传统经济以农耕为主，其"理论基础"，全在于此。——20世纪上半叶，有位在中国生活了大半辈子的美国女作家赛珍珠（1892—1973），创作了长篇小说《大地》，并因此荣获诺贝尔文学奖。《大地》的主人公是个叫王龙的中国农民，他的吃、住、信仰，无不从土地中来：家里的房子是用泥土烧成的砖砌的，屋顶是用地里长出的麦秸苫的，厨房的灶台也是泥土垒成的，盛水的缸则是用陶土烧制。农家祖祖辈辈膜拜的土地爷、土地奶奶偶像，也是用田里的泥土塑的。每逢结婚、生子、丰收，人们就要到土地庙虔诚祭拜……赛珍珠的这番话，在她百多年前就由《歧路灯》中的人物讲过了。

　　谭家有多少田产，书中并未交代，只有些侧面记述。如第48回，由王中出面将"三顷地、一处宅院"，卖给南乡财主吴自知，得银三千两。后文又笼统说："谭绍闻负债累累，家业渐薄，每日

索欠填门，少不得典宅卖地，一概徐偿。"（《歧路灯》，67 回）

三顷地即三百亩，那"一处宅院"不知大小，价格难估。假使是五百两吧，那么三百亩地卖了二千五百两，一亩地价八两多。

又第 22 回，戏班老板茅拔茹自叙购置戏服的费用，说是"上年我卖了两顷多地，亲自上南京置买衣裳，费了一千四五百两，还欠下五百多账"。——这话有两种理解，一种是已经花了一千四五百两，另外还拉着五百多两的"饥荒"；另一种是衣价总共一千四五百两，已付九百多两，余下为欠账。

若按前一种理解，则两顷田共得一千四五百两，一亩地值银七两多。按后面的理解，一亩还不到五两。——尽管茅拔茹是个江湖骗子，但他的话仍有参考价值，说明彼时的地价一亩约在五两到十两之间。

《儒林外史》中提到田地的话头不多。其中杜少卿倒是卖过两回田，一次卖了一千五百两，一次卖了两千两，但每次卖田多少，每亩价格几何，都没有细述。倒是第 47 回写捐客成老爹向乡绅虞华轩推销过一块田地，透露了一些信息。

成老爹说："而今我那左近有一分田，水旱无忧，每年收的六百石稻。他要二千两银子。……"从前种庄稼只用农家肥，产量低，一亩打两担（约三百斤）就算不错。"水旱无忧"的好田若按每亩打 2.5 担（三百五六十斤）计算，这块田的面积应有二百四五十亩，总价两千两，则合每亩八两银。后来虞华轩借口价钱贵了，没买。——这价格大概确实不低。

田价说得最明白的，是《醒世姻缘传》，共有两处。一处是书中第9回，晁源的岳父计老儿向晁家邻居禹明吾诉委屈，说此前资助晁家甚多，为晁思孝出贡，卖了计氏陪嫁的二十亩地，得银四十两。——则彼时一亩地价值二两银。又书中第22回，晁夫人不肯独享家业，把八位族人召来，宣布把家中老官屯的四顷地分给八家，每家五十亩；另外每家再给银五两、杂粮五石，让家家过上好日子。且看族人的表现：

> 晁思才把两个耳朵垂子捣了两捣，说道："这话，我听得是梦是真哩？这老官屯的地，一扯着值四两银子一亩，这四顷地值着一千六七百两银子哩。嫂子肯就干给了俺罢？……阿弥陀佛！嫂子，你也不是那世上的凡人，你不知是观音奶奶就是顶上奶奶（引者注：顶上奶奶，这里指泰山山顶上供奉的碧霞元君，又称泰山奶奶）托生的。通是个菩萨，就是一千岁也叫你活不住！"晁无晏道："你看七爷！活了你的么？就叫俺三奶奶活一万岁算多哩？"

可就在不久前，晁思才还借口晁思孝这一支没了继承人，闹着分财产，要把晁夫人赶出家门哩！——不过他的这番话又明确无误地披露：当时四两银子可买一亩地。这是否是清初地价的真实反映呢？对此，有清人笔记可以参照。

仍是清人钱泳的《履园丛话》，卷一有"田价"一则，把明末清初地价的涨跌说得清清楚楚：

> 前明中叶，田价甚昂，每亩值五十余两至百两，然亦视其
> 田之肥瘠。崇祯末年，盗贼四起，年谷屡荒，咸以无田为幸，
> 每亩只值一二两，或田之稍下，送人亦无有受诺者。至本朝顺
> 治初，良田不过二三两。康熙年间，长至四五两不等。雍正
> 间，仍复顺治初价值。至乾隆初年，田价渐长。然余五六岁
> 时，亦不过七八两，上者十余两。今阅五十年，竟亦长至五十
> 余两矣。

《醒世姻缘传》写晁老出贡时，时间尚早，那时二十亩地卖了
四十两银，正合"崇祯末年"或"本朝顺治初"，"每亩只值一二
两"及"良田不过二三两"的田价。至晁夫人分田，已是若干年
后，则每亩四两，也正合"康熙年间，长至四五两不等"的情形。

《儒林外史》撰于乾隆初期的十几年间，田价已开始上涨，但
八两一亩毕竟太高，因而虞华轩有理由拒绝这个价格。《歧路灯》
则撰于 18 世纪 60—80 年代[①]，准确地说，是乾隆十四年至四十三
年，那正是田价上涨的时期。钱泳（1759—1844）五六岁时，正值
乾隆三十年左右，《歧路》中反映的七（或五）至八两的田价，也

---

① 据学者栾星考证，李绿园四十二岁（1749，乾隆十四年）开始写《歧路灯》，七十一岁
（1778，乾隆四十三年）脱稿，历时近三十年。

求田问舍，雇马赁舟

与实际相差无几。——三部小说较为准确地印证了清初四五十年间田价涨跌的历程，说来倒也有趣。

不过总的说来，那时的地价实在不高：《醒世姻缘传》中四两银一亩，单价只合 1 400 元；因白银购买力降低，《儒林外史》中八两一亩，单价也仅合不到 1 500 元。这应是历史上田价最低的时刻吧（一亩一两的战乱时刻除外）。——君不见，据钱泳《履园丛话》记录，明中叶田价最高时，有过一亩"五十余两至百两"的时刻，按银价一两 300 元计算，那时的一亩地，要合到 1.5 万至 3 万元哩！①

舟车鞍马行路难

行路也是日常生活的一大支出，对于四海为家的商贾、进京赶考的举子以及四处赴任的官员，更是如此。那时出远门，没有飞机、高铁的便利，长途跋涉或雇牲口，或赁船只，价格时有低昂。

《醒世姻缘传》第 56 回，狄员外在北京雇了四个长骡回山东："那时太平年景，北京到绣江明水镇止九百八十里路，那骡子的脚价每头不过八钱。……夜住晓行，绝无阻滞。若是短盘驴子，长天时节，多不过六日就到；因是长生口，所以走了十日方才到家。"

这里说的"短盘驴子"，应指雇驴走短程，一路分段雇用，可

---

① 《食货〈金瓶梅〉》中把晚明白银购买力定为一两 200 元，是基于一斤米 1.5 元计算的。若按一斤米 2 元计算，应接近 300 元。

以走快些，遇上昼长夜短时节，只需六日。"长生口"指骡马等大牲口，因为是一雇到底、长途跋涉，脚夫爱惜牲口，所以走得慢。——将近千里的路途，每头骡子的脚价还不到一两银子，不知脚夫的食宿，是否也包括在内？

狄员外是商人，精于计算，在这些地方当然不会吃亏。换了纨绔子弟晁源，使钱撒漫，讲究排场，吃亏受骗也满不在乎。书中第4回，晁源前往华亭，"写了二十四个长骡，自武城到华亭，每头二两五钱银，立了文约，与三两定钱"。——"写"是指立契约；华亭即今上海。这段路程，要比北京到明水远一些；而晁源所付脚钱，竟是狄员外的三倍！作者也正是在这些地方，连带写出人物性格。

其实晁家自有骡马。书中第1回即写晁源"用了二百五十两银买了三匹好马，又用了三百两买了六头走骡，进出骑坐"。这"好马"的价格，为八十多两银一匹（合2.8万元），"走骡"为五十两银一头（合1.75万元），从晁源一贯的买卖风格看，也应高于时价。

同书88回，狄家仆人吕祥拐走薛素姐两头骡子，心里合计："两个骡至贱也卖三十两银。"卖时则漫天要价，"一个六岁口的黑骟骡，说了五十两银；一个八岁口的黄儿骡，说了二十五两"。经纪人说他这是"没捆（引者注：没捆，意为不着边际）的价钱"！——结果骡子还未卖出，被两个差人看出破绽，将吕祥当场拿获，两头骡子也"变价入官"，吕祥不曾享用一厘！

走长路，男人可骑牲口，女人需得坐轿。晁源带珍哥随爹娘北上，想让珍哥坐正妻计氏的大轿。计氏闻讯，"领了四五个养娘走到前边厅内，将公公买与她的那顶轿，带轿围，带扶手，拉的拉，拽的拽，抬到自己后边去了，口里说道：'这是公公买与我的，哪个贱骨头奴才敢坐？谁敢出来说话，我将轿打得粉碎，再与拼命不迟！'"

晁源赌气，说："丢丑罢了！我看没有了这顶轿，看咱去的成去不成！我偏要另买一顶，比这强一万倍子的哩！"结果用二十八两银子，问乡宦家回买了一顶全副大轿来。还故意让人对计氏说："适间用了五十两银子买了轿来，甚是齐整，叫你去看看。"被计氏啐了出来。

轿子作为交通工具，种类繁多，单是《醒世姻缘传》中提到的名目，就有暖轿、抬轿、卧轿、彩轿、明轿、山轿、椅轿、坐轿、驮轿……既有二人抬的"肩舆小轿"，又有高官及家眷乘坐的八抬大轿。第 78 回写国公府贵妇人出行的场面，坐的是"福建骨花大轿"，前后仪仗甚盛：

> 又等了一会，只见徐太太合吴太太两顶福建骨花大轿，重福绢金边轿围，敞着轿帘。二位太太俱穿着天蓝实地纱通袖宫袍，雪白的雕花玉带；前边开着棕棍，后边扛着大红柄洒金掌扇；跟着丫头、家人媳妇并虞候、管家、小厮、拐子头，共有七八十个，都骑马跟随。

骨花大轿是指以象牙骨角等雕花装饰的豪华大轿。轿围即轿帏，是围在轿子四周的帷幔。"棕棍"、"掌扇"则为京官仪仗。清顺治六年规定，公爵以下、四品以上的仪仗，用大小洒金扇各一柄，文官用甘蔗棍二根，武官用棕竹棍二根。——这样的出行气派，也只有京城才能见到。

《歧路灯》也不时说到旱路出行。书中两次提到骡子的价格。一次是第 27 回，官宦子弟盛希侨说"前日有先祖的一个门孙，往湖广上任去，他送我一头骡子，值五十多两……"。又第 74 回，谭绍闻的续弦妻子巫翠姐说："前月俺家不见了骡子，值五六十两银子，后来寻着，与马王爷还愿唱堂戏……"两处所说骡子价格，与晁源所谓"三百两买六头走骡"相吻合，不过《歧路灯》时代的白银购买力已有所下降，五十两的价格，还不到 1 万元。

走旱路，《歧路灯》还多次提到驮轿。第 7 回谭孝移进京候选，四邻来饯行，绸缎铺的景相公就建议说："谭爷上京，只要到骡马厂扣几头好骡子，将驮轿坐上，又自在，又好看。"当铺宋相公也说："景爷说得不差，行李打成包子，棕箱皮包都煞住不动，家人骑上两头骡子，谭爷坐在轿里，就是一个做老爷的采头。"

驮轿即由骡马代替人力驮轿，前后各一匹，取其行进安稳，宜走长途。《醒世姻缘传》及《红楼梦》中都提到。《红楼梦》第 59 回，朝中老太妃薨逝，贾府有诰命的女眷跟随送灵，因路途远，"贾母带着贾蓉媳妇坐一乘驮轿，王夫人在后，亦坐一乘驮轿"——一乘驮轿可载二人，想必里面空间不小。

水路出行则需雇船。《醒世姻缘传》第 14 回写晁源进京，嫌走旱路天气热，"赁了一只民座船，赁了一班鼓手在船上吹打，通共讲了二十八两赁价，二两折犒赏"。晃源行路寂寞，"又包了横街上一个娼妇小斑鸠在船上作伴，住一日是五钱银子，按着日子算，衣裳在外；回来路上的空日子也是按了日子算的"。

船行一个月，才到北京通州张家湾。一路船钱二十八两，另加二两赏钱及四两回程的饭钱，共三十四两，相当于今天的1.2万元，这个价格可不低！今天吃了饭登上"和谐号"，从山东到北京，肚子还没饿哩。就是二十人的车费，也用不了一万元！

狄希陈虽也是纨绔子弟，但毕竟是商人之子，又善听人言，做事心里还有些算计。《醒世姻缘传》第85回，他从北京到四川赴任，先到"写船的店家"（犹如今天的内河航运公司），"写"了两只四川的"回头座船"，每只船只要五两船钱。

何以如此低廉？一来，因是"回头船"，即船家本是四川人，送客进京，返程若不载客，便只能空驶，因而船钱要得低；二来，狄希陈此行是与郭总兵同行，郭总兵有兵部发的"勘合"——即盖有官印的通行证，船家想要夹带私货，这勘合便成了护身符，此外沿途还有许多供应及方便，因而"船价不过意思而已"。否则的话，这一趟狄希陈也要花费"百金开外的路费"。

船价在《儒林外史》中也曾提到。第6回，严贡生带着二相公到省城招亲，回高要县时，"写了两只高要船"，船家就是高要县人，也属于回头船。两只大船，船银需十二两，立了契约，到地方付银。严贡生还借来一副"巢县正堂"的金字牌，一副"肃静"、"回避"的白粉牌，四根门枪，插在船上。又叫了一班吹手，开锣掌伞，吹打上船。船家不知什么来头，因而一路小心伺候。

从省城广州到高要县，水路不超过三百里，每只船要银六两，确实有些"咬手"；生性吝啬、从不吃亏的严贡生，又怎么能坦然接受？——后来，他到底借口船上掌舵的偷吃了他贵重药剂（其实只是几片价格低廉的云片糕），将十二两船钱赖掉了。

《儒林外史》中还有几处雇船的描写，如第33回，杜少卿从安庆回南京，叫了一只船，船钱三两，也是船到付账。有时船大人少，也可以跟人合雇。第51回，凤四老爹陪万中书到杭州打官司，从苏州前往杭州，只包了一只船的中舱和前舱，付了一两八钱银子（约合300多元）。

若只是搭乘，还要便宜不少。鲍廷玺从扬州回南京，身上只有五钱银子盘费，连船钱带饭钱，也还有富余。（《儒林外史》，28回）——乘船走水路，是江南民众出行的主要方式，价格太高，升斗小民又如何担负得起？

包浆古炉值几何

除了衣食住行，小说还涉及一些寻常物价。如一头牛多少钱？一口猪价值几何？屠户杀一口猪能挣几个辛苦钱？做个小买卖，需要多少本钱？此外，一把匕首、一件古董，又价值几何？

《醒世姻缘传》第79回提到一头"牙口尚小，且又精壮"的犍牛，因桀骜不驯、不肯干活，被主人以六两八钱银子卖到汤锅上。

心存善念的杨司徒以八两银子买下。——能干活的牛，价格肯定还要高，但跟骡马动辄几十两的价格，又不能相比。

猪的价格，在《儒林外史》中侧面提到。严贡生家有一口猪崽跑到邻家去，严贡生硬说寻回来不吉利，逼着人家花八钱银子把猪买下。待到人家养到一百多斤，猪又错走回严家，严贡生又逼着人家"照时值估价"，拿几两银子来赎取。同书 16 回讲匡超人以十两银子做本钱，到集上买几口猪养在圈里，每天捉一口宰杀卖肉。从两段叙述可知，一口猪的价格大致为二三两银子。

匡超人靠着杀猪卖豆腐，赚些钱赡养父母。"算计那日赚的钱多，便在集上买个鸡鸭，或是鱼，来家与父亲吃饭。"父亲有痰症，日常医药费，也能应付。这样的小生意，每日赢利应超过一钱。（《儒林外史》，16 回）

以杀猪为业的胡屠户曾向女婿范进埋怨："我一天杀一个猪，还赚不得钱把银子，都把与你去丢在水里，叫我一家老小喝西北风！"匡超人除了杀猪还兼磨豆腐，赚得还要多些。

开个小磨坊，需要多少本钱？《醒世姻缘传》第 54 回，叙述厨子尤聪积攒了几两银子，带着妻子赁了两间房子，开了个小小磨坊：

> 八钱银买了一盘旱磨，一两二钱银买了一头草驴，九钱银买了一石白麦，一钱银张了两面绢罗，一百二十文钱买了个荸荠，三十五文钱买了个簸箕，二十五文钱做了个罗床，十八文钱买了个驴套，一百六十文钱买了两个笾子，四十文钱买了副

铁勾担仗，三十六文钱钉了一连盘秤，银钱合算：共用了三两五钱四分本钱。一日磨麦二斗，尤聪挑了上街，除撰吃了黑面，每斗还撰银三分，还撰麸子。

这一张清单，可以当作清初开一家小磨坊的"创业指南"。其中涉及粮食、牲口、各种工具乃至衡器的价格，包括一张筛面箩、一个簸箕、一副驴套、一杆秤这样的小物件，也都详列单价。这样的账篇儿，高文典册不屑记录，只有小说家不嫌琐碎、如数家珍地采录下来，为研究历史经济的学者提供了难得的资料。

尤聪开的家庭磨坊，共投本钱三两五钱四分，合1200多元。每日磨麦二斗，共赚银六分，另落黑面及麸子，至少也值一分。若平稳经营，不到两月即可回本。一年365日不休息，全年可获利二十五六两银子，是老塾师周进一年束脩（十二两银子）的两倍多！可见在太平年月，靠勤劳虽不能致富，做到温饱却也不难。

再看看"物"价——挑一两件"稀罕物"说说。如今社会上兴起收藏热，明清时期的文物古董，又价值几何？《醒世姻缘传》第79回提到一把古董匕首，"花梨木鞘，白铜事件，打磨的果真精致"，古董店要银三钱。有人买下后用了一阵，被人偷去，卖了二百文。——三钱银子相当于100多元，二百文则不足90元，因是销赃，也就讲不得价钱了。

《儒林外史》中也提到一件古董，那是"隐士"杨执中的一只"炉"——应是宣德炉之类吧。杨执中有空就拿一块布来擦拭。还要指点给人："你看这上面包浆，好颜色！"

有人出价二十四两银子要买，杨执中不肯，说："要我这个炉，须是三百两现银子，少一厘也成不的！就是当在那里，过半年也要一百两。像你这几两银子，还不够我烧炉买炭的钱哩！"除夕之夜，少柴没米，杨执中与老妻"点了一枝蜡烛，把这炉摩弄了一夜，就过了年"。（《儒林外史》，11回）

杨执中开出的价格，高得离谱。我们翻阅清代雍正年间查抄苏州织造李煦的档案，内中有"紫檀木座子珐琅大鼎一个，折银三十两；……紫檀木座子古铜鼎一个，折银二十两；紫檀木座子古铜大花瓶一个，折银十两；花梨木架子古铜铎一个，折银十两；……"①这些铜器，哪一件都比杨执中的炉贵重得多，折银也才不过二三十两。虽说罚没财产估价偏低，但杨执中提出三百两的高价，也绝对是一厢情愿——人家开出的二十四两，应该接近实价。

男女工价谁更多

从三部小说可知，当年的人工价格是最便宜的，像赶骡子的脚夫、撑船的船夫，大概工价不另支，一并算在牲口价、船价里。而富人家中使唤的仆人，若是卖身为奴的，就更谈不上工钱，只管吃住衣裳，四时八节得些赏钱而已。

---

① 参看王利器《李士桢李煦父子年谱》，北京出版社，1983年版，第505—506页。

也有单纯雇佣关系的。《醒世姻缘传》狄家就先后雇了两个厨子，前一个是尤聪——就是跟媳妇开磨坊那位。后来磨坊折了本钱，老婆也跑掉了，他又到一胡姓的人家，给家塾先生做饭。他虽是个"半瓶醋"的厨子，但诸般主副食都还做得，讲好"每年四石工粮，专管书房做饭答应"。

只是这尤聪"拗性歪憋"，不肯好生劳作，不久就被主人辞退。半路又遭遇强盗，行李银钱洗劫一空，一路乞讨到了明水。刚好狄员外家也请了教书先生，招尤聪到家中来，"仍讲了每年四石杂粮，专在书房指使"。

狄员外后来跟童奶奶谈起厨子的工粮，说"那几年粮食贱，四石粮食值二两银子罢了；这二年，四石粮食值五六两银子哩"。在他看来，这工价并不低哩。

尤聪干了一阵，又故态复萌，抛洒米面、糟蹋食材，无所不至。一日在厨下做饭，突然乌云四布，雷电交加，尤聪举头骂天，"只听得天塌的一声响"，这恶厨子竟被雷劈死！

狄家后来又雇了吕祥当厨子，讲好一年三两银子"工食"。吕祥人还机灵，狄希陈带他进京，常让他跑腿儿办事。以后狄希陈要到四川做官，准备带他同往，还商量着要买个"全灶"（会上灶做饭的女仆）给他当媳妇。寄姐大舅骆校尉劝阻说，买个"全灶"至少要二十多两银子，吕祥又不是咱家人，这账怎么算？又说：我看这吕祥不是个"良才"，"矬着个把子，两个贼眼斩呀斩的。那里一个好人眼底下一边长着一左毛？口里放肆，眼里没人，这人还不该带了他去，只怕还坏他狄姑夫的事哩……"

吕祥得知此情，大失所望，发出狠话来，闹着要辞工。狄希陈怕他捣乱，答应给他涨工钱。吕祥一口咬定一月要一两银，还要算上闰月，先支半年的使用。童奶奶作主，一口答应了。

待到吕祥将行李装上船，骆校尉忽然"发现"狄希陈从部里领的"文凭"有问题，让狄希陈先乘船回乡祭祖，留吕祥在京先跟着换文凭，随后去赶。——待吕祥拿到"文凭"赶回山东时，狄希陈的船已开走多日了，连行李也没给他留下！吕祥这才明白中了骆校尉的圈套，他所换回的"文凭"，原来只是白纸一张！

后来吕祥因偷了素姐骡子，被官府捉去，打了二十板，发到驿里"摆站"（即充当驿卒）。因与新驿丞是同乡，免他劳役，让他做饭，许诺一年给一两二钱银子的工食钱。可是好景不长，吕祥终因给旧驿丞下毒，被捉拿归案，瘐毙于牢中。（《醒世姻缘传》，88 回）

总结吕祥的银钱收入史，最早在狄家当厨子，是一年三两工钱。后来"涨"到一月一两，却只预支了六个月的，便丢了差事。以后盗窃牲口，尚未卖出即被抓获。先前的六两银子工钱花得只剩几钱，也被狱卒搜去。继而给驿丞做饭，工钱讲定一年一两二钱银，因置办旧衣鞋帽，抵算了第一年的工钱——到死他也没攒下钱来！

妇女的工钱又如何计算？那年月，女性大多在家中围着"三台"（即锅台、炕台、磨台）转。当然也有外出谋生的，却多半是媒婆、接生婆、奶娘之类，至于女优、娼妓，则不在话下。

《醒世姻缘传》第 21 回，写春莺为晁家产下遗腹子晁梁，晁夫人格外高兴，亲自递给接生婆徐老娘一杯喜酒，又送了二两喜银、一匹红缎、一对银花。待"洗三"那日，屋里放着盆子，来的亲眷也有放银子的，也有放铜钱的，这叫"添盆"，是给接生婆的赏钱。晁夫人自己在盆内放了二两一个银锞子，三钱一只金耳挖。后来又给了徐老娘五两谢礼，两匹丝绸以及首帕、手巾等。——那天徐老娘光是银子，就得了十五六两，真正赚了个"盆满钵满"。

多年以后，晁梁长大成人，也娶妻生子。这回请的"徐老娘"，却是从前徐老娘的儿媳。晁夫人有了孙子，喜不自禁，赏了"小徐老娘"一两银子，一匹红潞绸；亲家母姜夫人也赏了一匹红刘绢，一两银。"小徐老娘"沉着脸不高兴。问她时，说道："那咱俺婆婆来收生相公时，落草头一日，晁奶奶赏的是二两银，一匹红缎，还有一两六的一对银花。我到十七日来与小相公洗三，晁奶奶你还照着俺婆婆的数儿赏我。"（《醒世姻缘传》，49回）

三日后，"小徐老娘"来给孩子"洗三"，"那堂客们各有添盆喜钱，不必细说。照依晁梁那时旧例，赏了徐老娘五两银子、两匹罗、一连首帕、四条手巾，放在盆里的二两银、三钱金子。姜夫人放在盆里的一两银，两个妗子每人五钱。临后姜夫人又是二两银、两个头机首帕，二位妗子每人又是五钱银"。徐老娘又抱着孩子给外公和两个舅舅看，外公又赏了一两银子，二位舅各赏五钱。——这第二代"徐老娘"，又赚个盆满钵满。

自然，这样的机会是可遇不可求的。给小户人家接生，赏钱有这个十分之一，就算不错了。——这讲的是接生婆的收入。

当奶娘的收入又有多少？依然是晁夫人家，得了孙子，让媒婆到处"雇觅奶子"。媒婆小魏带来吴姓媳妇，晁夫人讲好：每年给三两六钱银子，管三季衣服；孩子生日，四时八节，赏赐在外。满了年头，还要替她做套衣裳，打簪环、买柜、做副铺盖，送她回家。晁夫人又预支了吴奶子"一季九钱银子"；因她丈夫摔坏了腿，需钱养家。媒人小魏因介绍吴奶子，得了三百钱。

小魏所得的这三百钱，是"媒钱"，也就是介绍仆人的中介费。若是给人家说媒娶媳妇，媒钱还要多不少。只要上门提亲，成不成也有一二百钱的车马费。邹、魏两媒婆替周家提亲成功，各得两匹蓝梭布、一千二百钱。媒婆老田替狄家押聘礼到薛家，薛家赏了一千钱、一匹大红布；狄家当然还有重谢。（《醒世姻缘传》，49回）媒婆的收入，可见一斑。

跟《金瓶梅》一样，《醒世姻缘传》也是以讽刺揭露种种丑恶世相为主旨，书中人物数百，却是"歪人"多、正人少，晁夫人则是全书少有的正人形象。她虽是"女流"，却深明义理、慷慨大度，宽厚仁慈、乐善好施。她开出的工价，在当时应是较高的。尽管如此，也还是没能超出当时的市价。如对奶娘虽有优厚的赏赐，但吴奶子一年的乳汁，也只换得三两六钱银子，仅合今天一千多元。

"人价"低微不及马

女性仆人中，有不少是卖身给主家的。前面说过，晁家的春莺十一岁进门，只卖得五两银子，晁夫人另添二两，属于额外施舍。春莺长到十六岁，被晁思孝收房为妾，又补给沈家十二两银子当财礼。春莺为晁家生下遗腹子时，也才二十岁。她娘沈婆子带了礼物来探视，意思是让她改嫁。春莺说："你已是把我卖了两番钱使用了，没的你又卖第三番么？……"不肯离开晁家。（《醒世姻缘传》，36 回）

狄希陈娶童寄姐时，买个十二岁的丫头，"生得甚是眉清目秀，齿白唇红，生性又甚伶俐"，用银十二两，取名"珍珠"。（《醒世姻缘传》，76 回）——价格高于当年的春莺，大概因相貌姣好的缘故吧。

然而相貌姣好，又成了祸因。后来珍珠被童寄姐凌虐致死，便因寄姐忌妒所致。日后狄家想再买个丫头，媒婆领了个十二岁的丫头来，黄发稀疏，"荞面颜色的脸儿，洼塌着鼻子，扁扁的个大嘴，两个支蒙灯碗耳朵，脚喜的还不甚大，刚只有半截稍瓜长短"。童奶奶嫌丑，不要，寄姐却坚持留下，说是："丑的才是家中宝哩！……你没听说俊的惹烦恼么？"

丑丫头的娘要十八两银子，说"这孩子今年十二了，你一岁给我一两五钱银子罢"。说来说去，狄家只肯给五两。说妥了要立文契，孩子她爹听邻居说狄家曾将丫环折磨致死，二话不讲，登时把孩子领走了。（《醒世姻缘传》，84 回）

有手艺的女仆，身价自然要高些。就说"全灶"吧，书中第 55 回，狄员外带着儿子狄希陈进京坐监，聊天时，童奶奶劝狄员外买

求田问舍，雇马赁舟

个"全灶"——"就是人家会做菜的丫头"。说是"像狄爷你这们人家极该寻一个。好客的人常好留人吃饭，就是差不多的两三席酒，都将就拿掇的出来了，省了叫厨子"。

狄员外问：买来家中，又怎么"方略"（安置）？童奶奶回答："狄爷，你自己照管着更好（引者注：暗示纳为妾）；否则，配给个家人，当家人娘子支使也好。……"狄员外问要多少银子，童奶奶回答："要是手段拿的出去，能摆上两三席酒来，再有几分颜色，得三十两往下二十五两往上的数儿。若只做出家常饭来，再人材不济，十来两十二三两就买一个。"

童奶奶还说，自己家原来用着个全灶，十八两银子寻的，使了八年，二十六岁时，八两银子卖给屠户为妻。——狄员外听罢动了心。

后来由童奶奶张罗，让媒人带了个十八岁的丫头来，人长得蠢蠢笨笨，倒也壮实。留在家中试了两天，不但家常饭菜会做，还能做整桌的席，"颜色鲜明，滋味甚美"，"又甚爽快，又极洁净"。于是二十四两银子买进门，仍用原来的名字，叫"调羹"。——两媒人介绍了这样一个使女，共得中介费一两细丝银，外加"四钱银子的黄钱"。

说是买个"全灶"，实为纳妾。又因"人材"差些，故只用了二十几两，不足万元。大户人家纳妾，聘礼要多得多。晁源先娶正妻计氏，心有不足，"又使了六十两银子，娶了个辽东指挥的女儿为妾"。以后又看上"那女戏中一个扮正旦的小珍哥"，"人物也不十分出众，只是唱得几折好戏文"，又兼"做戏子的妓女甚是活动"，因此晁源万分迷恋。戏班老板乘势要价，最终晁源花了八百两银子（相当 28 万元）娶回家。以后珍哥生病，晁源着急，说是："八百两银子铸的银人，岂是小可！"——八百两银子重相当于今天 60 市斤，真的能打个银人儿了！

几百两银子买妾的事，在其他小说中也有。如《金瓶梅》中的苗员外，花三百两银子，娶娼妓刁七儿为妾。《红楼梦》中的贾赦，想娶贾母的丫环鸳鸯为妾，未能得逞，"只得又各处遣人购求寻觅，终久费了八百两银子，买了一个十七岁的女孩子来，名唤嫣红，收在屋内"（《红楼梦》，47 回）——看来晁大舍也不能专美于前了。

此外，《儒林外史》中的宋盐商娶沈琼枝为妾，吩咐账房兑出五百两给沈琼枝的父亲。（《儒林外史》，40 回）可见几百两银子买妾，在那时也非特例。

《歧路灯》中谭绍闻纳妾冰梅，属于丫环收房。冰梅进门时才十二三岁，当时只用了二十两银子。（《歧路灯》，13 回）媒婆向绍闻母亲王氏介绍冰梅时，曾传授"生意经"说："你老人家糊涂了。这个好孩子，迟二三年扎起头来，便值百几十两。你老人家若肯卖与人家做小时，我还来说媒，管许一百二十两。如今主户人家，单管做这宗生意：费上几两银子，买个丫头，除使的不耐烦，还卖一宗大价钱。我前年与西街孙奶奶说了一个丫头，使的好几年，前日卖人做小，孙奶奶得了一百银子！"

"卖与人家做小"便是做妾，这不是公然买卖人口吗？跟买了猪崽存栏、养大后卖出又有何区别？——不过往远处想想，在《醒世姻缘传》问世的百多年后，美洲爆发了南北战争，正式宣告蓄奴制的终结。可见贩卖人口的罪恶活动，在那个时代又是全球普遍存在的。

男人的价格是否高些呢？有两口子，是山东临清州人，汉子二十七八岁，名叫张朴茂；女的娘家姓罗，夫妻俩带着个四五岁的孩子，到京城投亲未遇，流落街头，情愿卖身，最终来到狄家当粗使仆人，只做了三两身价。——这当是特殊情况，因为当时的"人价"还是有标准的。

雍正元年（1723），苏州织造李煦因亏空国帑被抄家，家中房屋、地亩、银钱、什物，连同奴仆一律折银抵赔。看看查抄清单中的奴仆价格：

> 家人鲍子夫妇、其子四贵夫妇、婴儿一人，折银五十两；马二夫妇、妾一人、女儿五人、婴儿一人，折银一百二十两；……男孩儿刘士毅及其寡母，折银三十两；……庄内（引者注：指丁府新庄）男女家人二十口、男孩十人、女儿四人、寡妇二人，共三十六口，折银三百六十两。

平均下来，一个奴仆大致折银十两。尽管罪臣家产的核算往往"就低不就高"，但跟小说中的"人价"比较，倒也相差无几。在那个年代，人的"市场价格"还不敌骡马，说来令人酸楚！

从刘氏奖学碑说起

四川成都新都区有一处桂湖公园，园中有一座碑林，内中有一块清代光绪年间的"刘氏祠堂奖学碑"，内容是经家族公议，对本族子孙取得功名者奖给数量不等的"花红银"。且看碑文：

> 议会内子孙，有文武新进者，给花红银叁拾五两；有补廪者，给花红银贰两。
>
> 有岁贡者，给花红银叁两；有恩贡者，给花红银四两；有拔贡者，给花红银五两；有优贡者，给花红银五两。
>
> 有副榜者，给花红银廿两；有文武中式者，给花红银四拾两。
>
> 有文武进士，帮京费银五拾两……

这里的奖励范围，几乎遍及所有取得科举功名的士子，包括"新进者"、"补廪者"、"岁贡者"、"恩贡者"、"拔贡者"、"优贡者"、"副榜者"、"中式者"，直至"进士"，名目繁多，令人眼花缭乱。

关于科举，大多数人都能掰着指头数出秀才、举人、进士等名目来。但是"补廪"是怎么回事，"岁贡"、"优贡"又是什么名堂？"副榜"、"中式"呢？为什么奖学碑里没提"秀才"、"举人"？

原来，奖学碑中的"新进者"，指的就是秀才；而"补廪者"

是指秀才中拿官府助学金的。这里的"中式者"指举人——科举考试合格为"中式",举人是乡试合格者。至于"副榜",那是指从乡试落榜者中选取排名靠前者,另榜公布,也算一种资格。而"岁贡""恩贡""拔贡""优贡"等,皆为"贡生",连同碑中未提的"监生",都是科举阶梯中的一种荣誉性头衔,意指资深秀才或优等秀才,我们后面还要说到。

古代小说戏曲中,几乎个个读书人就是秀才。又似乎当秀才、中举、中进士都是信手拈来的事;甚至取个状元、簪花游街、相府招亲,也都不难。

然而现实是,当个秀才并非易事,要经过县、府、道(院)三级严格考试(又称童子试),全部通过后,才算"进学",也就是升入官学,成为秀才。

"官学"即官办学校,地方上的官学又分府学、州学、县学(下面还有乡学)。官学中有泮池,因而进学也叫"入泮"。对于进学者,有各种称呼,如生员、庠生、诸生,又称茂才、学官弟子员、博士弟子员等,俗称"秀才"。

那么进学之前叫啥?明清时一律叫"文童""生童"或"儒童";而通过县、府两级考试的,又称"童生"。取得童生资格,即可参加道试(又称院试),那是进学成为秀才的第三道门槛。——童生之"童",是指学问浅薄,与年龄高低无关。有人读了一辈子书,到老也没能跨过这道门槛,尽管五六十岁、霜雪满头,仍称童生!

《儒林外史》中的周进，登场时已六十多岁，一生饱读诗书，县试中也曾取过案首（头名）。他教的学生都已进学成了秀才，可他自己仍旧是"童生"。

童生见了秀才，要低头示敬。周进到薛家集教书，接风宴上，作陪的是年轻的秀才梅玖。周进再三谦让，不肯上座。梅玖对众人解释说："你众位是不知道我们学校规矩，老友是从来不同小友序齿的。只是今日不同，还是周长兄请上。"

原来，明代士人称秀才为"朋友"，称童生为"小友"。一旦进了学，哪怕是十几岁的"小年轻儿"，相互间也一律称"老友"；若不曾进学，就是八十岁的老翁，也仍是"小友"。

正因如此，十九岁的梅玖才敢在六十岁的周进面前趾高气扬。在这一刻，儒家尊老的礼仪传统，不得不让位于"学校的规矩"。

《儒林外史》中的范进，也是个老童生，已经五十四岁了，先后考过二十多次，仍未进学。后来受周进提携，才戴上秀才方巾。周进那时已中了进士，点了学道，按临广东主持岁试。他提拔范进，大概也有同病相怜的因素吧。胡屠户就曾教训范进："我听见人说，就是中相公时，也不是你的文章，还是宗师看见你老，不过意，舍与你的！"——"相公"是对秀才的尊称，"宗师"即指主考官。

读书人一旦成了秀才，也便有了一定的地位和特权。如秀才见官，不必下跪，作个揖就是了。因此秀才打官司，占着很大便宜：对方哪怕是家财万贯的财主，只要没有功名在身，见了县官也要跪着回话；秀才即便家无隔夜之粮，却可以站着跟县官交流。这一立一跪之间，输赢已见。

秀才若触犯刑律，官府也不能随便用刑——"刑不上大夫"嘛，秀才毕竟已登上士大夫的最低一级台阶。此外还有经济上的好处，如秀才之家可以减免田赋徭役等。

正因"学校"门槛是平民、士大夫的分水岭，因而"刘氏奖学碑"对"新进者"给予三十五两花红银子的高额奖励——清末白银购买力虽然大幅下跌，这个数字仍高达四五千元。

不过进学成了秀才，离当官还远。范进进学后，岳父胡屠户前来道贺，借机敲打他说："你如今既中了相公，凡事要立起个体统来。比如我这行事里，都是些正经有脸面的人，又是你的长亲，你怎敢在我们跟前装大？若是家门口这些做田的、扒粪的，不过是平头百姓，你若同他拱手作揖、平起平坐，这就是坏了学校规矩，连我脸上都无光了！"——从胡屠户的话里可以听出：秀才虽然高人一等，但在一般人眼里，那点尊严荣耀毕竟有限。

秀才不好当，学台更辛苦

当上秀才并不能优哉游哉、高枕无忧。学校里有严格的考核制度，秀才还要按时参加学道大人主持的岁试、科试，考好了可以升级，考不好不但要降等，还可能受申斥、挨板子！

原来，秀才也是分等级的，有附生、增生和廪生之别。这就要说到奖学碑中提到的"补廪"了。——早先，凡是生员，都由国家发给伙食补贴（叫"廪饩"），即每月发给廪米六斗，一年合七石二斗。后来则改为每年发给廪膳银四两。

开始时，各级官学的生员数量是有定额的，大致是府学四十名，州学三十名，县学二十名。以后生员人数增多，而国家财力有限，于是采取变通的办法，增加了不食廪米的生员，称"增广生员"，简称"增生"。以后学校再度扩招，又有了"附学生员"的名称，简称"附生"。

按规则，廪生名额出缺（如廪生中有人出贡、中举，或因考了劣等被剥夺食廪资格），便由成绩优异的增生递补，这就是所说的"补廪"了。而"增生"名额出了空缺，则由附生递补。——一名秀才能补廪，证明其学业优异，故奖学碑规定"有补廪者给花红银二两"，属于锦上添花，又有奖掖之意。

前头说到，读书人成为秀才，要通过县、府、道（院）三级考试。其中县、府二级是由府、县地方官主持，道（院）试一级则由学道大人主持。

学道在明代称"提学道"、"提督学政"，在清代称"提督某省学政"，简称"学政"、"学道"或"学台"。学道属省级高官，跟总督、巡抚平行，职掌一省学政及考试，有点类似"省教育厅长"。——《儒林外史》中的周进、范进后来都中了进士，升了御史，周进"钦点广东学道"（《儒林外史》，3回）；范进"钦点山东学道"（《儒林外史》，7回）。

学道是苦差使，任期三年中，要两次亲赴本省各府州，巡回主

儒林经济，科举引领

持岁试、科试。大的州府，童生、生员数量众多，要以县为单位（或几县合起来）考若干场。一府考罢，再案临下一府，直至走遍全省。

"岁试"包括两部分，先考童生，即"道试"，也叫院试，是童试的第三道门槛，是生员的入学考试。另外还要对在校生员进行考试，考后按成绩分为六等，对优劣两端要分别奖惩。①考一等的，附生可以补为增生，增生可以补为廪生。考二等以下的，若是廪生，则要停给廪米。五等、六等就要受罚了。②——不过一般考五六等的很少，四等已是最差的了。

《儒林外史》中的秀才梅玖，就考了一回四等。当时的学道恰是范进。——范进钦点山东学道，案临兖州府，岁考之后发落生员。前三等发落完毕，传进四等来，头一个便是梅玖。

范学道叫梅玖跪着看过自己的卷子，又"作色"道："做秀才的人，文章是本业，怎么荒谬到这样地步！平日不守本分，多事可知！本该考居极等（引者注：指六等），姑且从宽。取过戒饬（引者注：体罚用的木尺）来，照例责罚！"——秀才上公堂不能动刑，但在学官面前，却是照打不误。

梅玖连连哀告，最后说："大老爷，看在生员的先生面上，开

---

① 六等，一等是"文理平通"，二等是"文理亦通"，三等是"文理略通"，四等是"文理有疵"，五等是"文理荒谬"，六等是"文理不通"。
② 在清代，受罚形式有"青衣""发社"两种，前者是脱去蓝衫，降级为青衣附生，那级别又在一般附生之下。"发社"则指降级到"乡学"去读书，称"俊秀社学生"。

恩罢！"范进问："你先生是哪一个？"梅玖说："现任国子监司业周蒉轩先生，讳进的，便是生员的业师！"范进听了，竟免了梅玖一顿打——周进是范进的恩师，梅玖大概早已打听明白了。

然而梅玖何曾是周进的学生？相反，当年正是他，在接风宴上对周进百般调侃，说得周进脸上"红一块白一块"的。——无巧不成书，周进当年做塾师时教过的一个小学生荀玫，这次也来考试，以汶上县第一名的资格进学。他当面质问梅玖："梅先生，你几时从过我们周先生读书？"梅玖答道："你后生家那里知道？想着我从先生时，你还不曾出世。……先生最喜欢我的，说是我的文章有才气，就是有些不合规矩。方才学台批我的卷子上，也是这话。可见会看文章的，都是这个讲究，一丝也不得差！……"文章荒谬不通的梅玖，编起瞎话来，倒是张口就来，不用打草稿！

学道除了主持岁试，还要主持科试，那是乡试前的资格考试，只有科试合格者，才准许参加乡试——乡试是选拔举人的考试。

学道的辛苦，是可以想象的。在交通不便的年代，即便有车轿伺候，要在三年间两次走遍全省各府，也不是一件轻松事！不过这样做的好处也是不言而喻的：每任学道大人必须深入地方州府，亲自了解各级官学的培养水平及人才储备情况。这对基层教育，无疑是一种不懈的监督与促进。

更有意义的是，每位新进学的生员，都有机会见到学道大人，接受面试或鼓励；参加岁考的在校生员，也要由学道大人亲自检阅"发落"。即是说，每位生员保证能在三年中两次与省级教育高官近距离接触，亲身感受到国家对教育的重视、对人才的尊重；而有了这种面对面的互动，学道也因而不负"宗师"之名！

这在现代教育中是难以想象的。可能因为教育普及的缘故吧，不要说"省教育厅长"，就是大学校长，本校学生修业四年而未睹其面者，也大有人在呢！

廪生的甜头与面子

成为廪生，经济上便有了保证。明代廪生的待遇，是每年四两银子。丰年谷贱，四两银可籴七八石米，与明初月给六斗相差不多；若遇米贵时，至少也能免于挨饿，可以安心读书。

廪生除了领取廪银，还有外快可挣，即为参加童子试的考生做"廪保"。文童考试要五人结保，相互监督。另外还要有廪保，一保考生身家清白，不是娼优隶卒及其子孙；二保考生为"土著"，非"冒籍"；三保考生不是替考的"枪手"；此外，还要担保考生没有"匿丧"行为——父母去世，要守孝三年，这中间儿子不能参加考试，否则便是"匿丧"。

考生参试时，廪保要跟随到场点卯；考生在考场内如有作弊行为，廪保要跟着受罚。——当然，廪保不白做，被保者要以银钱相谢，这也成为廪生一项可观的收入。

《醒世姻缘传》第 37 回，塾师程乐宇带着狄希陈、相于廷、薛如卞、薛如兼四个学生到省城参加院试。程老师的妻兄连才是位举人，其子连城璧是"县学廪生"。程老师便请连城璧为几个徒弟做廪保。连城璧心中犹豫，因为四人当中狄、相两个确系山东绣水的本籍考生；薛氏兄弟两个，却被人攻击有"冒籍"嫌疑。

原来，从前的科举考试（包括童子试及乡试），一地有一地录取限额。一般而言，某一县（州府）的生员名额，是根据该地对国家的赋税贡献而定。赋税贡献大的，录取名额就多。此外，京畿地区的名额要多于外省。名额多了，本地考生的机会就多。相反，名额少的州县，考生的机会也少。于是便出现了"冒籍"现象。——今天的高考也有"冒籍"现象，谓之"高考移民"。

薛氏兄弟的父亲薛教授本是河南卫辉府人，来山东做官，任满后，便在山东绣江县明水镇安家落户，把两个儿子养大。——正因如此，有那"千百年取不中的老童"，便攻击薛氏兄弟"冒籍"，认为两人挤占了他们的名额。

连城璧将心中疑惑向父亲连才说了，连才道："这保他不妨！他已经入籍当差，赤历（引者注：官府的钱粮册籍）上有他父亲绸粮实户的名字，怕人怎的？就与宗师讲明，也是不怕！……"连城璧这才放心出保。

四个学生很争气，都顺利通过道试，进学成了秀才。相于廷和二薛分配在县学读书，狄希陈自己提出要求，被分配到府学念书——实是因为济南府有人"勾"着他呢，就是他在济南结识的那个"唱的"女孩儿孙兰姬。

同时进学的这四个秀才中，相于廷、薛如卞学问最好，薛如兼

儒林经济，科举引领

次之，狄希陈最差，以至于程老师本不打算带他来。薛如卞找到相于廷说：我们三个都去考，留他在家里，体面上不好看。好在府县考试虽然编号，座位却是随便坐的。我俩每人替他写一篇，也就是了。——相于廷自然不反对，因为狄希陈是他的表哥。程老师也同意，狄希陈这才有了赴考的机会。县试、府试，狄希陈交卷都比别人早：因为人家先替他写了底稿，他只费了抄写的功夫！

待到院试时，学道案临，场规极严，且是按号入座。也是狄希陈交了"狗屎运"，那《四书》和《诗经》两个题目，恰恰是连举人事先扣题猜中的。程老师又逼着狄希陈把拟好的文稿"读了默、默了读"，早已烂熟于心；于是一字不改誊写在卷子上，依然早早地交了卷，衣裳都没来得及换，就一溜烟跑到孙兰姬家去了。

十几天后发榜，相于廷第一，薛如卞第三，狄希陈第七，年岁最小的薛如兼第十六。——这一回是《醒世姻缘传》第38回，回目就叫"连举人拟题入彀，狄学生唾手游庠"。

不久相于廷和薛如卞都补了廪，成为廪膳生员。补廪有两个条件，一是在岁科中考了优等，一是有了"廪缺"。刚好有两个廪生，一个受了"保举"，一个"贡"了（当上贡生，也称"出贡"），这两个少年便顺理成章当上令人羡慕的廪生。

科举考试尽管制度严密，也难免有漏洞，舞弊事件时有发生。狄希陈"唾手游庠"便是一例。多年以后，秀才、廪生居然也成了商品。《儒林外史》第32回，有个叫臧荼（行三）的秀才请杜少卿吃酒，将终席时，他举着一杯酒，突然给杜少卿跪下。少卿吓了一跳，忙拉他起来，他却说："你吃了这杯酒，应允我的话，我才起来。"

原来，学道要来庐州主持考试，臧三爷走门路，答应替人"买"个秀才。三百两银子交上去，那边临时传下话来，说上面查得严，秀才不敢卖了；不过若有秀才想买个岁考优等，达到补廪目的，可将名字开来。——即是说，秀才买不成，但钱不能退，可以换"品种"。

臧三爷一时冲动，把自己的名字开上去补了廪，花的却是人家的钱。人家来讨银子，臧三爷两手空空，一筹莫展。他听说杜少卿新近卖了一块地，得了一千几百两银子，便设下酒席，行"苦肉计"，向杜少卿乞讨。杜少卿说："呸！我当你说甚么话，原来是这个事，也要大惊小怪，磕头礼拜的！甚么要紧？我明日就把银子送来与你。"

臧三爷大喜，换了大杯劝酒。杜少卿醉了，问他："臧三哥，我且问你，你定要这廪生做甚么？"臧蓼斋道："你那里知道！廪生，一来中的多（引者注：指中举人），中了就做官。就是不中，十几年贡了（引者注：指成为贡生），朝廷试过，就是去做知县、推官，穿螺蛳结底的靴，坐堂，洒签，打人。像你这样大老官来打秋风，把你关在一间房里，给你一个月豆腐吃，蒸死了你！"杜少卿笑道："你这匪类，下流无耻极矣！"——可见当秀才的熬到廪生，升发的机会就会大不少。

即便没升发，廪生的地位也要高于其他生员。日后，薛家兄弟的异母姐姐薛素姐嫁给狄希陈为妻，因不守妇道、虐待丈夫，反倒"恶人先告状"，被县官申斥一顿，还动了刑。连同素姐的同母弟弟薛如衡，也因擅闯公堂遭受责打。

薛如卞、薛如兼虽然厌恶这姐弟俩，但毕竟是同父所出，只得出面营救。两人写了禀帖，替姐弟求情，那禀帖的抬头，写的是"本县儒学廪膳生员薛如卞，附学生员薛如兼"——也正因有这一廪一附两位秀才的面子，县官才将素姐、如衡当堂释放，没有加重责罚。科举的诱人之处，也常在这些地方体现出来。

聊胜于无说"五贡"

贡生又是怎么一回事？刘氏奖学碑中一气儿提到四类贡生：岁贡、恩贡、拔贡和优贡，奖励幅度各不相同。

贡生的本意，是从天下府、州、县学选取优秀生员贡入京师，在国子监肄业（读书研习），以备国家选用。贡生又分五种，除了上面提到的四种，还有"副贡"，总称"五贡"。

"岁贡"是靠年头熬出来的。秀才补了廪，十年还没中举，便有资格成为岁贡。只是名额有限，需要排队候缺，因此又称"挨贡"。

《儒林外史》里的乡绅严大位，书中直呼"严贡生"的，便是岁贡出身。他自我介绍说："去岁宗师案临、幸叨岁荐。"然而他的学识和文笔，受到两位远亲的质疑。王德、王仁也是补过廪的秀才，王仁问王德："他家大老（引者注：指严贡生）那宗笔下，怎么会补起廪来的？"王德解释说："这是三十年前的话。那时宗师都是御史出来，……知道甚么文章！"——三十年前补了廪，"去岁"才"幸叨岁荐"，这个岁贡，得来不易！

《醒世姻缘传》中的晁思孝也是"连科不中，刚刚挨得岁贡出门"。一个"挨"字，写尽其间辛酸！此外，狄员外的亲家薛教授也是岁贡，"十七岁补了廪，四十四岁出了贡"（《醒世姻缘传》，25回），竟也"挨"了二十七年！——岁贡显然带有安慰性质。刘氏宗祠对获得岁贡者的奖励，仅为花红银三两。

"恩贡"则是国家庆典、皇帝登极之年颁布恩诏，地方学校因此多了一次推举贡生的机会。由此出贡者称恩贡。①恩贡生有个特殊待遇：即使本人犯了罪，这个头衔也是不能剥夺的，因为那是皇帝钦点的。——看在皇帝的面子上，新都刘氏对恩贡的奖励为花红银四两，比岁贡多一两。

"拔贡"（又称"选贡"）是从各级学校选拔出类拔萃者，贡入国子监。"优贡"跟"拔贡"并无本质区别，也遵循择优推举的原则。不同者是"拔贡"十二年一"拔"，"优贡"则三年一选，是在学道任满之前举行。先由府、州、县学推荐廪生中的优秀者，经学道统一考核，推为优贡。但名额不多，大省才有五六名，小省只有一二名。

---

① 此外，帝王在视察国子监或瞻拜圣人（如孔子）家乡时，有时也临时颁布诏书，准许"圣裔"生员入国子监读书，同属"恩贡"。

《歧路灯》中的谭孝移便是拔贡生，"十八岁入祥符庠，二十一岁食饩，三十一岁选拔贡生"。（《歧路灯》，1回）他后来进京候选，因为年岁大了，选择自动引退，给以"正六品衔荣身"。（《歧路灯》，10回）

优贡的例子，见于《儒林外史》。匡超人在杭州听说宗师案临，于是赶回温州应岁考，被宗师取在一等第一，"又把他题了优行，贡入太学肄业"——拔贡、优贡优于岁贡、恩贡，因而刘氏宗祠议定的奖金，是花红银五两。

"副贡"是指副榜举人贡入太学者。如前所说，乡试落榜而成绩靠前者，另出副榜，人数约为正榜的五分之一。这些人有资格到国子监读书，称副贡。《歧路灯》中谭绍闻乡试失利，便是以"副贡"身份到国子监读书的。——以上是五种正途出身的贡生。

建立贡生制度的初衷，是解决学校生员的积压问题，为那些乡试不中的生员另开一条入仕之路。贡生入国子监肄业，经考核便可补官，但多半出任教职，当个教谕、训导之类的学官；有门路的，可以做到知县。——《醒世姻缘传》中的薛教授，便是以岁贡身份出任教官，一路升至府学教授的；而晁思孝因朝中有人，竟得了肥缺，先后当上知县、知州。

出贡的眼前的好处，一是摆脱学校拘束，不用再参加岁考；二来可以在门前挂匾，竖旗杆。《儒林外史》中的匡超人题了优贡，准备"回乐清乡里去挂匾、竖旗杆"，同时到织锦店织了三件补服：自己一件，母亲一件，妻子一件。（《儒林外史》，19回）

补服便是带补子的官服。明清官服的前胸后背都缀有用金丝彩线绣成的"补子"。按规定，文官图案用飞禽，武官图案用走兽。如文官一品绣仙鹤，二品为锦鸡，三品孔雀，四品云雁……八品黄鹂，九品鹌鹑，杂职是练鹊。——男人做了官，母亲、妻子也都可以穿补服，所谓"母以子贵"，"夫贵妻荣"。然而贡生的补子脱不了是黄鹂、鹌鹑之类，不绣也罢。

贡生挂匾、竖旗杆，又是敛财的好机会。那个出名贪婪的严贡生，便借着出贡大发其财。王仁、王德回顾三年前他"出贡树旗杆"时的作为，满脸不屑，说他"为出了一个贡，拉人出贺礼，把总甲、地方都派份子，县里狗腿差是不消说，弄了有一二百吊钱，还欠下厨子钱，屠户肉案子上的钱至今也不肯还；过两个月在家吵一回，成甚么模样！"

严贡生在弟弟严监生死后，欺负孤儿寡妇，霸占了兄弟的大部分财产。作者吴敬梓在这个斯文败类身上，注入了最深刻的诅咒！

一个人读书进学，由附生补为增生，再补廪、出贡，也算是不错的结局。能中举、中进士的，毕竟是少数。历史上，一些贡生出身的读书人，不乏做出成绩、名扬后世者。

单就说部而言，《西游记》的作者吴承恩、"三言"的编撰者冯梦龙、《聊斋志异》的作者蒲松龄（有人说《醒世姻缘传》也出于他手），就都是岁贡生。又据清梁恭辰《北东园笔录》记述，曹雪芹的结局是"以老贡生槁死牖下"，如若属实，曹雪芹也曾走过一段科举之路，止步于贡生。

秀才出贡，也便摆脱了学校的约束，不必再应付恼人的岁考。这又让他们获得大把空闲时间，可以自由支配、从其所好。——学者重评小说成就时，别忘了把贡生们的贡献，大大写上一笔!

监生的帽子不值钱

明代贡生还有"例贡"一途，即通过向国家捐纳粟米、马匹或银钱，换取入国子监读书的资格。也称"纳贡"、"准贡"——《醒世姻缘传》中的狄希陈便走的例贡这条道。

前面说过，读书人当上秀才，并不能高枕无忧，因为三年中还有两回岁考。可狄希陈却满不在乎，"连自己竟忘记了那秀才是别人与他挣的，居之不疑"。

眼看宗师要案临绣江，倒是狄希陈的岳父薛教授替女婿捏着一把汗。——如果岁考考了劣等，不但本人要受罚，追究起以前作弊的事，老师、同考、廪保也都要跟着"吃瓜络"!

天无绝人之路，恰逢此刻，朝廷开了"准贡的恩例"，秀才可以"援例纳监"，只要缴够四百两银子，秀才便可捐个监生。而成为监生，便不必参加岁考，只需到京城"坐监"，期满后到吏部候选，不难弄个官儿做做。

所谓监生，是指到国子监读书的人，又称"太学生"。明清两代的监生来源，一是前面说过的五贡（称"贡监"），此外还有会试落第的举人（称"举监"）及高官勋戚的子弟（称"荫监"），再有就是"例监"，即援例纳贡者，这是用钱买来的资格。——狄家是乡间的殷实富户，狄希陈走的便是这条捷径。

虽说是殷实人家，一时也拿不出这许多现银来。狄员外忙着"籴粮食，卖棉花"，好不容易凑足了银两，带着狄希陈到省城，先来拜会学道衙门的"掌案先生"，商量捐纳之事。

掌案先生姓黄，先收了一两银子的咨询费，把捐纳的规矩细说端详，又提出建议说："廪膳纳贡"比"附学援例"要省一百四十两银子呢！即是说，以廪生资格捐纳，比以附生资格捐纳要省钱。黄掌案说：省钱还是小事，以后选官时，上司看你的出身脚色是"廪监"，是要另眼看待的。

狄希陈本人是附生，又怎么能变成廪生呢？黄掌案说：这事包在我身上——当然不是白干，是要谢礼的。"本生图名，我们图利"，这谢礼不多不少，恰是一百四十两银子！也就是说，本该由国家收取的那一百四十两，揣进了黄掌案的腰包！

狄员外虽然没啥文化，脑子还是好使的。心中盘算：银子还是那么多，却得了廪监的名号，何乐而不为呢！

狄希陈花钱捐了例贡，为了好看，也要挂匾、竖旗杆。狄员外用钱疏通知县，为儿子挂起"成均升秀"的匾额，竖起"贡元"的旗杆。——知县所得回报，是"银鼎杯二只、银执壶一把、绉纱二匹"；前来送旗匾的主簿得了"两匹潞绸、两匹山茧绸、一副杯盘、两床绒氆、十两折席（引者注：折席，即饭钱）"。

有钱能使鬼推磨。眼看"宗师案临"要穿帮的狄秀才，此刻摇

身一变，成了狄贡生、狄监生，躲过岁考一劫，由老爹陪着进京"坐监"去了。（《醒世姻缘传》，50 回）

富家子弟靠捐纳得监生的，为数不少。《醒世姻缘传》中的晁源也是例监出身。晁源是晁思孝三十岁上得的独子，自幼爹娘溺爱，书念得一塌糊涂！

就是这么个连《千字文》都未读完的晁大少，在父亲做官后，异想天开要戴一顶"上舍头巾"（宋代太学生有上舍、外舍、内舍之分）。父亲替他打点，"部里递了援例呈子，弄神弄鬼，做了个附学名声"。——晁源从未进学，哪里来的"附学名声"（附生身份）？自然只能靠"弄神弄鬼"取得。又因父亲是京官，减了二三十两费用，统共费了不到三百两银子。

正是狄希陈、晁源这些有钱的"蠢才"，把监生的名声搞坏了。到了清末，顶个监生的头衔，还不如秀才体面。——秀才的方巾是凭笔杆儿挣来的，监生的头巾则常带铜臭味！狄希陈、晁源还算好的，毕竟认得几个字；还有那一字不识的监生呢！

《醒世姻缘传》第 42 回，朝廷"开了事例，叫人纳监"。——凡是这样的时候，必定是朝廷出了事：不是边庭打仗军饷告急，就是内地受灾需要赈济。绣江县是个大县，额定要十六名监生。县里贴出告示，招人纳监，可一个多月过去，"鬼也没个探头"。——这是为何？原来对百姓而言，捐了监生"遮不得风、蔽不得雨"，弄不好还会招祸！

对此，书中有长篇议论："若是那监生见了官府，待的也有个礼貌，见了秀才贡举，也都入得伙去（引者注：指谈得来，平等相待）；杂役差徭，可以免的（引者注：秀才贡举是可以免的，但例监不免），这绣江县莫说要十六个，就要一百六十个只怕也还纳不了。"然而事实却是：

（官府）把那援例的人千方百计的凌辱。做个富民还可躲闪，一做了监生，倒像是做了破案的强盗一样，见了不拘甚人却要怕他。凡遇地方有甚上司经过，就向他请帏屏、借桌椅、借古董、借铺盖，借的不了（引者注：借个没完）。借了有还，已是支不住的。说虽借，其实都是"马扁"，有上司自己拿去的，有县官留用的。上司拿剩，县官用剩，又有那工房礼房催事快手朋伙分去，一件也没的剩还与你。或遇甚么军荒马乱，通要你定住的数目（引者注：指定的数目）出米出豆；遇着荒年，定住数叫他捐赈；遇有甚么紧急的钱粮，强要向你借贷；遇着打甚么官司，几百几千的官要诈贿赂，差人要多诈使用，又不与你留些体面，还要比平人百姓多打板子。这监生不唯遮不得风，避不得雨，且还要招风惹雨，却那个肯去做此监生？

底下没人"接招"，上司又催得紧，县官只得叫那些乡约里长把富家的"俊秀"报上来——"俊秀"是就读于乡学、等级最低的官学生。

到后来，也不管是不是"俊秀"，只论有钱的便报。可真正有钱有势的大户，里长又惹不起；"柿子拣软的捏"，只把那有两个钱儿又没势力的人家报上去。

县官不容分辩，逼人纳银，如同追赃一样。交不齐，便把家属捉来"寄监"（这可是真正的监狱）。纳银子时，还要额外加"火耗"（借口熔炼碎银有所损耗而多收的银子），闹得纳捐者卖地卖房，甚至穷得去讨饭！

有个叫侯小槐乡民，娶了塾师汪为露的遗孀魏氏，得了一笔横财，这事人人皆知。乡约要诈侯小槐的银子，诈到二十两还不肯罢手，非要他出五十两。小槐一时难以措借，乡约便把他的名字报到县里，捉他去"纳监"。

小槐哀告说：小人是个种田的农夫，一个"十"字也画不上来；乡约跟我有仇，所以把小人的名字报上。县官说：乡约若报你别的事，是跟你有仇，如今报你纳监，这是往斯文路上引你。你纳了监就可以戴儒巾、穿圆领，见了府县院道，都是作揖，唤大宗师，这是往"青云路"上引你，怎么是和你有仇呢？

小槐说：小人若能认得个"瞎"字，也好戴那头巾、穿那圆领，如今一字不识，似盲牛一般，怎么做得监生？——县官并不理会，只是逼着侯小槐"凑银完纳"；如有拖延，不但要挨打，还要拿家属送监！

小槐无奈，使了六十两银子央人向县官说情，这才罢了。那乡约还不依不饶。小槐只得又向妻子讨了三十多两银子，到省城布政司递了申请，纳了司吏（衙门里办事的小吏），前后花了四十多两银子，终于摆脱了乡约的管辖，躲过一劫。魏氏带来的银子，也所剩无几。

"瞎字不识"的人也可做监生，援例纳监竟成了百姓的灾难，若非小说揭露，真是做梦也难梦见！

鱼龙混杂的援例监生

《儒林外史》中的周进，也是通过纳监登上仕途的。在此之前，这个饱学的老童生受尽屈辱！他在薛家集教了一年私塾，因为"呆头呆脑"，不会跟家长们"搞关系"，结果一年以后被人家辞掉，连老菜叶也吃不上了。

万般无奈，他只好跟着姊丈金有余"下海"做生意，给人家当账房先生。一次来到省城，进贡院参观，周进感慨万分，竟嚎啕痛哭，直哭到休克！——贡院是科举时代举行乡试的专门考场，里面是一排排的考棚，按《千字文》"天地玄黄，宇宙洪荒"的编号排列。且看那日参观时的情景：

> 到了龙门（引者注：贡院大门）下，行主人（引者注：杂货行掌柜，周进等人借住李家）指道："周客人，这是相公们进的门了。"进去两边号房门，行主人指道："这是天字号了。你自进去看看。"周进一进了号，见两块号板摆的齐齐整

整，不觉眼睛里一阵酸酸的，长叹一声，一头撞在号板上，直僵僵不省人事。……

众人多慌了，……取了水来。三四个客人一齐扶着，灌了下去。喉咙里咯咯的响了一声，吐出一口稠涎来。众人道："好了！"扶着立了起来。周进看着号板，又是一头撞将去。这回不死了，放声大哭起来。众人劝着不住。金有余道："你看，这不是疯了么？好好到贡院来耍，你家又不死了人，为甚么这号啕痛哭是的？"周进也不听见，只管伏着号板哭个不住。一号哭过，又哭到二号、三号，满地打滚，哭了又哭，哭的众人心里都凄惨起来。金有余见不是事，同行主人一左一右架着他的膀子。他那里肯起来！哭了一阵，又是一阵，直哭到口里吐出鲜血来。

周进被众人抬出来，在贡院前的茶棚下喝了一碗茶，"犹自索鼻涕，弹眼泪，伤心不止"。还是姊丈金有余了解他，对众人说："列位老客有所不知。我这舍舅本来原不是生意人。因他苦读了几十年的书，秀才也不曾做得一个，今日看这贡院，就不觉伤心起来。"周进被姊丈道出伤心事，又放声大哭起来。

都说商人唯利是图，却也有义气感发的时刻。众老客一商量，每人拿出几十两银子，当下凑了二百两，帮周进纳了监生。——秀才只有通过科试，才能参加乡试。然而若是监生，却可以直接拿到乡试的入场券，哪怕你是个平头百姓。

乡试开考之日，周进再入贡院，"人逢喜事精神爽"，场中七篇文字做得花团锦簇一般。放榜之日，果然中了。第二年开春，周进又上京会试，一举中了进士，"殿在三甲，授了部属"；三年后升了御史，"钦点广东学道"。范进就是他在广东主持院试发现的"人才"。

周进的故事，并非小说家向壁虚构，也是有现实依据的。据明人朱国祯《涌幢小品》记载，有个叫罗圭峰的书生，七次院试均未能进学；后来捐监到国子监读书，连中解元、会元，二者分别是乡试和会试的头一名。——如此看来，说"例监"一无是处，也不尽然。

《儒林外史》中还提到一位监生，叫严大育，是严贡生的同胞兄弟。因持家有方，攒下十多万两银子。不用说，他这个监生也是捐纳的。

严监生与严贡生都是性情鄙吝的乡绅，只是严贡生的悭吝是坑别人，严监生悭吝是苦自己。

一次严监生与两位妻兄王德、王仁吃酒聊天，说到自己与严贡生的区分："不瞒二位老舅，像我家还有几亩薄田，日逐夫妻四口在家里度日，猪肉也舍不得买一斤，每常小儿子要吃时，在熟切店内买四个钱的哄他就是了。家兄寸土也无，人口又多，过不得三天，一买就是五斤，还要白煮的稀烂，上顿吃完了，下顿又在门口赊鱼。当初分家，也是一样田地，白白都吃穷了。而今端了家里花梨椅子，悄悄开了后门，换肉心包子吃。你说这事如何是好！"说得两位妻兄哈哈大笑。

大概因操劳过度兼营养不良，严监生患了病，仍然"每晚算账直算到三更鼓"。后来眼看病重，一连三天不能说话，人已进入弥留状态：

> 晚间挤了一屋的人，桌上点着一盏灯。严监生喉咙里痰响得一进一出，一声不倒一声的，总不得断气，还把手从被单里拿出来，伸着两个指头。大侄子走上前来问道："二叔，你莫不是还有两个亲人不曾见面？"他就把头摇了两三摇。二侄子走上前来问道："二叔，莫不是还有两笔银子在那里，不曾吩咐明白？"他把两眼睁的溜圆，把头又狠狠摇了几摇，越发指得紧了。奶妈抱着哥子插口道："老爷想是因两位舅爷不在跟前，故此记念。"他听了这话，把眼闭着摇头，那手只是指着不动。赵氏慌忙揩揩眼泪走近上前道："爷，别人都说的不相干……只有我能知道你的心事。你是为那灯盏里点的是两茎灯草，不放心，恐费了油。我如今挑掉一茎就是了。"说罢，忙走去挑掉一茎。众人看严监生时，点一点头，把手垂下，登时就没了气。（《儒林外史》，5、6回）

世界文学画廊中，有不止一位"吝啬鬼"形象。莎士比亚笔下的夏洛克，莫里哀戏剧中的阿巴恭，巴尔扎克小说里的葛朗台，果戈理长篇中的泼留希金……严监生则是中国传统文学中的吝啬鬼形象。吴敬梓惜墨如金，所画的这幅人像，竟成为东方文学中的讽刺经典，足以跟世界级大师的笔墨相颉颃！

　　贡生、监生都有到国子监肄业的资格，晁源、狄希陈便都亲赴国子监坐监读书。但获得贡、监资格者也可不赴监，严监生便是一例。历史上还有过"令纳粟诸项监生放回依亲读书"的诏令①，不准纳监者过多占用教育资源。——对于这些人，国家是只管收钱，不管栽培的。

国子监是"创收大户"吗

　　不过坐监读书的，还是大有人在。拿北京国子监来说，从元朝始建直至清朝末年，这里一直书声琅琅。

　　作为国家最高学府，国子监设有祭酒、司业、监丞、博士、助教、学正、学录、典籍、掌馔、典簿等学官。

　　祭酒为国子监正官，相当于国立大学校长，在清代为正四品。司业是祭酒的副手，正五品，职责是协助祭酒处理监中事务。监丞为正八品，官儿不大，却是执行监规的负责人，教师怠惰、学员违规、伙食不洁，都要由他监管处置。真正从事教学工作的是博士和助教，分别为正八品、从八品。至于学正、学录，则是负责教务管理的官员，为正九品、从九品。其他典籍、掌馔、典簿等官，分别相当于"图书馆长"、"食堂主任"及"总务处长"。

---

① 龙文彬《明会要》二五《学校》上，"弘治十五年"。

有位当代散文家撰有《国子监》一文，记录了清末国子监的情景，那是作者翻阅文献资料并采访一位老人后写下的。老人姓董，家中世代在国子监当差，他自己就曾"伺候"过几位国子监祭酒：翁同龢、陆润庠、王垿等，还给新科状元打过"状元及第"的旗子呢。

据老董回忆，清末监生们的课业十分稀松，每隔六日作一次文，每年转堂（升级）一次，六年毕业。学生每月领助学金（膏火）八两。学生毕业后的去向，多为知县、县丞、训导等。也有调去写字的：明代修《永乐大典》、清代修《四库全书》，那端正的楷体字，许多便出自擅长书法的监生之手。

关于纳监的情况，老董也有回忆。文章写道："纳监的监生除了要向史部交一笔钱，领取一张'护照'外，还需向国子监交钱领'监照'——就是大学毕业证书。照例一张监照，交银一两七钱。国子监旧例，积银二百八十两，算一个'字'，按《千字文》数，有一个字算一个字，平均每年约收入五百个字上下。"

文章作者说："我算了算，每年国子监的监照银约有十四万两，即每年有八十二三万不经过入学和考试只花钱向国家买证书而取得大学毕业资格——监生的人。原来这是一种比乌鸦还要多的东西！这十四万两银子照国家的规定是不上缴的，由国子监官吏皂役按份摊分。祭酒每一字分十两，那么一年约可收入五千银子，比他的正薪要多得多。其余司业以下各有差。据老董说，连他一个'字'也分五钱八分，一年也从这一项上收入二百八九十两银子！"

细读《国子监》一文，笔者发现其中有些理解及计算存在讹误。如领一张监照交银一两七钱，十四万两应是八万二三千张的总值，而非比"乌鸦还要多"的"八十二三万张"。——即便是八万二三千张，这个数目也仍然过大。如据《醒世姻缘传》载，在特殊时期，一个大县摊派十六个纳监名额尚难完成；时至清末，每年又从哪儿找这么多"冤大头"去？

此外，散文中还有两处明显失误，如说"查清朝的旧例，祭酒每月的俸银是一百零五两，一年一千二百六十两"。——实际上，这一百零五两是年俸，而非月俸。祭酒为文官正四品，年俸恰好是一百零五两。靠这点工薪，一般官吏无法维持起码的生活水准，因此才有"监照"提成等种种外快，为其提供灰色收入。

再有，文中说监生"每月"膏火费八两，也应是"每年"之误。祭酒的"国拨工资"才合每月八两五钱，一个监生凭啥每月拿八两？廪生的廪膳银为一年四两，监生比廪生高些有限，尽管朝代不同，一年八两也不算低了。

另外，文中有些地方交代不清，如监照银积二百八十两算一个"字"的作法，就很奇怪。为啥是二百八十两？这个数字从何而来？二百八十两是不能被一两七钱整除的。

我怀疑，这二百八十两银或即一个监生的纳监费用。从小说可知，晁源援例纳监的费用是三百两，狄希陈是四百两，周进是二百两；清末若定为二百八十两，应不算离谱。而所谓一个"字"，或应指"监照"的编号（如按《千字文》排号），也未可知。老董所说的一年"五百字上下"，正是一年所发监照之数，并非八万多，更非八十二三万——一年五百张，已经不少了。

而所收的十四万两银子，恐怕只有一部分供国子监官吏皂役"分肥"——国子监的人员编制有限，一个"字"二百八十两，拿出八十两分给众人，也就够了。其中祭酒拿十两，老董这样差役拿五六钱，也足以支撑几十上百人的开销。每个字余下的二百两上缴国库，也正合周进纳监之数。

若按散文作者计算，国子监一年推销八万多张监照（且不说八十万张），以一人交银二百两（即老董所谓"护照"钱）计算，国家这一项年收入就是白银一千六七百万两！——清代国家总收入，常年在四千万两左右；国子监这样一个清水衙门，单靠纳监的收入便占了全国年收入的40%，从而成为国家的"创收"大户，是不能想象的！

为范举人的痰症把脉

范进中举的故事尽人皆知，事在《儒林外史》第2回，还被选入中学语文课本，读者数以亿计。

跟周进一样，范进出场时，也是个老童生。周进钦点广东学道，那日主持院试，轮到考南海、番禺的童生。在纷纷入场的众考生中，周学道注意到一个老童生，"面黄肌瘦，花白胡须，头上戴一顶破毡帽。……穿着麻布直裰，冻得乞乞缩缩"，这人就是范进。

本场考试，范进是第一个交卷的——考过二十多回的老手，这一切早已驾轻就熟。大概是同病相怜吧，周学道对这位老童生格外同情，心生关照之意。不过周进阅卷的过程，又颇耐人寻味：

> 那时天色尚早，并无童生交卷。周学道将范进卷子用心用意看了一遍，心里不喜，道："这样的文字，都说的是些甚么话！怪不得不进学！"丢过一边不看了。又坐了一会，还不见一个人来交卷。心里又想道："何不把范进的卷子再看一遍？倘有一线之明，也可怜他苦志。"从头至尾又看了一遍，觉得有些意思。正要再看看，却有一个童生来交卷。……又取过范进卷子来看。看罢不觉叹息道："这样文字，连我看一两遍也不能解，直到三遍之后，才晓得是天地间之至文。真乃一字一珠！可见世上糊涂试官不知屈煞了多少英才！"忙取笔细细圈点，卷面上加了三圈，即填了第一名。

吴敬梓的文字，永远是那样冷峻客观，不著感情。范进的文字到底怎样？周进前后做出的不同评价，哪个更准确？作者全让读者自己去判断，自己则站过一旁，听读者的笑声。

范进进学后，在周进的鼓励下，次年八月又要到省城参加乡试。①向岳父借盘缠时，被胡屠户"一口啐在脸上，骂了一个狗血喷头"！什么"癞虾蟆想吃天鹅肉"、"像你这尖嘴猴腮，也该撒抛

---

① 按照规定，生员须参加科试，方能取得乡试资格。范进是否在院试后又参加了科试？抑或因范进获得院试第一（又称"道案首"），因而具备了直接参加乡试的资格？书中未做交代。

尿自己照照，不三不四，就想天鹅屁吃"！一顿"夹七夹八，骂的范进摸门不着"。

不过范进还是偷着去了。考试归来，家里已是饿了两三天。出榜那日，家中无米，范进抱了家里生蛋的母鸡，到集市上售卖，恰值报录的来报中举消息，于是发生了人们熟悉的那幕：范进禁受不住巨大喜悦的冲击，一时痰迷心窍，竟发了疯，把报帖"看过一遍，又念一遍，自己把两手拍了一下，笑了一声道：'噫，好了，我中了！'"跌倒在地，牙关紧咬、不省人事！醒来后"又拍着手大笑道：'噫，好，我中了！'笑着，不由分说就往门外飞跑……一脚踹在塘里，挣起来，头发都跌散了，两手黄泥，淋淋漓漓一身的水。众人拉他不住，拍着，笑着，一直走到集上去了……"

有其师必有其徒。周进、范进这一对科举"发烧友"，一哭一笑，表现虽然不同，患的却是同一种病。——然而范进的表现又是可以理解的：一个人把青春、身家性命都押在一桩"事业"上，当其殚精竭虑、屡战屡蹶，眼看成功无望时，幸运突然降临，在大悲大喜的刺激下做出超常举动，也并不稀奇！

那么举人究竟是何种身份，让范进如此激动？原来，秀才、贡生、监生也可以做官，那是通过学校途径进入仕途，官做得再热闹，在两榜出身的官员面前，也很难伸直腰杆儿。——"两榜出身"是指考取举人、进士，那才是做官的正途。其中进士为"甲榜"，因为要分三甲；有甲就有乙，举人也便成为"乙榜"。

也就是说，为官正途是从举人开始的。人们见了秀才，要尊他一声"相公"，见了举人，则要磕头称"老爷"。这种区别，从势利小人胡屠户前后表现，看得最为明白。

范进进学后，胡屠户来贺他，带的礼物是"一副大肠和一瓶酒"，值不了钱把银子。在相公女婿面前，胡屠户还要摆谱训话，一口一个"现世宝穷鬼"、"烂忠厚没用的人"；范进也只有唯唯诺诺，还要千恩万谢。

待范进中举后，胡屠户来贺，"后面跟着一个烧汤的二汉，提着七八斤肉，四五千钱"，这份贺礼要值六七两银子，是前一回的几十倍！一张口，对范进的称谓也由"现世宝穷鬼"变成了"贤婿老爷"！范进的相貌人品，也从"尖嘴猴腮"变成"才学又高，品貌又好，就是城里头那张府、周府这些老爷，也没有我女婿这样一个体面的相貌"！走在路上，见范进衣裳后襟滚皱了许多，胡屠户"一路低着头，替他扯了几十回"！

其实胡屠户，还是蛮可爱的，他的愚昧中透着真诚。当他斗胆出手、对范进实施"休克疗法"后，由于心理作用，"把个巴掌仰着再也弯不过来"。——他真的相信中举者是"天上文曲星"，打了文曲星，菩萨是要怪罪的！

官绅乡宦也来联络，却是另有打算。城里的绅士张静斋从来不曾与范进有过交集，如今却不请自来。他也是举人出身，做过一任知县。与范进见面，两人"平磕了头"，分宾主坐下攀谈。张乡绅一次就送了五十两贺仪，还将县城东门大街一所三进三间的房屋，白白赠与范进！——这份大礼价值几百两银子，非同小可！然而张乡绅懂得，范举人一旦做官，相互提携的事情尚多，区区几百两银子，又何足道哉！

这还没完，自此以后，又有许多人来奉承，"有送田产的，有人送店房的，还有那些破落户，两口子来投身为仆图荫庇的。到两三个月，范进家奴仆、丫鬟都有了，钱、米是不消说了"。（《儒林外史》，3回）

范娘子是胡屠户的女儿，从前的模样是"一双红镶边的眼睛，一窝子黄头发，那日在这里住，鞋也没有一双，夏天靸着个蒲窝子，歪腿烂脚的"；如今则是"家常戴着银丝鬏髻……穿着天青缎套、官绿的缎裙"，按乡邻的话说："而今弄两件'尸皮子'穿起来，听见说做了夫人，好不体面，你说，那里看人去！"

这还只是经济上的变化，更重要的变化，体现在社会地位上。范进的母亲过世了，请了和尚念经做法事。其间和尚遭人讹诈，被绑送官府，范进"随即拿帖子向知县说了"，知县立刻让班头将和尚释放。——廪生、贡生说情，知县都要给面子，何况是举人老爷！

如此天翻地覆的变化，足以衬托出科举的巨大诱惑力。"知识改变命运"，这也正是周进、范进以及王进、李进甘愿耗费一生精力，拼命追求、百折不挠的根本原因吧。

"范进中举"的另类解读

"范进中举"作为小说节选，曾被收入中学语文课本，读过的学生代代累加，数以十亿计！一般人对科举制的认识，几乎全都来自这篇课文。科举制是一种扼杀人才、制造废物的糟糕制度，也成为一种牢不可破的观念，深入人心。

可是翻过来想想，科举制就没有一点可取之处吗？仍以范进为例，他从二十几岁考到五十几岁，回回落榜，岁岁伤心，他为什么还能坚持？是什么样的信念支撑着他？单是名利双收的美好前景，能引诱他如此锲而不舍、百折不挠吗？谁又能保证他的努力不会被金钱和权势所篡夺呢？

我们设想，范进头一回考试落榜，东邻财主家的儿子却榜上有名；第二回再度落榜，西邻县令的远亲却名列前茅……两次三番、四回五转，范进肯定会恍然大悟：科举的游戏规则有"猫腻"，平民子弟玩不起！那么，他还有勇气再次踏上赴考之路吗？灰心丧气的他，还不如去当个私塾先生，或者跟着岳父杀猪卖肉算了。

然而在小说中，范进没有退缩，他连考了二十多次，在科举中押上了全部的青春岁月乃至身家性命！一个合理的解释是：科举制在实际操作中能基本做到公平公正，是制度本身跟范进签订了一纸无形的契约，保证他只要按照要求砥砺学问，科举的大门永远朝他敞开着！

事实也证明，作为一介平民，范进始终挣扎在饥饿线上，无力用金钱为自己铺路；从政治背景看，范进没有任何有势力的"后门"关系为他撑腰，他唯一"有头有脸"的亲戚，是个市井屠户。在范进的生活圈子里，没有人能提携他、引荐他、为他叩响富贵之门。正是这么个无钱无势的平民文士，几乎完全凭借个人的不懈努力，最终登上权力之阶！

说来奇怪，最讲等级也最重出身的封建社会，居然能产生出这样一种公平的制度来，比之造纸、火药、指南针、印刷术"四大发明"，中国人的这一发明对人类文明贡献更大！

18世纪来华的一名西方传教士在给红衣主教的信中就以羡慕的口气说："（在中国）贵族从来不是世袭的。……当一个省的总督或省长死去，他的孩子同其他人一样要为自己的前程奔波；……不管他们所继承的父亲的名字多么显赫，对他们也无济于事。"他的话虽不免有所夸张，但基本属实。——据考证，19世纪英法等国实行的文官法，便是照搬中国的科举制！

当一种制度为世界其他民族所接受并认可时，这意味着它属于最优秀的人类文明中的一部分。何况经学者考证可知，当今世界上一切书面考试，都可溯源于中国，与科举考试有着密切关系。①将科举考试制度视为中国对世界文化的一种贡献，应是毋庸置疑的。

不错，传统科举是有不少弊病，尤其是考试内容，局限于四书五经八股文，过于束缚人的思想。不过拿四书五经当课本，可以保证贫寒子弟也买得起；八股文则是一种易于操作的考试文体。——作为一种经过千锤百炼的考试形式，科举制具有一定的科学性，它在很大程度上杜绝了任人唯亲乃至世袭垄断的弊病，值得我们再度

---

① 参见邓嗣禹《中国科举制在西方的影响》，原载《哈佛亚洲研究学报》（1943.9）。

审视。

　　回头再看范进，他在追求科举功名时表现出的锲而不舍的精神，不正像鲁迅称赞的运动场上跑在最后却不轻言放弃的运动员吗？当范进发疯时，我们能不能给他一点理解和同情呢？运动场上拼尽全力、终获冠军的运动员，扑倒在地、掩面而泣，不也是当众"出丑"吗？我们却能陪着他哭，陪着他笑，为什么单单要苛求范进呢？

　　吴敬梓不愧是具有现实主义创作风范的文学巨匠，他在嘲弄科举制的同时，又有意无意地展示了科举制的另一面。他笔下的讽刺巨著《儒林外史》，永远是"横看成岭侧成峰"的。

辑

边缘儒士，谋生百态

四

鬻儿秀才羡优伶

　　《醒世姻缘传》《儒林外史》《歧路灯》三书有个共同点：作者的视点放得很低。写到读书人，多是童生、秀才、贡生之类。他们地位不高，经济窘迫，能寻个教席，当个塾师，已是不错。次一等的给人写写算算，乃至测字安坟，只能勉强糊口。至于衣食不周、四处打秋风的，也大有人在。——老童生周进、范进后来都做了高官，可他们那绯袍金带的形象，没给人留下多少印象；想起他们，仍是在底层泥沼中隐忍挣扎的样子。

　　学者诠释《儒林外史》，往往侧重书中的社会批判及人性剖析；我辈小百姓，则喜欢关注书中人物的生活状态，常为他们的经济拮据、困窘无助而临书洒泪、感同身受！

　　范进为啥能忍受胡屠户的恶毒谩骂，还要说"岳父见教得是"？只因为他肩不能担、手不能提，没有任何谋生手段，无力养活妻儿老娘，一切都要仰仗丈人的施舍。胡屠户说："我自倒运，把个女儿嫁与你这现世宝穷鬼，历年以来不知累了我多少！"——这是实话，胡屠户有理由埋怨，范进也只好听着！

　　范进毕竟还有亲戚可以依仗，书中读书人，还有境遇更惨的。小说第25回，唱戏的鲍文卿得了一笔钱，想组个戏班子。一日遇上个修乐器的老者，"头戴破毡帽，身穿一件破黑绸直裰，脚下一双烂红鞋，花白胡须，约有六十多岁光景。手里拿着一张破琴，琴上贴着一条白纸，纸上写着四个字道：'修补乐器。'"鲍文卿刚好有乐器要修，于是请他到家中来。

那人姓倪，谈起来，居然是个秀才！他对鲍文卿说："长兄，告诉不得你！我从二十岁上进学，到而今做了三十七年的秀才。就坏在读了这几句死书，拿不得轻，负不的重，一日穷似一日。儿女又多，只得借这手艺糊口，原是没奈何的事！"鲍文卿再问家里情况，老爹说："老妻还在。从前倒有六个小儿，而今说不得了。"

倪老爹说到此处，不觉凄然垂下泪来。鲍文卿又斟一杯酒，递与倪老爹，说道："老爹，你有甚心事，不妨和在下说，我或者可以替你分忧。"倪老爹道："这话不说罢，说了反要惹你长兄笑。"鲍文卿道："我是何等之人，敢笑老爹？老爹只管说。"倪老爹道："不瞒你说，我是六个儿子。死了一个，而今只得第六个小儿子在家里。那四个……"说着，又忍着不说了。鲍文卿道："那四个怎的？"倪老爹被他问急了，说道："长兄，你不是外人，料想也不笑我。我不瞒你说，那四个儿子，我都因没的吃用，把他们卖在他州外府去了！"鲍文卿听见这句话，忍不住的眼里流下泪来，说道："这四个可怜了！"倪老爹垂泪道："岂但那四个卖了，这一个小的，将来也留不住，也要卖与人去！"鲍文卿道："老爹，你和你家老太太怎的舍得？"倪老爹道："只因衣食欠缺，留他在家跟着饿死，不如放他一条生路。"

一家人穷到卖儿卖女的地步，不止卖一个，而是卖了四个，剩下一个养不起，依然要卖掉，这真是骇人听闻！

落入如此惨境的不是乞丐，不是鳏寡孤独、病废残疾之人，是个读书人，还是个附了士大夫骥尾的秀才！这让我们知道，从前做个读书人，也是需要勇气的！一个人若非家道殷实，至少有几亩田地可供坐食，那么选择科举一途，便如同赌博，等于义无反顾地走上一条目标遥远、结局难料的单行道！达到目标者，当然不愁腰金衣紫、位居人上；但多数人则成了科举选拔的"分母"、一场豪赌的输家！不少人蹭蹬一生、贫困以终。虽不致走到卖儿卖女这一步，但倪老爹的结局仍有代表性。

最终倪老爹将身边唯一的儿子倪廷玺过继给"戏子"鲍文卿，改随鲍姓。过继文书中虽然没写，鲍文卿还是送了二十两银子给倪老爹。——科举时代，文童禀保，要保证考生出身清白，非"娼优隶卒"子弟。如今，出身清白的秀才儿子，反要自降身份，给"戏子"鲍文卿当儿子！倪老爹还千恩万谢，说："若得如此，就是我的小儿子恩星照命！"

话说回来，"秀才"二字自古跟"穷"相连，即所谓"穷秀才"。即便出了贡，也不能人人脱贫，反因少了几两禀膳银，陷入更深的贫困。《儒林外史》中的杨执中便是"禀生挨贡"出身。他被盐商请去当盐店的管事先生。因为人迂执，只知读书，店里亏空了七百两银子，被盐商告到县里。但因身为贡生，不能"追比"（动刑追赃），只能等着学政褫夺功名，方能追讨，于是暂寄狱中。

后来娄家两位公子出面替他还账，救他出了狱。

杨执中没有任何生活技能，养了两个儿子，也只知"吃老子"。自从丢了盐店的差事，更是衣食无着。"家下一无所有，常日只好吃一餐粥。"除夕之夜，无钱无米，手边只有一只"心爱的炉"。过后他对老邻居说："这一晚到底没有柴米，我和老妻两个，点了一支蜡烛，把这炉摩弄了一夜，就过了年。"——作者以轻松调侃的语调叙说着悲惨的故事，多情的读者则难免要流泪了。

明清白话小说已知的有一千多部，熟在人口的也有二三十部，有哪一部描写过如此彻骨的贫寒？也只有吴敬梓的一支笔，能把贫穷写得如此惨烈！在这描写背后，则是作者对科举制度的深刻质疑与嘲讽！

吴敬梓所以能把这种贫寒生活描摹得如此逼真，是因为这一切他曾亲历过。好友程晋芳为他作传，说他性格豪爽，乐善好施，却不善于"治生"；因而父祖留下的两万两银子，没几年就用光了。后来他移居南京，家徒四壁，身边只剩几十本"故书"，早晚读书取乐。实在没饭吃，便卖了心爱的书来换米。

冬天天冷，没有酒食炭火。一到傍晚，吴敬梓便邀五六个好友，踏着月色出南京南门，绕城几十里，一边"歌吟啸呼，相与应和"；到天亮时从水西门进城，众人大笑散去。夜夜如此，美其名曰"暖足"！

秋天大雨连绵，有个亲戚想起他，带了三斗米、两千钱去看他，发现他已经两天没吃饭了。不过吴敬梓倒很乐观，有了钱便饮酒歌呼，不再考虑明天。——这些都与杨执中相似。

这样的苦日子，西周生大概也曾经历过。他在《醒世姻缘传》第 33 回开头议论说：圣贤千言万语让读书人"乐道安贫"，说什么"饭疏食饮水，曲肱而枕之，乐亦在其中""一箪食、一瓢饮，不改其乐"。西周生感慨道："我想说这样话的圣贤，毕竟自己处的地位也还挨的过得日子，所以安得贫、乐得道。但多有连那一亩之宫、环堵之室、负郭之田，半亩也没有的，这连稀粥汤也没得一口呷在肚里，那讨疏食箪瓢？这也只好挨到井边一瓢饮罢了，那里还有乐处？……倒还是后来的人说得平易，道是'学必先于治生'"——西周生这番话，应是有感而发的。

塾师境况，南北不同

范进进学后，胡屠户曾给他指出一条谋生之道："明年在我们行事里替你寻一个馆，每年寻几两银子，养活你那老不死的老娘和你老婆是正经！"

"寻一个馆"是指当塾师，这几乎是底层读书人唯一的出路。——西周生在《醒世姻缘传》第 33 回开篇，为读书人设想了好几条出路：一条是开书铺，说是拿上几百两本钱，到苏杭买了书，回程在舟车内先睹为快，又不怕沿路横征税钱。但是坏处也不少，第一，先没有这几百两的本钱；第二，好友亲朋成部赊去，不见还钱；第三，官府虽不叫你纳税，却问你要书。你没有的，还得

125

边缘儒士，谋生百态

重价买给他。因此这生意做不得。

另一条出路是拾大粪，"整担家挑将回来，晒干，轧成了末，七八分一石卖与人家去上地，细丝白银、黄边钱，弄在腰里"，官府又不来侵夺。然而也有不好，一是气味受不了；二是那"拉屎的所在"如今都被"乡先生、孝廉公"向官家讨去了，你拾粪，先要向他们纳了租税方可。因此这又是秀才做不得的。

第三条路竟是做棺材：买了柳树枣树，锯成薄板，叫木匠打成棺材，专门卖给小户贫家。官家死人要用"沙板"（杉木形成的阴沉木，多用来制棺材），不用这等"薄皮物件"，所以不怕他白白拿去。但也有问题，一是棺材成品在屋里层层叠叠摆着"瘆人"；二是近日官府给乡宦举人送牌匾，或者衙门里用"断间版榍"，以及"出决重囚"用的木驴桩橛等，也要棺材铺备办。这等害人又不得利的买卖，仍不是秀才能做的。

再有就是结交官府，跟官吏衙役沆瀣一气，徇私枉法、"震压乡民""白手求财"。然而即便你手眼通天、成了神仙，也还要防备那"五百年一劫"哩。"犯了劫数，打在地狱天牢里受罪，比那别的鬼魂受苦更自不同。"

吴敬梓的讽刺是冷嘲，西周生的风格则是热骂！看看他为秀才选的这几条出路：卖书还跟读书沾点边，那拾粪、做棺材的出路，已属于"有话不好好说"了！他这是骂官府、骂乡宦，骂不给文人留活路的世道。至于那结交官府、唯利是图、丧失气节、出卖灵魂的勾当，作者认为更在拾大粪、打棺材之下！

西周生的结论是："夜晚寻思千条路，唯有开垦几亩砚田，以笔为犁，以舌作耒，自耕自凿的过度。雨少不怕旱干，雨多不怕水溢。"既能饱八口之家，又落得个人自在，还能"度脱多少凡人成仙作佛，次者亦见性明心"（指教导学生成才，至少能读书明理）。自己"使那有利没害的钱，据那由己不由人的势，处那有荣无辱的尊"，与官府豪门亦无纠葛。"千回万转，总然只是一个教书，这便是秀才治生之本！"

不过教书这条路，也不是什么康庄大道。周进不是当了塾师吗？说来可怜，他抛家舍业，受尽屈辱与辛苦，一年下来，却只有十二两银子束脩。——有人会说：这已经不错了，看看《醒世姻缘传》中的厨子尤聪、吕祥，一年才有四石粮或三两银的工食钱；一个当奶娘的，一年的乳汁也才换得三两六钱银子，不是比周进还要可怜得多吗？

且慢，暂不谈银钱购买力时有变动，周进拿到手的银子，至少比清初贬值了三分之一；单就实际收入而言，厨师、奶娘的收入，也远超这位老塾师。

周进的束脩一年十二两，平均每日合三分三。虽说四时八节还有些额外收入，却也有限。如入学时各家的"贽见"（初次拜师的见面礼），"荀家是一钱银子，另有八分银子代茶；其余也有三分的，也有四分的，也有十来个钱的，合拢了不够一个月饭食"。加在一起，周进的收入每日不足四分银。虽说寄寓观音庵，省却房租，但每日二分的伙食，就占了收入的一多半。

厨子和奶娘则不同，吃住都是主人家的。财主家的伙食，每日每人的消费，至少也有两三分。一年下来，合到小十两。而平日的节赏、小费，又不知凡几。——在《金瓶梅》中，吴月娘到乔大户家赴宴，厨役每献一道大菜，月娘总有一二钱银子的封赏。这还不算厨子私下克扣的菜金、盗取的食材，一年下来，一个大户人家的厨子，实际收入应不下二三十金！

当奶娘的又如何？若遇上晁夫人那样的宽厚主人，不但食宿全包，还管三季的衣裳。孩子生日及四时八节另有赏赐；满了年头，还要做衣裳、打簪环、买柜、做副铺盖，送她回家。周老师又何能望其项背？

周进最终失了馆，连这区区十二两银子也挣不上，沦落到替四民之末的商人管账，真真委屈了他的满腹经纶。我们由此理解周进为什么在贡院痛哭失声、直至哭出血来！

人到老年，来日无多，迫于饥寒，丢掉书本，弃科举之通途，从商贾之末业，一辈子的追求，全成泡影，周进死有不甘啊！因而当众商人替他出银纳捐时，他感激涕零，说："若得如此，便是重生父母，我周进变驴变马，也要报效！"竟"爬到地下就磕了几个头"。——是贫穷逼得周进两腿发软，他这一跪，感的是义气，谢的是金钱！

论塾师之苦，周进的境遇并非个案。《醒世姻缘传》中有个陈秀才，先后教过晁源和晁梁。学生多时十几人，少时只有六七个。然而"北边的学赀（引者注：学赀，即束脩）甚是荒凉，除那宦家富室，每月出得一钱束脩，便是极有体面。若是以下人家，一月出五分的，还叫是中等。多有每月三十文铜钱，比比皆是"。幸而晁夫人念旧，不时接济，陈先生方得勉强度日。——作者在这里特别提到"北边的学觊"，是否说明北方民间对小儿教育重视不够呢？陈秀才在山东武城县教书，周进在山东兖州府汶上县薛家集任教，这两处都是北方。

南方塾师的待遇似乎要好些。《儒林外史》第 36 回写"常熟县真儒"虞育德，他的祖父做了三十年秀才，始终在镇上教书。父亲一生不曾进学，也教了一辈子书。虞育德是父母中年所生，三岁丧母，六岁随父亲开蒙。后来父亲到麟绂镇祁太公家教书，他也一直跟在身边。父亲过世时，虞育德才十四岁。祁太公信任他，竟让他给九岁的儿子当先生。——这要算年龄最小的塾师了。

以后他听从祁太公劝导，"买两本考卷来读一读"，二十四岁时应考进了学，次年到杨家村一个姓杨的家里去教书，束脩是每年三十两银子——收入远超北方塾师。

两年后，虞育德用十几两积蓄，又借了明年的十几两馆金，娶了亲。再过两年，又用攒下的二三十两银子"寻"了四间屋，还雇了小厮。不过日子过得并不宽裕，娘子生了病，没钱请医赎药，只靠着每日三顿白粥，娘子的病居然也好了。

虞育德相信凡事有"定数"。三十二岁那年没有馆坐，娘子担心，虞育德却心中有数，说："不妨。"果然，不久便有人请虞育德去看风水、寻墓地，谢了他十二两银子，这一年的吃用也便不用发愁了。——看风水又称"堪舆",这桩本领还是祁太公传授给他的。从前的塾师,以此为副业的,为数不少。虞育德心态从容淡定,大概还因为南方的塾师行情比较稳定,总能有些积蓄,不致衣食难继。

同样是当塾师,五河县的余特束脩更高,他的表弟虞华轩请他到家里教儿子,说定"每年脩金四十两"——因为他是贡生。(《儒林外史》,46 回)五河县今属安徽蚌埠辖下,也属南方。

在此之前,还有人出更高脩金哩。有位汤总镇(总镇即总兵,又称"镇台",是职位很高的武官),要为两个儿子请一位能讲举业的先生。有人向汤总镇推荐余特,说薪酬要求不高,"每年馆谷也不过五六十金"。

汤总镇吩咐汤大公子随推荐人前往礼聘,汤大公子仗着官二代的身份,不肯写"晚生"帖子,说是:"半师半友,只好写个'同学晚弟'。"后被余特婉言谢绝。余特私下跟推荐人说:"他既然要拜我为师,怎么写'晚弟'的帖子拜我?可见就非求教之诚。"

余特熟读圣贤书,对名分的重视,胜过对利禄的追求。五六十金的束脩在当时是一笔不错的收入,他却毫不犹豫地推掉了。同样读了圣贤书的周进,在走投无路时受商人资助,竟然匍匐在地,口称"变驴变马也要报答"——文士的尊严,也要有银钱做后盾方可讲求。

休把塾师当"学匠"

《醒世姻缘传》中出现好几位塾师。晁思孝在做官前曾教书多年，此外还有陈六吉、麻从吾等，也都是秀才当塾师。不过书中用墨最多的两位，是教过狄希陈的程乐宇和汪为露。这两人又是截然相反的两种类型：一是塾师楷模，一是杏坛败类。

幼年的狄希陈，是个不让先生省心的徒弟。看外表，倒也"长长大大、标标致致"，"凡百事情，无般不识的伶俐"；只是到了这"诗云""子曰"上，"就如糨糊一般"！跟着一个毫无负责心的汪为露读了五年，连个字帖也不会写。狄妈妈心中疑惑，拿来《孟子》让儿子念，他竟念出"天上明星滴溜溜转"来！气得狄妈妈一顿打骂，跟狄员外、薛教授商量，要另请先生。

新请的先生是程乐宇，名英才——其中暗含孟子"乐育英才"之意。程先生是位增广生员，除了教狄希陈，还有薛教授的两个儿子薛如卞、薛如兼，另有狄员外的妻侄相于廷，都是十一二、十三四岁的孩子。

束脩足够丰厚，讲好"管先生的饭，一年二十四两束脩，三十驴柴火，四季节礼在外"。——乡绅财主的家塾，待遇自然高于村塾，何况狄家家道殷实，素来待人厚道。在北方塾师中，如此"学赆"要算高的。

盖起新书房，立春后选吉日入学，四个学生的"贽礼"是每人"三星"（三钱银）。学生拜了四拜，三位家长给先生"递了酒"，就算开了学。

四个学生读四种书，狄希陈读的是"《下孟》"（《孟子》下），相于廷是《小雅》，薛如卞是《国风》，薛如兼是《孝经》。薛、相

边缘儒士，谋生百态

三位不必先生费心，"正了字"（正音），下去自己念。唯独狄希陈，年龄最大，学问却最浅——浅到一字不识！

> （程乐宇）把着口教，他眼又不看着字，两只手在袖子里不知舞旋的是甚么，教了一二十遍，如教木头的一般。先生教，他口里捱哼，先生住了口，他也就不做声。先生没奈何的把那四五行书分为两截教他，教了二三十遍，如对牛弹琴的一般，后又分为四截，又逐句的教他，那里有一点记性！先生口里教他的书，他却说："先生，先生，你看两个雀子打帐！"先生说："呃！你管读那书，看甚么雀子？"又待不多一会，又说："先生，先生，我待看吹打的去哩！"先生说："这教着你书，这样胡说！"一句书教了百把遍，方才会了；又教第二句，又是一百多遍。会了第二句，叫那带了前头那一句读，谁知前头那句已是忘了！提与他前头那句，第二句又不记的。先生说："我使的慌（引者注：使的慌，即累极了）了，你且拿下去想想，待我还惺还惺（引者注：还惺，即缓缓气，死而复活）再教！"（《醒世姻缘传》，33回）

就是这样的学生，被程老师使出铁杵磨针的功夫，居然"《四书》上面也就认得了许多字。出一个'雨过山增翠'，他也能对'风来水作花'；出一个'子见南子，子路不悦'的题，他也能破'圣人慕少艾，贤者戒之在色焉'；看了人家的柬帖样子，也能照了

式与他父亲写拜帖，写请启"。（《醒世姻缘传》，37 回）

后来狄希陈学有所成，也全亏程老师的悉心教诲。书中总结原因说，一是先生"还有些教法"，二是"当不起那狄宾梁夫妇的管待，不得不尽力教他"。

可狄希陈哪里懂得老师的恩义？反觉得"这先生合我有仇。别的学生教一两遍，就教他上了位坐着自家读，偏只把我别在桌头子上站着，只是教站的腿肚子生疼，没等人说句话就嗔"。

狄希陈读书不行，搞起恶作剧，却是机灵百怪！夏日先生午睡，狄希陈把那染指甲的凤仙花弄了一团，加些白矾，怕湿的凤仙花凉，惊醒先生，放在太阳底下晒温了，轻轻按在先生鼻子上。先生照镜子，见鼻子血红，不知何故，哪晓得这是你费尽心血教导的学生给你的"回报"！

狄希陈发现先生到厕所解手，总要用手扳着茅坑前的一截树桩。他悄悄用刀把树桩的根部削得只剩小手指粗细，仍旧用土遮住。待先生吃过早饭如厕，习惯性用手去扳树桩，那后果不问可知……

说到塾师教书的辛苦，《儒林外史》中的周进，何尝不是？那"七长八短的几个孩子……就像蠢牛一般，一时照顾不到，就溜到外边去打瓦踢球，每日淘气不了。周进只得捺定性子，坐着教导"。至于家长们说三道四、飞短流长，更让周进难以应付，终致连这一月一两银子的收入，也彻底断绝了。

也难怪，当塾师的，多是科举竞争中的失败者。在世俗百姓眼里，读书人本就有几分呆气，说话举止显得"另类"。未当塾师时，他们与百姓倒也井水不犯河水。一旦当了塾师，便与百姓发生了扯不断、理还乱的关系，连衣食也要仰仗于学生家长，世人对他们，更多了几分轻蔑的理由。

《醒世姻缘传》第16回，写晁夫人的父亲也曾请个秀才教儿子读书，"却不晓的称呼甚么先生，或叫甚么师傅，同了别的匠人叫作'学匠'"。一日场内晒了许多麦子，突然乌云密布，雷声大作，家里正盖房，那些泥匠、木匠、砖匠、铜匠、锯匠、铁匠，都放下手里的活计，拿了扫帚木锨来帮长工、庄客抢收麦子。事后这财主一算，"各匠俱到，只有那学匠不曾来助忙"。

又一日，这财主跟两个亲眷吃酒，对小厮说："你去叫那学匠也来这里吃些罢了，省得又要各自打发。"那小厮走到书堂叫道："学匠，唤你到前面大家吃些饭罢，省得又要另外打发。"气得那先生"凿骨捣髓的臭骂了一场，即刻收拾了书箱去了"。——这大概也是彼时底层百姓的普遍态度。上行下效，家长如此，学生不敬老师，原因也便不难寻找。

塾师败类汪为露

汪为露是狄希陈的开蒙先生，就是教了五年、学生依旧大字不识的那位。在《醒世姻缘传》中，作者似乎有意拿他跟程乐宇做个对照，例如他号"澄宇"，名号中也带着个"宇"字。此外，他也是增广生员。可那道德学识，两人却是天上地下。

汪为露的父亲也是个学究秀才，教了一辈子书，连一个秀才也没教出来。可学生转投别的先生，"今日才去从起，明日遇着考试，高高的就是一个生员，成五成十银子谢那新教的先生"。

到汪为露这里，汪家似乎时来运转。在别人那里"积年不进的老童"，跟了汪为露，"遇考就进，再不用第二次出考的事"。遇上科岁两考，"成百金家收那谢礼"。

汪为露何曾有什么学识、下过什么功夫？"起先讲书的时节，也还自己关了门，读那讲章，看课的时节，也还胡批乱抹，写那不相干的批语。后来师怠于财成，连那关门读讲章的功夫都挪了去求田问舍，成半月不读那讲章，连那胡批乱抹也就捉笔如椽，成一两会的学课尘封在那案上，不与学生发落。"

汪先生整天都干些什么？不是做买卖就是放高利贷，整日忙着催债、打官司，"一月三十日，倒有二十日出入衙门"。"若说在书房静坐片刻的工夫，这是那梦想之所不到"。

端午、中秋、重阳、冬至以及年下这五大节的"节仪"，以及一年四季的"学赆"，汪为露一毫不肯放松。"你要少他一分，他赶到你门上足足也骂十顿！"哪个学生若是投奔了别的先生，他要与你"抵死为仇"，不但要"采打学生"，还要"征伐"那学生前去投奔的先生。

至于侵人田界、占人宅基的事，也屡有发生。他借邻居侯小槐家的西墙盖了三间东屋，又要进一步侵占邻院，开一条过道。官司

边缘儒士，谋生百态

打到县里，县里勒令他将东房拆掉，他不肯拆；"揉了头，脱了光脊梁，躺在侯小槐门前的臭泥沟内，浑身上下，头发胡须，眼耳鼻舌，都是粪泥染透，口里辱骂侯小槐。后来必定不肯拆房。他平日假妆了老成，把那眼睛瞅了鼻子，口里说着蛮不蛮、侉不侉的官话，做作那道学的狱腔。自从这一遭丢德，被人窥见了肺肝。"

西周生使出铺排手段，前后用了三回篇幅，把汪为露的丑行揭露得淋漓尽致：如半夜到邻家窗根偷听人家夫妻动静，再如领了儿子、雇了光棍，伏击"夺"了他学生的程乐宇。——县官替程乐宇作主，罚汪为露出砖五万块，修尊经阁；又因他不肯拆除侵犯邻家的"违章建筑"，又加罚三万块，还差点送他"劣行"，革了他的功名！（《醒世姻缘传》，35 回）

汪为露毫无作人的廉耻、为师的尊严，眼里只认得银钱。他以前的徒弟宗昭中了举，布政司派吏役送来两锭坊银共八十两。汪为露取过一锭看了一会，放在袖子里说道："这也是我教徒弟中举一场，作谢礼罢了。"众人以为他开玩笑，谁知他"老了脸，坐了首位，赴了席，点了一本《四德记》，同众人散了席，袖了一锭四十两的元宝，说了一声'多谢'，拱了一拱手，佯长而去"。一时"千人打罕，万人称奇"！

宗家本是寒素之家，少了这四十两银子，经济上捉襟见肘，进京会试的盘费也没有着落。幸喜提学（即学道）为新中的举人开了一条生财之道，"许每人说一个寄学的秀才，约有一百二三十两之得，以为会试之资"。意为允许每位新中的举人介绍一个秀才入学，可以公开或半公开收取介绍费一百二三十两。不料汪为露听到消息，早早"兜揽"了一个人选，收了人家一百二十两银子，强迫宗昭把这人推荐给提学。

苦的是宗昭自己已经定下一个，收了人家银子，还用去不少。只得百般央告汪为露，汪为露就是不答应；还威胁要到京城棋盘街上、礼部门前，豁出自己这"老秀才"，跟宗昭的"小举人"相拼！吓得宗昭连忙赔罪，不得已，只得把家中几亩水田典给人家，又借了高利贷，这才渡过难关。

这年会试，宗昭没能登第。不过一个举人，已有资格入官府说"分上"（替人说情），并借此得些谢礼。宗昭自己不曾说过一个，汪为露却借徒弟之势，三天两头逼宗昭替他"写书"（写说情信）。后来竟私刻了宗昭的图章，伪造宗昭的书信，到官府生事，宗昭还被蒙在鼓里。直至被人告到按院（司法监察部门），宗昭才如梦方醒。没办法，只好避走他乡。后来虽中了进士，到底被汪为露拖累，未能升发。

坟墓前的笑声

汪为露听说程乐宇的四个学生一同进学，其中包括他教过的狄希陈，想着程乐宇定有好几十金的谢礼，"心里就如蛆搅的一般，气他不过"。说狄希陈进学全是自己的功劳，扬言要狄家酬谢，谢礼若不像样，要先打学生，再打家长、先生！

狄员外是个厚道人，不与他一般见识，也备了谢礼，"八样荤素礼，一匹纱，一匹罗，一双云履，一双自己赶的绒袜，四根余东（引者注：余东，江苏古镇，以纺织印染出名）手巾，四把川扇，五两纹银"，带着儿子送上门。

礼帖递进去，汪为露在里面高声大骂："这贼！村光棍奴才！他知道是甚么读书！你问他，自他祖宗三代以来曾摸着个秀才影儿不曾？亏我把了口教，把那吃奶的气力都使尽了，教成了文理。你算计待进了学好赖我的谢礼，故意请了程英才教学，好推说不是我手里进的么？如今拿这点子来戏弄，这还不够赏我的小厮哩！"把帖子扔出来，把门关了。

狄员外也不客气，说礼送到了，不收就凭他去罢，将原礼抬回。选了吉日，又专请程先生、连举人父子，摆了六桌席，吹吹打打，好不热闹。汪为露干生气，又无可奈何。听说第二天狄员外又备了二十两"书仪"、连同礼物、酒席送给程乐宇和连举人；汪为露又气又妒，让人捎话给狄员外，让他照着谢程先生的数目，也不必请酒，将酒席折成二两银子，给他送来，就算扯平了。狄员外说："我为甚么拿了礼走上他家门去领他的辱骂？这礼是送不成了！"

汪为露见没有动静，再让人传话：情愿只要程乐宇的一半。仍没有回音。汪为露又要狄希陈来见他，也不见人来。汪为露只得再降等级，要最早送的那份礼。狄员外回答：当日那些荤素吃的，早已吃进肚儿里；那些尺头鞋袜，也都送了程先生。五两银子被伙计拿了去。拜上汪先生略宽心等一等，万一学生侥幸中了举，再让他孝顺先生罢！汪为露再度降格，只要五两银子，狄员外就是不给！

汪为露一气之下，写了呈子告到察院。宗师查明真相，批了"刁辞诳语。姑免究。不准"的批语，连呈子贴在察院前的照壁墙上。——汪为露银子未到手，告状又不准，还当众出丑，又恼又羞，回家路上咳血不止，一头栽下骡子，自此一病不起。

汪为露生病之时，他的独子小献宝成夜出去赌博，连买棺材的钱也都给他赌光了。汪为露死后不能及时入殓，夜间狂风暴雨，雷霆霹雳，"把个汪为露的尸骨震得烂泥一样"。汪为露一死，他的续弦妻子魏氏在坟上脱了孝衣、换上吉服，当场嫁给了邻居侯小槐！汪为露一生赚取的不义之财，也都被魏氏带到了侯家！

"善有善报，恶有恶报"，愤世嫉俗的西周生，对汪为露这样的塾师败类，不惜施以最刻毒的诅咒！——不过西周生到底还是儒林人物，对尊师重道这一套，仍信守不移，哪怕是汪为露也罢。书中叙写，汪死后，多亏宗昭、金亮公两个大弟子替他奔走料理，召集门人，各有助丧之资，有出五钱一两的，也有二两三两的。狄员外封了八两银子，宗昭助银六两，金亮公四两，共凑了五十两。众徒弟序齿排班，上香献酒，行五拜礼，举哀而哭。内中宗昭和狄希陈两个哭得"涕泪滂沱"、格外伤心。

人问宗昭为何痛哭，原来宗昭想起当年"先生"难为自己的情景，以及自己遭按院拿问，顾不得父亲生病、远走他乡逃避的往事。"回想'能几何时，而先生安在哉？'思及于此，不由人不伤感！"

再问狄希陈痛哭缘由，他答道："我因如今程先生恁般琐碎，想起从了汪先生五年不曾叫我背一句书，认一个字，打我一板，神仙一般散诞！因此感激先生，已是要哭了。又想起昨在府城与孙兰姬正顽得热闹，被家母自己赶到城中把我押将回来，孙兰姬被当铺里蛮子娶了家去，只待要痛哭一场，方才出气。先在府城，后来在路上，守了家母，怎么敢哭？到家一发不敢哭了。不指了哭先生还待那里哭去？"众人听了，也顾不得是在"先生"灵前，都"拍手大笑，说完走散"。

一个先生死了，未能引起学生晚辈、亲朋好友的思念追怀，只落得坟前一顿奚落、一场大笑。这便是西周生式的讽刺：嘻笑怒骂，皆成文章！

《醒世姻缘传》作者西周生对教师行业极为熟悉，他在书中有几番长篇议论，讲师德，谈教法，论学生，品老师，都是内行门道之言。如第 26 回，讲到有人"侥幸进了个学，自己书旨也还不明，句读也还不辨，住起几间书房，贴出一个开学的招子，就要教道学生。……自己又照管不来，大学生背小学生的书，张学生把李学生的字。……看了一本讲章，坐在上面，把那些学生，大的小的、通的不通的，都走拢一处，把那讲章上的说话读一遍与他们听，不管人省得不省得，这便叫是讲过书了！"

至于做文章，先生又不解题，又不说做法，"只晓得丢个题目与你，凭他乱话，胡乱点几点，抹两抹，驴唇对不着马嘴的批两个字在上面"! 有学生问问题, 他又朝学生吆喝: "你难道在场里也敢去问那宗师么?" 他自己连一部《通鉴》都没见过, 又何谈《左传》《史记》? 学生买了部"坊刻"(书坊里刻印的文选)让他指点, 结果他把好文章都划掉, 单单选那"陈腐浅近"的, 让学生读。

然而索要束脩, 这些先生比官府要钱粮逼得还紧。天分高的学生自己努力进了学, 他向人家要谢礼, 一要就是二十两! 给得不爽快, "私下打了, 还要递呈子"! (《醒世姻缘传》, 26 回)

西周生一定见识了太多误人子弟的平庸塾师, 对其中尤其恶劣者, 也有过近距离的观察。这类人在行业中虽是百不逢一, 但"一马杓坏一锅汤", 大大败坏了塾师的声誉, 令西周生深恶痛绝。

我们不难推想, 西周生很可能就是一位塾师兼幕客(后面还要说到, 他对幕宾生涯也十分熟悉), 说起败坏行业声誉者, 才会如此激愤, 恨不得食肉寝皮! ——"西周生"会是蒲松龄的笔名吗? 蒲松龄一生教书坐馆, 他倒是具备这些条件。

《歧路灯》: 择师不慎烦恼多

《歧路灯》中的谭绍闻, 先后请过四位先生。头一位娄潜斋, 是位饱学的秀才, 为人"端正方直博雅", 与绍闻之父谭孝移是多年挚友。谭孝移认为, "不说读书, 只学这人样子, 便是一生根脚"。(《歧路灯》, 2 回)

拜师礼仪不容草率。谭孝移约了另一好友孔耘轩, 郑重其事到娄家礼聘。娄潜斋答应后，谭孝移递过帖子，上写："谨具束金四十两，节仪八两，奉申聘敬。"——比起《儒林外史》中贡生余特的束金，还要丰厚些。

于是谭家的碧草轩便成了学堂，学生开头只有两个：谭绍闻及娄潜斋的公子娄朴。后来绍闻的表兄王隆吉也来附读——隆吉是商家子弟、绍闻舅舅王春宇的儿子。"一个严正的先生，三个聪明的学生，每日咿唔之声不绝"（《歧路灯》，4回），这应是作者心目中最美的书塾课徒画卷吧。

绍闻在延师之前，由父亲亲授《论语》《孝经》，"已大半成诵"。娄先生来后，教的是"五经"，这正合谭孝移之意。

以后来了位新学台，格外重视《五经》。十二岁的绍闻、娄朴被推荐在学台面前背诵《五经》，受到嘉奖。学台鼓励说："这两个童生，玉堂人物（引者注：指翰林），继此以往，将来都是阁部名臣！"——这当然要归功于娄先生的教诲。

几年以后，谭孝移受到推荐，进京候选，一去两年；老师娄潜斋也乡试中举，进京会试。少了父师的督责，绍闻学业不免荒废。母亲王氏二度给儿子延师，由舅舅王春宇介绍了一位侯先生。王氏听说这位先生不用管饭，只供粮米油盐即可，登时答应了。

侯先生字冠玉，也是个秀才，考过一两回二等。讲起八股文的"起、承、转、合"，倒十分娴熟；但说到《五经》，却只知道几个书名。他因在家乡做了些"丑事"，又欠下赌债，带着妻子董氏躲到省城，投靠一家开面房的亲戚。前时在本街三官庙弄几个学生教教。因纵容学生喝酒，惹得家长不满，勉强教完一年，正愁没馆坐；竟又获得谭家教席，真是喜出望外！

侯先生进门，先叫绍闻把《五经》丢掉，到书店买了两部《课幼时文》让绍闻读。——侯先生说：科举用不着经史，"学生读书，只要得功名；不利于功名，不如不读。……何苦以有用之精力，用到不利于功名之地乎？你只把我新购这两部时文，千遍熟读、学套，不愁不得功名。"

说着说着，侯先生竟给学生讲起面相来，说是："我看你这面容，功名总在你祖、父上，只是眉薄，未免孤身。鱼尾宫微低，妻亦宜硬配。人中却最饱满，将来子女还要贵显。"接着又问起绍闻的生辰八字、家宅的"宫星配偶"、城外的祖茔风水……

王氏得知，不但不恼，还特意请先生到宅中给绍闻看八字，自己也端了张椅子坐在窗外听。侯先生吃了酒，拿了"三寸宽、四寸长、小黄皮《百中经》"，一边翻一边讲，说绍闻是"真正飞天禄马格"，什么"总不出二十二岁，必中进士"，"一二品之命，妻、财、子、禄俱旺，更喜父母俱是高寿"；说得王氏心花怒放，竟有"相见恨晚"之感！

起初一个月，侯先生还天天到学堂来点卯，渐渐也便懈怠了。每日只在街上闲逛，不是在铺子柜台说闲话，就是到庙院看戏、评说戏子；酒铺里也留了酒债，赌场里也有了赌欠。又替东家说媒、西家卜地，碧草轩的先生座位，竟是十日九空。

绍闻倒也乐得快活，在家中百般耍戏；王氏也乐得心宽，不必

边缘儒士，谋生百态

担心儿子读书累出病来。只是谭家老仆王中看在眼里，急在心上。（《歧路灯》，8回）

谭孝移从京中回来，见到侯先生，聊了几句，觉得话不投机。孝移问《五经》熟读不曾，侯先生却说只要熟读"千数篇"时文，学会套用，进学、取优等都不在话下。

孝移见绍闻书本下面竟放着一部《绣像西厢》，十分惊讶。侯先生说："那是我叫他看的。……叫他学文章法子，这《西厢》文法，各色俱备。莺莺是题神，忽而寺内见面，忽而白马将军，忽而传书，忽而赖柬。这个反正开合、虚实浅深之法，离奇变化不测。"说着，竟又提到《金瓶梅》，说"那书还了得么！开口'热结冷遇'，只是世态炎凉二字。后来'逞豪华门前放烟火'，热就热到极处；'春梅游旧家池馆'，冷也冷到尽头。……"

侯先生所谈，跟谭孝移的教育理念满拧！孝移又听老仆王中说，侯冠玉"会看病立方，也会看阳宅，也会看坟地，也会择嫁娶吉日，也会写呈状，也会与人家说媒。还有说他是枪手，又是枪架子（引者注：给人介绍枪手的人）"，愈发担起心来。有心把侯先生辞退，一时又没有借口。

正在踌躇间，绍闻抱着一部《金瓶梅》来，说先生知道爹爹没见过这书，拿来让爹爹看。谭孝移一看，"猛然一股火上心，胃间作楚，昏倒在地"！自此一病不起——原来坏"先生"不但引坏学生，还能要家长的命！

绍闻的第三位先生"惠圣人"，是孝移过世后请来的。那时侯先生已被辞退多时。一次有个锡匠到谭家修理锡器，绍闻聊起来，锡匠说他是惠家庄"惠圣人"的房客。"惠圣人"是个秀才，以教书为业；行得端、立得正，"一毫邪事儿也没有"。附近村里人遇上"看当票、查药方、立文约"的事，全求他帮忙，于是顺口叫他"惠圣人"。

老仆王中在旁听了，便跟绍闻的岳父孔耘轩商量。孔耘轩见女婿荒废多时，如今有了读书的念头，极力赞同，尽管他耳闻这位惠先生有些"迂腐"。

惠圣人名养民，字人也，是府学一个三等秀才（附生）。孔耘轩亲自上门礼聘，讲好束金"大约二十金开外，节仪每季二两，粮饭油盐菜蔬柴薪足用"。惠养民欣然领命。（《歧路灯》，38回）

谭孝移生前好友程嵩淑听说，皱起眉头。在他看来，"此公心底不澈，不免有些俗气扑人"。又说人家送他绰号"惠圣人"，原是玩笑之意，他自己却"有几分居之不疑光景。这个蠢法，也就千古无二"。

程嵩淑的担心不无道理。惠养民是个"假道学"，满口"诚意正心"，心里装的却是金钱。——惠养民五年前丧偶，续弦滑氏，是个"再醮妇人"（夫死再嫁的妇女）。惠家连葬带娶花了四十多两银子，欠了不少债，如今有了这份教馆的收入，正是求之不得。

人称"圣人"的惠养民，还真的端起圣人架子。妻子叫他上街买肉买菜，他说："这行不得。我是一个先生，怎好上街头买东西呢？"被妻子逼急了，说："等黑了，街上认不清人时，我去给你买去。"

小说作者有意拿前任先生娄潜斋跟惠圣人做个对比：当年谭家请娄潜斋做先生，娄潜斋不肯到谭家住，因为他还有位老哥哥，需要他照顾陪伴。这惠养民也有位务农的老哥哥，惠养民欠了四十多两"行息银子"（高利贷），老哥替他还债，"地里一回，园里一回，黑汁白汗挣个不足"，才还了一半，还欠人家二十五两。眼下惠养民刚好有了这笔束脩收入，妻子滑氏忽然提出，要他跟哥哥分家另过。

惠养民担心自己的名声，说："我现居着一步前程，外边也有个声名，若一分家，把我一向的声名都坏了。人家说我才喘过一点儿气来，就把哥分了。"滑氏的反应是："声名？声名中屄用！……"依滑氏的主意，要把这二十两束脩留着自己用，分家后，让大伯独自还债去！见惠养民不依，滑氏哭天抢地大闹起来。

后来滑氏偷偷把二十两束金交给弟弟滑玉去"营运"，被滑玉赌个精光。惠养民"听妻负兄"，心中不安，又难以面对哥哥，竟患了"羞病"、"癔症"，"神志痴呆，不敢见人"。

在妻子逼迫下，惠养民到底跟哥哥分了家。"这是惠养民终日口谈理学，公然冒了圣人之称，只因娶了这个再醮老婆，暗中调唆，明处吵嚷，一旦得了羞病，弄得身败名裂，人伦上撒了座位！"

谭绍闻的第四位老师智周万，本是位通儒，是绍闻父亲的几位老友替他请来的。——在此之前，绍闻交友不慎，吃喝嫖赌，令几位老伯痛心疾首。如今绍闻痛改前非，跟着智先生一心读书，老伯们也稍觉心安。

然而眼见到口的肥肉吃不到，急坏了绍闻那帮狐朋狗友！不过没啥事能难倒这伙无耻之徒的，他们造作遥言，硬说视力不佳的智先生窥测人家内眷，智先生不愿蹚这道浑水，选择了退避辞馆。——没多久，绍闻就又出现在夏逢若家的赌局中。

贡生前程苜蓿官

塾师以秀才、童生居多，也有贡生做塾师的。如《儒林外史》中的贡生余特，汤总镇请他做塾师，束金高达五六十金，远高于一般塾师。不过他没有接受，一来学生没诚意，二因他不难找到更好的出路——贡生已有做官的资格，尽管多半是品级很低的学官。

学官又称教官，仍是教书，却已是拿俸禄的官员。明清时的学官分为教授、学正、教谕、训导四等。教授是府学的长官，相当于府学校长。学正和教谕分别为州学和县学的校长。训导则相当于校长的副手，各级官学（包括太学）都设有训导之职。

明代学官品级低，教授只是从九品，学正、教谕、训导等都不入流。品级低，薪俸自然寡淡，真正是"食无鱼，出无车"；甚至要穷到以苜蓿代菜蔬的地步——苜蓿是一种喂马的饲草，古人常以"苜蓿风味"形容教官的生活境况。

《儒林外史》中那位没米过年的穷贡生杨执中，就曾选过教职。他家堂屋贴着一张老旧的报帖，上写："捷报贵府老爷杨讳允，钦选应天淮安府沭阳县儒学正堂……"

"县儒学正堂"即教谕。只是杨执中自命清高，说："垂老得这一个教官，又要去递手本，行庭参，自觉得腰胯硬了，做不来这样的事。"因而称病辞了。（《儒林外史》，11回）这也是陶渊明不肯为五斗米折腰的意思吧？但毕竟有过这样一段"光荣历史"，这张喜报在堂屋墙壁上一贴三年，不肯撕下。——作者似不经意的一笔，写尽文人的矛盾心态。吴敬梓的嗣父吴雯林也曾为赣榆县教谕，作者对这类人物，应该是熟悉的。

不过到了清代，学官的品级待遇有所提升。据《清史稿·职官志》载："儒学府教授，正七品。训导，从八品。州学正，正八品。训导、县教谕，正八品。"清代的府学教授一般要进士、举人来担任，贡生大多从训导、教谕做起。

《儒林外史》中的余特后来选了徽州府学训导，亲友纷纷来贺。余特到安庆领了"凭"，带着家小到徽州上任，还邀了弟弟余持一同前来，说"料想做官自然好似坐馆"。——按说一个训导的年俸，还不到四十两银子；不过当了学官又有些"规费"，统算下来，也还是"好似坐馆"。（《儒林外史》，48回）

都说教官苦，也看谁来做。学官克扣廪银的情形，时有发生。《醒世姻缘传》中有个廪生麻从吾，抱怨说廪膳银被扣了一半，另一半又不能按时支给。麻从吾说这话，有骗人同情的目的，却也不是空穴来风。

《醒世姻缘传》第25回，讲到南阳府学训导单于民，"虽是一个冰冷的教官衙门，他贪酷将起来，人也就当他不起"。府学教授出缺，由他这个训导暂时掌印。新进学的秀才按惯例要送一两银，"如今三两也打发他不下来"。他又额外收取各种费用，"鳌的些新秀才叫苦连天，典田卖地"。

有个秀才程法汤，幼失父母，招赘在寡妇丈母家。因没钱走门路，府考屡屡受挫。这次高高考了二等，接着又通过院试，进了学；单于民狠命向他要钱，还上了"比较"（限期交纳，逾期要挨打），被打了几遭，把岳母和妻子的首饰都化了银子，典了衣裳，又要卖地。

正逢八月丁祭（秋天的祭孔之礼），祭罢点名，单于民喝令程法汤跪下，骂道："那忘八的头目也有个色长（引者注：色长，指某一部门的头领），强盗的头目也有个大王，难道你这秀才们就便没个头目？看山的也就要烧那山里的柴，管河的也就要吃那河里的水！都像你这个畜生，进了一场学，只送得我两数（引者注：两数，一两多）银子，就要拱手，我没的是来管忘八乐工（引者注：忘八乐工，泛指艺人。从前艺人地位极低，等同于娼妓。）哩！"让门子抬过凳来，着实地打了二十五板，"一条单裤打得稀烂，两只腿打得丁黑了一块"，回家后连伤带气，转了伤寒，竟一病而亡！

有个乡宦打抱不平，到省里递了呈子，两院命学道查处，把单于民按贪酷罪问了充军，追赃七百两银子，"零碎也打够二百多板子"！"虽不曾抖得他个精光，却也算得一败涂地的回家。"

单于民有个独子单豹，本是个有前途的好青年，进学补廪，不沾酒色。自从单于民做了教官，单豹"渐渐的把气质改变坏了"。程法汤被打杀后，单豹愈发"病狂"起来，打爹骂娘、逼死媳妇、鼻歪眼斜、满脸横肉。单于民死后，单豹连嫖带赌，将家业典卖一空。人们说这是"冤业报应"！——我们怀疑恶教官单于民一定有着生活中的原型，西周生恨之入骨，因而在小说中给以罪及子孙的惩戒！

又据《醒世姻缘传》追述，明正统年间权倾一时的大太监王振，入宫前也当过教官，"原任文安县儒学训导，三年考满无功，被永乐爷阉割了，进宫教习宫女"。王振后来做到司礼监秉笔太监，"那权势也就如正统爷差不多了"。王振是否贡生出身，书中未提。不过可以看出，在西周生眼里，教官形象实在不佳。

当然也有好教官，如狄员外的亲家薛教授。薛教授名叫薛振，有着完整的学官履历，"十七岁补了廪，四十四岁出了贡，头一任选金乡的训导，第二任升了河南杞县的教谕，第三任升了兖州府的教授。刚八个月，升了衡府的纪善"。——明代府学教授是从九品，纪善是正八品。看得出来，薛教授的教职，也是一步一个脚印升上去的。

"纪善"在明代是亲王的属官，掌讲授之职，也应归于教官序列。薛教授所任"衡府纪善"，即在衡王府当先生。——衡王府位于青州，不止一部明清小说提到过衡王及青州衡王府。

蒲松龄《聊斋志异》有《王成》一篇，写王成的祖上是"衡府仪宾"；"仪宾"乃亲王之婿的称号，王成应为某位衡王之婿的后人。无独有偶，《醒世姻缘传》中也出现薛教授做衡府纪善的情节。——《聊斋志异》与《醒世姻缘传》不约而同提到"衡府"，认定西周生即蒲松龄的学者，于此又获得一个小小证据。此外，《红楼梦》中贾宝玉曾撰《姽婳词》，诗中那位巾帼英雄林四娘，是"出镇青州"的恒王的爱姬，显然与衡府题材有些瓜葛。

顺带说到，贡生而升任纪善，大概也是常例。岁贡出身的《西游记》作者吴承恩，后来升了"荆府纪善"。——明代荆王封在湖北，藩邸在湖北蕲春。

有学者推断，吴承恩的《西游记》很可能就是在纪善任上完成的，并得到荆王的支持与资助。因为早期《西游记》版本的序言中即说，此书稿应出自某王府，怀疑是"八公之徒"所撰。——"八公之徒"喻指藩王的侍从，"纪善"的地位正与此相类。

《儒林外史》中的匡超人，也是贡生出身的教官。他选了优贡后，又考中"教习"。——明、清两代教习地位很高，是给"庶吉士"（进士入翰林院实习，称"庶吉士"）当老师的，一般要由大学士来充任。清代也由翰林院侍讲、侍读来充担任，又称"小教习"。匡超人考中的"教习"，显然与此不同，顶多是个训导之类。

不过据匡超人自己吹嘘，他担任的是"内廷教习"，教的是"勋戚人家子弟"。又说："我们在里面也和衙门一般，公座、砵墨、笔、砚，摆的停当。我早上进去，升了公座，那学生们送书上来，我只把那日子用硃笔一点，他就下去了。学生都是荫袭的三品以上的大人，出来就是督、抚、提、镇，都在我跟前磕头。……"（《儒林外史》，20 回）

此时的匡超人，已不再是当年那个孝顺而勤奋的上进青年。多年来，他混迹于大都市，结交了不少夸夸其谈的"名士"，又跟着按察使司的吏人潘三干了许多伤天害理的勾当，早已堕落成"吹牛不上税"的无耻之徒了！

《歧路灯》中也有教官出现，如第 4 回祥符县教谕周东宿，第 108 回南阳县学教谕盛希瑗等。后者是以副贡身份赴京坐监，补为教职的。书中还几次提到"教授、学正、教谕、训导"的教官序列，科举时代的教育机器，便是靠着他们来维持与推动的。

幕宾价值有多高

读书人到人家当先生，又称"西席"或"西宾"。——古人以右为宾师之位，其位置坐西面东。汉明帝到太常府听桓荣讲论经书，便在西面设下几案，让桓荣面东而坐。后人因称老师为"西席"或"西宾"。

西席、西宾不仅指教书先生，也指幕宾，即官员手下的门客、师爷。这类人非官非吏，只受聘于官员个人，替他出谋划策、代笔撰文、打理各种事务。其中自然以文化人居多，又不乏秀才、贡生、举人等功名在身的人。他们大多见闻广博、谙熟俗务，有着某一方面的专业知识、充足的社会经验及干练的操作能力，非一般"书呆子"可比。

《醒世姻缘传》塑造了两位幕宾形象，一为邢皋门，一为周景杨。

邢皋门做幕宾时还是个秀才，"从小小的年纪进了学，头一次岁考补了增，第二遍科考补了廪"。他原是参政之子，见过世面。对八股时文并不上心，倒把正经工夫用在"典坟子史"上，炼就一个"通才"；"不唯才德双全，且是重义气的人，心中绝无城府，极好相处"。——他后来中了进士，做了湖广巡抚；又由兵部侍郎，直做到户部尚书。不过在未发迹之前，曾由陆给谏介绍，给晁思孝当过几年幕宾。

从前的进士、举人、秀才，读《四书》《五经》、写八股时文，一个个驾轻就熟，因为那是科举考试的规定文体。可一旦当了官，又何尝懂得治民理政的一套？

晁思孝便是如此，靠着恩师的提携、运气的青睐，当上了华亭知县；"一个教书的老岁贡，刚才撩吊了诗云子曰，就要叫他戴上纱帽、穿了圆领，着了皂鞋，走在堂上，对了许多六房快皂，看了无数的百姓军民，一句句说出话来，一件件行开事去，也是'庄家老儿读祭文——难'！"

幸亏有邢皋门主持一切，晁思孝才不至于在任上出乖露丑。他只需上两遍堂，或是迎送上司；除此而外，"那生旦净末一本戏文，全全的都是邢皋门自己一个唱了"。邢皋门为人光明正大、毫无私心；晁思孝虽非正人君子，对他却也毕恭毕敬，言听计从。

礼聘那日，晁思孝亲自来投拜帖、下请柬，在住处摆了两席酒，叫了戏文。又是六两折席、二十四两聘金，这算是定了。邢皋门要回去安排一下家事，晁思孝又送了八两路费，并派两个人沿路伺候。——这二十四两聘金，带有定金的性质。一年束脩多少，书中未提，数目应当不小。

未曾做官的人，不知官场的复杂、仕途的凶险，对幕宾的重要性，自然认识不足。狄希陈到京城候选，花银子捐了个成都府经历——那是各省布政使司、按察使司中职掌出纳文书的八品小官。

狄希陈从小娇生惯养，狄妈妈在时，一切由狄妈妈安排；狄妈妈过世后，能干的岳母童奶奶又成了这位狄少爷的"主心骨"。成长于妇人之手的狄希陈，从未没见过大世面，一旦登上官场，一位能干的幕宾是必不可少的。然而府经历的官职不大，油水有限，四川路又远，想请个"性价比高"的西宾，谈何容易？

刚好童寄姐的大舅骆有义举荐了一位，姓周字景杨，原本给郭总兵做幕宾。郭总兵征苗失了军机，被人参奏，周景杨不离不弃，随他进京，替他辩护打点，结果从轻发落，只判了遣戍四川成都卫军。周景杨又要随郭总兵入川，刚好可以兼职给狄希陈当幕宾。（《醒世姻缘传》，84回）

对于报酬，周景杨要求不高，说自己跟了郭大将军一二十年，"馆谷"（束脩）丰厚，家里也有几亩薄田，没有内顾之忧。从狄希陈这里得些束脩，够在外面一年花销，也就罢了。

骆有羡请周师爷"见教个数",周师爷得知狄希陈捐官花了不少钱,说:"我专意原是为陪舍亲(引者注:舍亲,指郭总兵),令亲(引者注:令亲,指狄希陈)倒是捎带的,八十也可,六十也可,便再五十也得,这随他便罢了。若是有我在内照顾,多撰几两银子,倒也是不难的。"

狄希陈听说要八十两银子,不禁面露难色,说俺们乡里那程先生多么好的秀才,教着我们四个学生,才要四十两,而且是三家子出!——骆校尉反驳说:你果然不在行!你还使四十两束脩请程先生去罢!相大爷(相于廷,此时在京做官)怎么不请程先生,又另使二百两银子请幕宾哩?

狄希陈还想看看人再说,骆校尉生了气:"你当是在乡里雇觅汉哩!"童奶奶虽说是"女流",却比狄希陈明白得多。她指着狄希陈说:

> 你呀,我同着你大舅不好白拉你的。我虽不是甚么官宦人家的妇女,我心里一像明白的。这做文官的幕宾先生,一定也就合那行兵的军师一样,凡事都要合他商议,都要替你主持哩。人没说是三请诸葛亮哩?请一遭还不算,必然请他三遭,他才出来哩!你叫他来你看看罢,你当是昨日买张朴茂哩!你嗔他许的银子多了,他没说那人也没丁住你要八十两?六十两也罢,五十两也罢,他是这们说。你尊师重友的,你自然也不好十分少了。我想这里,你该择一个好日,写一个全束拜帖,

下一个全柬请帖，定住那一日请，得设两席酒儿，当面得送五六两聘礼，有尺头放上一对儿，再着上两样鞋、袜，越发好看些。同着你大舅去拜请。你大舅陪酒，叫他坐个独席儿，你合大舅两个坐张桌儿也罢了。还得叫两个小唱，席间还得说几句套话，说该扮个戏儿奉请，敝寓窄狭，且又图净扮（引者注：净扮，意为清静）好领教。临行先几日，还得预先给他二十两银子，好叫他收拾行李。这都看我说的是呀不是，你再到那头合相太爷说说，看是这们等的不是。……（《醒世姻缘传》，85回）

童奶奶不愧是女中丈夫，她的见识果然不错。相于廷听狄希陈转述了童奶奶的话，说："这主持的极妥当，一点不差，就照着这么行。"狄希陈还有点舍不得，认为给五十两也就算了。相于廷再一问，原来这周景杨的大名他是听说过的；于是说："八十两就别少了他的，当天神似的敬他！"要狄希陈"竭诚拜他，专席请他"；狄希陈这才没话说。

多亏有了周师爷，凭借狄希陈的"智商"，当了几年官，居然没出大差错。不说别的，狄希陈要赴任，要先去订船，因为有郭总兵的"勘合"，一下子就省了"百金开外"，这便是周景杨指点的结果。单是这一笔省下的，已比周师爷全年的束金还要多哩。

书中未介绍周师爷的科举功名，只说他是个名士。时至清代，人口猛增，有限的科举名额已不足以收揽天下英才。山西巡抚刘与义曾向雍正皇帝奏禀说：当今天下第一流人才去经商，第二流人才去做吏，第三流人才方走科举仕途。①——幕宾这一职业，介乎于官、吏之间，成为官府权力的实际操控者。邢皋门、周景扬，应即这类人物的代表。

幕宾与塾师虽然都称"西席"，职能及报酬却大为不同。周师爷一年的束金为八十两（相当于2.8万），算是少的。他说过，给狄希陈当幕宾只是兼职，算是"搂草打兔子——带捎着"。透过骆校尉的话可知，相于廷请的师爷，一年要二百两（相当于7万元），仍不是最多的。

《儒林外史》中戏班老板鲍廷玺，后来找到了离散多年的哥哥倪廷珠。倪廷珠自己说，他二十多岁时学会了"幕道"，在各衙门里做馆。这几年给一位"姬大人"做幕宾，"宾主相得，每年送我束脩一千两银子"。一千两银子相当于年薪十八九万，就是放在今天，也非小数目！而四时八节的馈赠、平日的"规费""羡余"，也应不少于此数。——有了这样的薪酬诱惑，也难怪这一行吸引了大量人才。

"选家"生涯，居大不易

读书人还有一条出路，便是当个"选家"，靠编选畅销时文获

---

① 雍正二年（1724），山西巡抚刘于义在给朝廷奏片中写道："山右积习，重利之念甚于重名。子弟俊秀者，多入贸易一途，其次宁为胥吏，至中材以下，方使之读书应试，以故士风卑靡。"

取稿酬，如马二先生一样。

《儒林外史》中马二先生出场，是由蘧公孙引出来的。蘧公孙是名士，入赘鲁编修家，想要结交几个用心做举业的朋友。一次走在街上，见书坊贴出一张大红报帖，上书："本坊敦请处州马纯上先生精选三科乡会墨程。凡有同门录及朱卷（引者注：乡、会试中考生墨卷须由专人用朱笔誊录，以防作弊，称朱卷）赐顾者，幸认嘉兴府大街文海楼书坊不误。"——"三科乡会墨程"是从三届乡试、会试中式文章中精选的范文。从前的书店，又是出版机构，不但售书，还请人编撰书稿，自刻自印，以畅销牟利为目的。

马二先生是个老秀才，出场时自我介绍："小弟补廪二十四年……共考过六七个案首，只是科场不利，不胜惭愧！"——所谓"科场不利"，是指乡试未能中举。读书不能中举，也便无缘仕途。马二先生以选文为业，也是无奈之举。

二十多年不曾中举，却要选时文、做批语，指导他人科考，岂非误人子弟？然而马二先生做得全神贯注，把选文批文当成终身事业："时常一个批语要做半夜，不肯苟且下笔，要那读文章的读了这一篇，就悟想出十几篇的道理，才为有益"。（《儒林外史》，13回）也正是这股认真劲儿，让马二先生名驰"选界"，他的选本也风行四方。

他后来到西湖游玩，在城隍庙附近的书店里摆着自己选的《三科程墨持运》。后来遇上在茶室为人测字的匡超人，也在低头看他新选的《三科程墨持运》。各处书店也纷纷请他驻店选文，他此番来杭州，便是受邀而来。

对于自己在选界的声誉，马二先生自然十分珍惜。蘧公孙在嘉兴文海楼与他初见，笑着请求在《历科墨卷持运》上添上自己的名字，当个"第二作者"。马二先生严肃谢绝。他的理由很正当："这事不过是名利二者。……假若把你先生写在第二名，那些世俗人就疑惑刻资出自先生，小弟岂不是个利徒了？若把先生写在第一名，小弟这数十年虚名岂不都是假的了？"

尽管如此，马二先生是个厚道人，日后仍同蘧公孙合选了新书。小说第33回，杜少卿、迟衡山在南京状元境书店见到一部《历科程墨持运》，下署"处州马纯上、嘉兴蘧駪夫同选"。书名改了一字（一为"墨卷"，一为"程墨"），应是两人合作的新书吧。

马二先生选文编书，报酬不低。前面说过，他在嘉兴文海楼选的这部《三科程墨持运》，前后用时两个月，报酬是一百两银子，将近两万元。按当时的物价水平，算是很高的。

书店包吃包住，伙食却是十分寡淡。蘧公孙来访时，正赶上用饭，"坊里捧出先生的饭来，一碗煨青菜，两个小菜碟"。蘧公孙知道马二先生"吃不惯素饭"，忙掏出一块银子，叫人买来一碗熟肉，两人同吃。

并不是所有编书人都享有同样的稿酬标准。受马二先生救助的匡超人，日后来到杭州，到文瀚楼书店寻马二先生未遇。文瀚楼店主跟他商量，是否可以帮着批批考卷，"又要批的好，又要批的快。合共三百多篇文章……这书刻出来，封面上就刻先生的名号，还多寡有几两选金和几十本样书送与先生"。

既然是谈买卖，店主事先跟匡超人讲定种种待遇：启动时备四样菜，吃个小酒席；发样及出书时还各请一回。平常则是"小菜饭"，初二、十六跟着店里吃"牙祭肉"；茶水、灯油都是店里供给。

匡超人本是聪明人，手头快，又没有马二先生的谨敬之心，因此批起来速度惊人。当晚从点灯时批起，一晚上就批了五十篇。次日起来又批，这一日半夜，就批了七八十篇。——原定半个月的工作量，匡超人六天就批完了。

店主人很满意，说："向日马二先生在家兄文海楼，三百篇文章要批两个月，催着还要发怒，不想先生批的恁快！我拿给人看，说又快又细。这就是极好的了！先生住着，将来各书坊都要来请先生，生意多哩！"于是送上二两银子"选金"，并答应出书后送五十本样书。

您没看错，店主夸了半晌，却是"口惠而实不至"，选金只有可怜的二两银子！但是想想也有道理，一来店主欺他是新手；二来匡超人这个陌生名字远没有马纯上响亮，广告效应自然差得多；再者，六天的劳动付出，怎能跟两个月的相比？——又可见在那时的商业环境中，名家与新手的薪酬差距，竟能差出几十倍！

不过那五十本样书倒还可以折钱。这部选本收有三百篇文章，售价不应低于二钱银子；五十本可售十两银。都加起来，这稿酬也有十二三两。

匡超人后来还曾选过两部文章，"有几两选金，又有样书，卖了些将就度日"。不过他在杭州娶妻典屋，主要还是靠着跟潘三做些违法勾当，挣些不干净的银子。——文人单靠稿酬生存，是"长安居、大不易"的。

"自费出书"的名利思考

在清代，大都市中有专门的"刻字店"，如同今天带印刷车间的排版公司。

《儒林外史》第28回，乡下财主诸葛天申，跑到南京状元境一家刻字店里，打听哪里可找到"选文章的名士"。他有二三百两银子的资本，"要选一部文章"，想找一位名士跟他"合选"——一是利用人家的眼光才气，二是借人家的大名，自己也好名利双收。

刚好有个安庆书生季恬逸流落南京，寓居在刻字店内，正为衣食发愁。见诸葛天申找上门来，喜得同天下掉馅饼，立刻应承下来。他很快找到一个相识的秀才萧金铉，三人一拍即合，制定方针，先找一处僻静宽大的处所，选定文章后，便雇刻字匠在寓处刊刻。

房子租的是报恩寺僧官的，吃饭则在寺门口聚升楼酒店起了一个"经折"，每日赊米买菜吃酒，一日要吃四五钱银子。文章选定后，雇了七八个刻字匠来，赊了百十桶纸，准备开印。前后四五个月，诸葛天申的二百多两银子，也花得所剩无几，仍旧在店里赊

边缘儒士，谋生百态

着吃。

一日散步时，季恬逸问萧金铉："诸葛先生的钱也有限了，倒欠下这些债，将来这个书子不知行与不行，这事怎处？"萧金铉倒是想得开："这原是他情愿的事，又没有那个强他。他用完银子，他自然家去再讨，管他怎的？"（《儒林外史》，29回）——后来果然麻烦多多：卖纸的客人来要钱，吵闹了一回；聚升楼也来讨酒账，诸葛天申"称了两把银子给他收着再算"。

这三人在后面的故事中还偶尔露面，例如跟着杜慎卿"高会莫愁湖"，又参与泰伯祠的祭祀盛典。——后因欠了"店帐和酒饭钱"，三人被困在南京，还是找到杜少卿，得了一笔资助，方得回乡去。（《儒林外史》，37回）

他们的时文选本倒是刊出了。第42回，汤总镇的两位公子参加乡试，前往考场时从淮清桥上过，见路边书摊上摆着红红绿绿的选本，"都是萧金铉、诸葛天申、季恬逸、匡超人、马纯上、蘧駪夫选的时文"——看排名，诸葛天申等人的选本销路似乎还不错，占了头筹；匡超人的"急就章"排在第二；马纯上、蘧駪夫的反而落在后面。至于卫体善、随岑庵两位"浙江二十年的老选家"，所选文章也曾"衣被海内"（《儒林外史》，18回），此刻书摊上竟不见踪影。可见时文风格随时变化，也暗示八股文的水准一年不如一年！

《儒林外史》中的这段情节，展示了清中期一个"自费出书"的小小案例，由此也可窥见彼时出版途径繁多，形式灵活，既有资金雄厚、驰名南北的大出版机构（有实力出版大部头章回小说的金陵世德堂、杭州容与堂等，即属此类），也有临时招募文士编选畅销书籍、自刷自卖的中小型书坊，如小说中的嘉兴文海楼、杭州文瀚楼等。类似诸葛天申这样，完全由个人出资、编写并雇人刻印的情况，在当时也是被允许的。

至于那些提供书稿的文士，目的也各不相同。如诸葛天申及萧、季三人的出版活动，大概以射利为主，兼带求名。马二先生虽然也强调编选程墨是"利名"兼得的事，却把名看得很重。蘧公孙更是好名之徒，从他主动要求在马二先生的文选上署名，即可看出；至于钱财，他倒不大在乎。

在结识马二先生之前，蘧公孙已"出"过一本书，不为获利，专为求名。《儒林外史》第8回，写蘧公孙奉祖父之命，到杭州讨取一笔银子。归途在一家点心店内偶遇原南昌太守王惠，此刻他已沦为朝廷钦犯！

原来，蘧公孙的祖父本是南昌太守，五年前因年老辞官，与新任太守王惠交接毕，装了半船书画回嘉兴去。——这王惠就是那年在观音庵避雨、与周进有过一面之缘的王举人，后来中了进士，选了南昌太守。因善于搜刮，被朝廷视为能吏，两年后升任赣南道。

适值江西宁王造反，王惠城破被俘，贪生怕死，做了伪官。两年后，宁王事败，王惠逃得慌忙，随身只带了一只枕箱（可以做枕头的木箱），内中有几本残书、几两银子。

如今在小店与前太守的哲孙相遇，王惠隐瞒了投敌罪行，只说城池失守在逃。蘧公孙同情他的处境，慨然将刚刚讨来的二百两银子悉数赠与他做盘缠。王惠遂将枕箱交蘧公孙收存。回嘉兴后，蘧公孙将情形告知祖父。祖父听了，不但不生气，还因孙儿的慷慨大度"不胜欢喜"。

蘧公孙检点枕箱内的书籍，都是钞本。其中有一本《高青邱集诗话》，只有百多页，却是高青邱亲笔缮写，十分难得。——高青邱是元末明初诗坛"吴中四杰"之一的高启，因不肯与明政权积极合作，被朱元璋借故杀害，文集也遭到禁毁。

蘧太守深知此书的价值，说："这本书多年藏之大内，数十年来多少才人求见一面不能，天下并没有第二本。你今无心得了此书，真乃天幸，须是收藏好了，不可轻易被人看见！"——祖父如此嘱咐，一是因为书稿确实珍贵，二来也担心孙儿因私藏禁书而获罪。

蘧公孙的心思则全然不同。他想："此书既是天下没有第二本，何不竟将他缮写成帙，添了我的名字，刊刻起来，做这一番大名？"主意已定，他便找人将此书刊刻，把高季迪（高启字季迪）的大名写在上面，下面写"嘉兴蘧来旬駪夫氏补辑"。刻毕，印了几百部，遍送亲戚朋友。人们见了，都爱不释手。蘧公孙的名字，也因此传遍浙西各郡，人们都知道他是个少年名士。

蘧公孙求名得名，自然十分欣喜。不过刻书印书，要购买版材、纸张，支付刻印工费，都是要花钱的。而印刷送人，则不以赢利为目的，纯粹是"赔本赚吆喝"。——出书只求名、不为利，蘧公孙的所作所为，在当时的文人圈子里却也常见。

不过这种自费出书者，刻的多半是自家著作。如当时一些人走不通科举之路，却又喜欢附庸风雅、混充"名士"，聚在一起诗歌唱和，相互标榜，并将唱和的诗词刊刻成书、四处传扬。

头巾店老板景兰江就吹捧诗友赵雪斋说："可知道赵爷虽不曾中进士，外边诗选上刻着他的诗几十处，行遍天下，那个不晓得有个赵雪斋先生？只怕比进士享名多着哩！"正说出此辈心理。

若说前人著书、刊书全都是为名为利，也是厚诬古人。《儒林外史》中的王玉辉，在现代解读中是个思想迂腐、不通人情的老夫子。他的女儿要为亡夫"殉节"，他不但不劝阻，反而从旁鼓励。女儿死后，他又大笑道："死的好，死的好！"简直丧失了起码的人性。——然而这老秀才又别有志向，却是很少见人论及。

《儒林外史》第 48 回，余特做了徽州府学训导，王玉辉前去拜访。余训导问起生计，王玉辉回答："我生平立的有个志向：要纂三部书嘉惠来学（引者注：惠及后来的学人）。……一部礼书，一部字书，一部乡约书。"

据王玉辉介绍："礼书是将三礼分起类来，如事亲之礼、敬长之礼等类。将经文大书（引者注：大书，即用大字刻写），下面采诸经子史的话印证，教子弟们自幼习学。……字书是七年识字法。其书已成，就送来与老师细阅。……乡约书不过是添些仪制，劝醒愚民的意思。门生因这三部书，终日手不停披，所以没的工夫做馆。"

三女儿殉夫，显然也跟王玉辉的志向选择有关。这个进学三十年的老秀才，即使补过廪，一年收入也不过四两银子，另外有些廪保收入。他有一儿四女，女儿们虽都出嫁，但大女儿已"守节"在家。三女儿自陈殉夫的理由，说是"我一个大姐姐死了丈夫，在家累着父亲养活，而今我又死了丈夫，难道又要父亲养活不成？父亲是寒士，也养活不来这许多女儿"！——即是说，女儿之死不仅是"封建礼教毒害"的结果，也有着实实在在的经济缘由。

换言之，假若王玉辉每年有二三十两馆金收入，一家人衣食无忧，三女儿还会一味坚持"殉夫"吗？——为了"嘉惠来学"、拯救世道人心，王玉辉不仅自甘清贫，还带累全家受苦；三女儿的死，显然也与他的执着选择有关。

从书中描述看，王玉辉也并非人性全失、冥顽不灵。女儿死后，学里祭祀"烈妇"，在明伦堂摆酒请他赴席，"王玉辉到了此时，转觉心伤，辞了不肯来"。

为了散心，他独自出门访友，在途中"一路看着水色山光，悲悼女儿，凄凄惶惶"。途中"见船上一个少年穿白的妇人，他又想起女儿，心里哽咽，那热泪直滚出来"。他无法逃避良心的谴责，他的人性毕竟没有完全泯灭。

王玉辉的三部书稿即使最终杀青，以他的经济实力，也是无力刊印传播的；既无从求名，更无法获利，只好"藏之名山，传之其人"了。——不过那中间寄托着一个读书人的人生理想和社会担当，或许不该一概抹煞。

《歧路灯》里刻书潮

在《醒世姻缘传》《儒林外史》《歧路灯》三书中,《歧路灯》涉及书籍出版的内容最多。张类村、苏霖臣、程嵩淑、智周万、谭绍衣……全都著书立说,有书稿刻印面世。

谭孝移的老友张类村,便编写了一部《文昌阴骘文注释》,并发动众人捐款,委托出版机构"文昌社",花费三年光阴刻成书板。书成后,每位捐资者奉送新书十部。因有书板在,大家还可自备纸张"刷印"。(《歧路灯》,4回)

《文昌帝君阴骘文》原是道教读本,以通俗的语言劝人积德行善。——"文昌"在道教诠释中是主管功名禄位、吉祥富贵的星君。所谓"阴骘",原指暗中安排,又有"阴德"之意。凡发善心、做善事而不使人知者,谓之"积阴德"。积阴德者可以逢凶化吉、改变命运。《文昌帝君阴骘文》篇幅不长,但加了"注释"后篇幅大增,所以前后费了三年之功。

谭孝移是醇正的儒者,对这类东西并不感兴趣,他翻看张类村的《文昌阴骘文注释》,对极口称赞的孔耘轩说:"这'一十七世为士大夫身'一句,有些古怪难解。至于印经修寺,俱是僧道家伪托之言,耘兄何信之太深?"

谭孝移说的,是《阴骘文》的开篇总论,第一句便是"帝君曰:吾一十七世为士大夫身,未尝虐民酷吏。"以下又说:"救人

边缘儒士,谋生百态

之难、济人之急、悯人之孤、容人之过。广行阴骘、上格苍穹。人能如我存心，天必赐汝以福……"并列举历史人物的事例，说明善有善报的道理，如"昔于公治狱，大兴驷马之门；窦氏济人，高折五枝之桂"等等。

这两句中，包含着两个典故，前一个说汉代东海人于公断案公允，修盖宅院时，建了可容四马并行的大门。有人问他为何，他说：做官积阴德，后世必然兴旺。果然，他的子孙都做了卿相大夫，出入乘四马之车。后一个典故说五代时燕山人窦禹钧因力行善事、广济众生，后来连生五子，全都科举及第、做了高官。——所谓《文昌阴骘文注释》，应当包括对这些典故的详解。

《阴骘文》中还罗列人间种种善行，如"存平等心，扩宽大量……矜孤恤寡，敬老怜贫，举善荐贤，饶人责己……家富提携亲戚，岁饥赈济邻朋……舍药材以拯疾苦，施茶水以解渴烦……勿登山而网禽鸟，勿临水而毒鱼虾。勿宰耕牛，勿弃字纸（引者注：字纸即写有字迹的纸。古人认为文字神圣，以随意抛弃字纸为罪过）。勿谋人之财产，勿妒人之技能，勿淫人之妻女，勿唆人之争讼……"总体而言，是以劝人向善为目的。

不过谭孝移的质疑也有道理：文昌星君已是神仙，还有生死转世之说吗？这句"一十七世为士大夫身"的话，确实没有道理。孔耘轩则另有见解。他说："如把这书儿放在案头，小学生看见翻弄两遍，肚里有了先人之言，万一后来遇遗金于旷途，遭艳妇于暗室，猛然想起'阴骘'二字，这其中就不知救许多性命，全许多名节。岂可过为苛求？"孔耘轩的话，得到孝移其他几位朋友的赞同。

张类村身为儒生，却热心《阴骘文》的印刷传播，出钱出力，不懈倡导，也可视为一种社会担当——或换个角度理解，是在为自己"积阴骘"。

仿佛是在竞赛，谭孝移的另一位老友苏霖臣也编了一部书，是增广带图的《孝经》，共四册，凝聚了苏霖臣二十年的心血。程嵩淑当面评价说："一部《孝经》，你都著成通俗浅近的话头，虽五尺童子，但认的字，就念得出来，念一句可以省一句。看来做博雅文字，得宿儒之叹赏，那却是易得的。把圣人明天察地的道理，斟酌成通俗易晓话头，为妇稚所共喻，这却难得的很。"

苏霖臣自己也不无得意，说："后二本二百四十零三个孝子，俱是照经史上，以及前贤文集杂著誊抄下来，不敢增减一字，以存信也。一宗孝行，有一宗绣像，那是省中一位老丹青画的，一文钱不要，一顿饭不吃，情愿帮助成工。"（《歧路灯》，90 回）——"绣像"即插图。画插图的"老丹青"不肯要一文钱、吃一顿饭，苏老这套书，显然也不是拿来卖钱牟利的。

谭绍闻的另一老伯程嵩淑也不甘人后。他跟儿子编了一部《宋元八家诗选》，其中宋四家是指尤袤、杨万里、范成大和陆游，元四家是虞集、杨载、范梈和揭傒斯。程嵩淑还请娄潜斋为书作序，娄潜斋并资助刻书银二十两。绍闻代娄老师把序言及银子交给程嵩淑，问了书的形制。程嵩淑告诉他：板式是一面九行，一行二十个字；除了诗歌原文，还有程嵩淑所作的批语。

刊刻书籍也非易事。一连数月，程嵩淑"雠校书版"，忙个不停。"有刻上的批语嫌不好，又刊去了，有添上的批语又要补刻起来"，着实忙碌。——此书应属"学术著作"，与张类村的《阴骘文》、苏霖臣的《孝经》性质不同。

智周万是谭绍闻第四位先生，他准备把先人的诗稿刊刻成书，与刻字匠议价，并商定板式、字样、圈点等。后来他在碧草轩教绍闻读书，还时常有刻字匠拿了稿子来校正。（《歧路灯》，56回）

《歧路灯》第92回，绍闻的堂兄谭绍衣从同宗亲戚那里收得一车书，内中有谭家先祖灵宝公的手稿，绍衣张罗着雇刻字匠到衙中刻板刷印。这类自家刻印的图书，称为"家刻"。

清廷编《四库》，影响入小说

古代图书刻本，大致分为官刻、坊刻和家刻（也称"私刻"）三类。官刻是由国家机构如国子监、秘书监等出资并主持，大都不惜工本、校雠精审。官刻书籍的去向，一般是上交官署收藏，或由帝王颁赐大臣。坊刻则由书坊刊刻，多以赢利为目的；《儒林》中马纯上、匡超人编选的程墨等，便属坊刻。

至于家刻，则是士人学者私人所刻，大半以记载学术成果、推广文化为目的，用于自家收藏并分送他人。谭绍闻几位老伯所刻，多半属此类。

《歧路灯》中文人编刻书籍的举动，当为时代风气影响的结果。清代乾嘉时期，学术繁荣，著书、藏书成为一时风气。据学者搜罗统计，已知的清代诗文作者有两万家，所撰别集包括已刊未刊的，有数万部之多！一位有修养的文士若没有一两本著作传世，竟变得不大正常。

《歧路灯》第95回，谭绍衣问堂弟谭绍闻："叔大人（引者注：指谭孝移）有著述否？"绍闻老实回答："没有。"谭绍衣表示奇怪："……是个有体有用的人，怎的没有本头儿？即令不曾著书立说，也该有批点的书籍；极不然者，也应有考试的八股，会文的课艺。"

又说："我们士夫之家，一定要有几付藏板，几部藏书，方可算得人家。所以灵宝公遗稿，我因亲戚而得，急镂板以存之。总之，祖宗之留贻，人家视之为败絮落叶，子孙视之，即为金玉珠宝；人家竞相传钞，什袭以藏，而子孙漠不关心，这祖宗之所留，一切都保不住了。……"

谭绍衣这里所说的"藏板"，指家中所藏刻成书板的自家著作；"藏书"则指家中所藏名家名作。他听绍闻说盛藩台家"藏着一楼印板"，忙问是什么书，"是刷印送人的，是卖价的？"又说："或是文集，或是诗稿，叫他刷印几部，带到南边，好把中州文献送亲友，是上好笔帕人情。"（《歧路灯》，95回）——从前文人互赠礼物，多为书籍、笔墨、手帕等，故称"笔帕人情"。

几天后，绍衣、绍闻又亲自登门拜访盛家，说："听得贵府前

边缘儒士，谋生百态

辈老先生，有藏板一付，若有刷印装裁成本，恳赐三五部捧读。"
绍衣还派人送来三十两银子做刷印之资。

盛希侨、盛希瑗兄弟不敢怠慢，叫人打开锈蚀已久的楼门锁，
将"一楼半"的书板搬下来雇工刷印，单是纸就用了几百刀（一刀
纸为一百张）。半个月后，盛氏兄弟把印好的书"装裁"了二十部，
给谭绍衣送到衙门里。那三十两书价，也原银奉还。——谭绍衣身
为河南观察使，向你索书，是给你面子、替你扬名，你还真要收银
子吗？

谭绍衣与绍闻对话时还说过："中州有名著述很多，如郾城许
慎之《说文》、荥阳服虔所注《麟经》、考城江文通、孟县韩昌黎、
河内李义山，都是有板行世的。至于邺下韩魏公《安阳集》、流寓
洛阳邵尧夫《击壤集》，只有名相传，却不曾见过，这是一定要搜
罗到手，也不枉在中州做一场官，为子孙留一个好宦囊！"①

谭绍衣在这里开列书单、大谈刻书藏书，既有乾嘉文坛风尚的

---

① "如郾城许慎"数句：许慎（约58—约147），东汉汝南郡召陵县（当时又称郾城，今
属河南省漯河市）人，著名文字学家。著有《说文解字》。服虔（生卒年不详），东汉
河南荥阳人。经学家，著有《春秋左氏解谊》等。《麟经》即《春秋》别称。江文通
（444—505），即江淹，字文通，宋州济阳考城（今河南省商丘市民权县）人。南朝著
名文学家，有《恨赋》《别赋》等传世。韩昌黎（768—824），即韩愈，字退之，郡望
昌黎，唐代河南河阳（今河南省孟州市）人，著名文学家，倡导古文运动，为"唐宋
八家"之一。李义山（约813—约858），即李商隐，字义山，原籍怀州河内（今河南
沁阳）人。晚唐著名诗人。韩魏公（1008—1075），即韩琦，北宋相州安阳（今河南安
阳，古有邺下之称）人，著名政治家、文学家，著有《安阳集》。邵尧夫（1011—
1077），即邵雍，字尧夫，号康节。南宋范阳（今河北涿州大邵村）人，后流寓洛阳。
著名哲学家，著有《伊川击壤集》等。这些都是河南籍或曾寓居河南的名人及其
著述。

影响，恐怕也与《四库全书》的编纂有关。

《四库全书》的编纂始于乾隆三十七年（1772），竣于四十三年（1778）。由朝廷下诏在全国范围征集善本孤本，举国上下掀起一股搜书、献书热。——李绿园的《歧路灯》脱稿于乾隆四十二年（1777），正是《四库全书》编竣的前一年。小说中有关著书、刻书、搜书、藏书的情节，还带着由《四库》编纂所搅起的图书热的余温，值得研究者关注。

文人普遍著书刻书，还因当时的刻印工费十分低廉。《歧路灯》第 38 回，惠养民想刻印自己的几篇古文及一本语录，问及张类村，回答说："是论字的。上年我刻《阴骘文注释》，是八分银一百个字，连句读圈点都包括在内。"

八分银刻一百个字，工价相当低廉。一个字的工价，仅合今天的一角五分钱。有一件清顺治年间所刻佛经印刷品，上有牌记写道："共字五千二百六十四个，写刻银三两七钱九分，板七块五钱六分，签头纸煤八分。"——"写刻"是先将字反写在木板上，然后镌刻。而这篇佛经的写刻工费，为百字七分二厘。其中"写"价约为"刻"价的十分之一，则单讲刻价，只相当于百字六分六厘。

明末清初人徐增（1603—1673）曾编选周亮工等七人的诗为《元气集》，他在例言中说："吴门刻宋字者，每刻一百字，连写与版，计白银七分五厘。有圈者，以三圈当一字。《元气集》每一叶，字与圈，约有四百字，该白银三钱。今加笔墨纸张、修补印刷之费一钱。每页定白银四钱。"

以上两例，展示了清顺治及康熙前期的写刻价格，分别为百字七分二厘及七分五厘。相比之下，张类村所说的一百字八分，似乎有所提高。然而考虑到乾隆时白银购买力大幅降低，故书籍的刻印成本反而有所降低。——这也是乾嘉文人刻书成风的物质前提。

辑

当官做吏，鲜不为利

五

升官报喜，闹剧开锣

前两辑说到四川新都的"刘氏祠堂奖学碑"，内容除了规定对进学出贡、中举中进士给予奖励和补贴外，对于实授官职的，也有补贴或要求。碑文规定：

> 有文武入翰林者，帮京费银陆拾两。
>
> 有文武出仕上任者，即照前帮京费银两，加倍还回会内一次。

翰林虽是官员，却没啥油水，所以族中仍"帮京费银陆拾两"。若得了实缺、当官赴任，族中又资助多少？不但不再资助，反而要按以前所"帮"京费数额加倍奉还。

如此规定，应是基于这样的观念：当了官，也便有了敛钱的机会，不再需要家族资助；相反，吃水不忘掘井人，理应拿出银钱反哺亲族。族中也借此补充公共基金，使奖励制度得以赓续，进入良性循环。

当官的又称"肉食者"，你家当官吃上肉，族人跟着喝口汤，也是理所当然的事。不过一个当官的在回馈家族之前，第一个要对付的，却是报信讨赏的人。——在三部小说中，接待报喜者，竟成了一道热闹的风景。

《醒世姻缘传》中的晁思孝初登官场，便在"恩师"的提携关照下，得授华亭知县。——华亭是天下有名的大县，这样的肥缺，连进士也难谋到。消息传来，家乡的亲友们都将信将疑。

那报喜的早已"嚷街坊，打门扇，要三百两，闹成一片"。待消息证实后，晁家人"将报子挂了红，送在当日教学的书房内供给，写了一百五十两的谢票（引者注：这里指欠条），方才宁贴"。

几年后，晁思孝知县任满，又使银钱走门路，升转北通州知州。家乡这边，仍是当年那七八个人来报喜。晁源闻听大喜，马上派人"往铺中买了八匹大桃红拣布与众人挂红"，次日又摆酒款待，拿出一百两银子喜钱来。报喜人嫌少，"渐次又添了五十两"，一伙人才欢喜散去。（《醒世姻缘传》，6回）

看来得了肥缺，一百五十两银子是打发报喜人的"官定"价码。这一注银子约合今天 5 万元以上，确实有些"咬手"。不过晁知州到任后日进斗金，这一二百两银子，不过是九牛一毛罢了！

《醒世姻缘传》中还有更难缠的报喜人。第 83 回，狄希陈奉旨赴部听选，使了四千两银子，捐了个"武英殿中书舍人"。"一伙报喜的京花子，约有二三十人，一齐赶将来家，嚷作一块，说：'狄爷是平步青云，天来大的喜事，快每人且先挂一匹大红云绫，再赏喜钱！'"又嚷着要摆酒唱戏。

所谓"京花子"，当指混迹京城、以报喜讨赏为能事的无业游民，迹近乞丐，故称"花子"。从前后文可知，这伙人身在京城，得近水楼台之便，一旦得着官员升迁的消息，甚至不远千里，奔赴外省报信——跟丰厚的回报相比，这点风霜劳苦算得了什么！

见狄家不肯痛快答应，京花子们便"打门窗，拷椅子，回喜变嗔，泼口大骂"，吓得狄希陈不敢出面。这伙人越发大闹起来，有叫骂的，有砸东西的，"又选出几个最无赖的泼皮，脱了衣裳，摘了网巾，披撒了头发，使磁瓦勒破了头皮，流得满面是血，躺卧正厅当中，声声只叫唤：'狄中书家打杀报喜的人了！'街上几千人围着门看"。

狄希陈想派人去搬救兵，怎奈中门被京花子紧紧拦住，出入不得。童奶奶掏出五两银子来搪塞。花子们嫌轻，闹得更凶，张口就要一千两，实价也要八百两，至少不能少于五百两！说是："如不依此数，内中选一个没家业无有挂恋的，死在你家，除抢了家事，还合你打人命官司！"

渐渐添到五十两、四匹红尺头，童奶奶亲自出来央求，不料这些花子"越扶越醉"。内中有人出面，软硬兼施，最终讲定"每人十两，二十七个共做二百七十两。内中两个为首的叫是'大将'，每将各偏十两，共二百九十两"。狄希陈嫌多，不肯答应，于是花子们依旧"打嚷"。

直到相主事出现，事情才有了转机。相主事即狄希陈的表弟相于廷，他中进士后做了工部主事，此刻正管着街道厅——那是掌管京城道路、沟渠及房屋整修的官，"五城都属他所管"。

这日相主事由此经过，见表哥门前热闹非凡，下马入门观看。见二三十个"凶徒""光棍"正在院子里折腾。这伙人不知相主事官职大小，只当也是个"资郎混帐官儿"（拿钱捐来的闲官），因而对他"佯佯不采"，还说："皇帝还不打报喜的哩！尚书、阁老、六科、十三道老爷，十载寒窗，十四篇文字，这般辛苦挣得官来，我们去报个喜，还成几百两赏我们。你不动动手儿得了这般美官，拿出五六十两银子来赏人？……"

相主事闻言大怒，喝令："只样可恶！与我把住大门，不许放出一个人去！着人叫本地方总甲来！"众光棍并不惧怕，还跟相主事扯皮还嘴、说俏皮话。直到听说眼前是街道厅的工部相爷，众人才晓得厉害，"齐齐跪下一院子，磕头没命"，只叫"饶命"。相主事叫他们检举两个为首的，准备带到兵马司去究问。最终还是童奶奶让狄希陈出面，替花子求情，"免发到兵马司去"，又额外赏了众人十两银子买酒；花子们才"欢声如雷而散"。

说来说去，这场闹剧的主题仍是"官""钱"二字！当官就一定会有钱，你当官吃肉，让小百姓喝点汤，也是理所应当的；何况又是用银钱捐来的官，比那"十载寒窗""辛苦挣得的官"来得容易，理应多出"血"才是。花子们的"底气"，正是由此而来！

若非相主事及时赶到，狄希陈这二三百两银子怕是给定了。穷教书的晁思孝当了知县，还写了一百五十两银子的"谢票"呢，何况家道殷实、花巨款捐官的狄家少爷！

这里说的是升官报喜的情形。读书人中举、中进士，也有人报喜，称之为"报录"。对报录人，同样要厚待。人们还记得范进中举的情景，报录的先后来了三拨。头一拨骑着快马，敲着锣，拿着"报帖"，上写"捷报贵府老爷范讳进高中广东乡试第七名亚元。京报连登黄甲"。这些人显然是官府委派的，众人称他们"报子上的老爹们"。后面"又是几匹马，二报、三报到了，挤了一屋的人"，这些大概便是趁机讨赏凑热闹的了。——"伸手不打笑脸人"，在这喜事临门的时刻，谁还顾得上辨别真假呢！

不过范家连煮粥的米都没有，又哪有钱打发报录的？幸有邻居"拿些鸡蛋酒米，且管待了报子上的老爹们"。后来胡屠户来贺喜，"提了七八斤肉、四五千钱"，就用这些钱打发了报录的。

清人顾公燮《消夏闲记摘抄》记载了明代士子中举的情形，报信者手持短棍，从大门打起，把厅堂的窗子打烂，这有个名目，叫"改换门庭"。又有工匠紧随其后，立刻整饰一新，从此永为这家主顾。——这同样是趁"喜"打劫、变相讨赏。

中举、登第虽是喜事，但毕竟不是做官，短期内尚无抓钱的机会。因而对报录者的赏赐，也是有限的。范进中举赏报录的五千钱，约合六两多银子。——若真的做了官，这点钱就远远不够了。

当了官，想不发财都难

晁思孝做知县时，晁家开出的一百五十两"谢票"，应该很快就兑现了。因为从晁思孝当官那一刻起，他家再也不必为银钱担忧；相反，银钱还主动向他家招手哩！晁思孝人还在京师，儿子晁源在家乡已经尝尽老子当官带来的甜头：

武城县这些势利小人听见匡秀才选了知县，又得了天下第一个美缺，恨不得将匡大舍（引者注：匡大舍，即匡源）的卵脬扯将出来，大家扛在肩上；又恨不得匡大舍的屁股撅将起来，大家舔他粪门。有等下户人家，央亲傍眷，求荐书，求面托，要投做家人。有那中户人家，情愿将自己的地土，自己的房屋，献与匡大舍，充做管家。那城中开钱桌的，放钱债的，备了大礼，上门馈送。开钱桌的说道："如宅上用钱时，不拘多少，发帖来小桌支钱……任凭拣换。"那放债的说道："匡爷新选了官，只怕一时银不凑手。"这家说道："我家有银二百。"这家说道："我家有三百，只管取用。利钱任凭赐下。如使的日子不多，连利钱也不敢领。"又有亲眷朋友中，不要利钱，你三十，我五十，络绎而来。

作者描写匡源此刻的心境，说这匡源本是"挥霍的人"，但以前是穷秀才的儿子，"英雄无用武之地"。"昔日向钱铺赊一二百文，千难万难，向人借一二金，百计推脱。"如今人家把银钱主动送上门来，有的连"文约"（借契）也不要，"这也是他生来第一快心的事了"，因而来者不拒。

那结果是，"不十日内，家人有了数十名，银子有了数千两。日费万钱，俱是发票向各钱桌支用"。素性挥霍的匡源果真是大手笔，登时用二百五十两银子买了三匹好马，又用三百两银子买了六头走骡。

这还只是众人对待官员家眷的态度。至于晁知县本人，身在京师，当然不会被放债人放过。"那些放京债的人每日不离门缠扰，指望他使银子，只要一分利钱，本银足色纹银，广法大秤称兑。"晁思孝新选了官，每日"见部堂，接乡宦"，忙个不停，无遑筹措金钱，日用杂费自有一班开钱铺的自愿供给，全不用着急。

不久晁源带了几个家人、携了一千两银子进京。晁思孝如虎添翼，"买尺头，打银带，叫裁缝，镶茶盏，叫香匠作香，刻图书，钉幞头革带，做朝祭服，色色完备"；还到东江米巷买了三顶福建头号官轿，给自己、夫人及儿子乘坐；又买了一乘二号官轿，给儿媳计氏乘坐，"俱做了绒绢帏幔"。又"买了执事（引者注：官员的仪仗），刻了封条"。所有这一切，都是做官的必要准备。

至于晁知县在任上如何贪赃枉法、巧取豪夺，书中未曾细表，只通过两三件事略述端倪，有的还是侧写。

如第7回记述两个华亭贡生的控诉，其中喻贡生追忆说，晁知县曾把他家的田地断给别人，而田内的钱粮却逼他代纳，还把他家妇女拿到监中胁迫！另一位张贡生的老父被"光棍"侮辱，晁思孝的判决是原、被告各罚银十五两；光棍在县里使了银子，谎称家贫纳不起，结果被告的罚银也叫原告代出！——对秀才、贡生尚且如此，如何盘剥百姓，也就可想而知。不过这倒说明晁知县遵循着一条自订的铁律："金钱面前，人人平等！"

另一事是蒙古也先部落进犯，朝廷发下一百万两帑银（即国库银两。帑，藏钱的府库），让北边州县储积"草豆"，以备征剿之用。还特别申明："不许科扰百姓。"——晁思孝任职的北通州，也分得"内帑"银一万两。

这时师爷邢皋门已经辞去，晁思孝径自把一万两帑银搬进衙里，却把"草豆"任务加倍征派给四乡百姓，"三日一小比，五日一大比"。收缴完毕，除了正数之外，还多收了三四千两银子。晁思孝又如何处置？除了那一万两帑银裹入私囊，多收的部分分给衙中人役一千两，佐领每人一百两，其余则以捐助的名义存在库里，随时取用，又不留凭据。遇到上司盘查，库吏只好典田卖舍垫赔，为此倾家荡产的不止一人！

此事后来遭御史弹劾，晁思孝也被羁押候审。不过他听从手下滑吏的计谋，"使他的拳头，捣他的眼儿"，拿赃银上下打点，花了五千多银子，居然瞒天过海，将事摆平；自己不但纱帽无碍，贪污的草豆官银仍然大半归己！（《醒世姻缘传》，17回）——小说家举重若轻，寥寥几笔，勾画出一幅活生生的官吏贪渎写真图！

有了官势就不难发财，连同没有官势的，也假借官势、图财牟利。《儒林外史》中的严贡生没有任何官职，可他带着二儿子到省城娶亲，雇了两只大船回高要县，船银十二两，讲好"到高要付银"。严贡生临时"借了一副'巢县正堂'的金字牌，一副'肃静'、'回避'的白粉牌，四根门枪，插在船上"。船家不知底细，"十分畏惧，小心伏侍"。

眼看将到高要县，严贡生在船上突然犯了头晕病，让仆人四斗子伺候着，喝了半壶开水，自己又拿出一方云片糕来，一片片剥来吃，揉揉肚子，放了两个屁，也就好了。剩下几片云片糕，被他随手搁在船的后鹅口板上。那掌舵的嘴馋，拿来吃了，严贡生只当没看见。船到码头，人和行李上了岸，该结算船钱了，严贡生忽然节外生枝：

　　严贡生转身走进舱来，眼张失落的，四面看了一遭，问四斗子道："我的药往那里去了？"四斗子道："何曾有甚药？"严贡生道："方才我吃的不是药？分明放在船板上的！"那掌舵的道："想是刚才船板上几片云片糕。那是老爷剩下不要的，小的大胆就吃了。"严贡生道："吃了？好贱的云片糕！你晓的我这里头是些甚么东西？"掌舵的道："云片糕无过是些瓜仁、核桃、洋糖、粉面做成的了，有甚么东西？"严贡生发怒道："放你的狗屁！我因素日有个晕病，费了几百两银子合了这一料药，是省里张老爷在上党做官带了来的人参，周老爷在四川做官带了来的黄连！你这奴才！'猪八戒吃人参果，全不知滋味'！说的好容易，是云片糕！方才这几片，不要说值几十两银子，'半夜里不见了枪头子攮到贼肚里'，只是我将来再发了晕病却拿甚么药来医？你这奴才，害我不浅！"叫四斗子开拜匣，写帖子，"送这奴才到汤老爷衙里去，先打他几十板子再讲！"

严贡生装腔作势闹了一场，吓得船家、水手连连讨饶。严贡生

当官做吏，鲜不为利

甩下一句"且放着这奴才，再和他慢慢算账！不怕他飞上天去"！扬长而去，"船家眼睁睁看着他走去了"，哪里还敢讨船钱？

严贡生这出"发病闹船家"的丑剧是早有预谋、还是临时起意？只能由读者自己去揣测。不过严贡生事先借了全副"巢县正堂"仪仗，看来他肚子里早有"剧本"；这副官府仪仗，便是用来吓人的道具！凭借这虚拟的官势，严贡生收获的却是真金白银！

有了钱，又何愁没官做

《醒世姻缘传》第94回说到狄希陈买官时，作者发了一通感慨，先从"朝里无人莫做官"，"朝里有人好做官"说起，说是做官的人，若是朝里没人"与你弥缝其短，揄扬其长，夤缘干升，出书讨荐"，任凭你是龚遂、黄霸那样的循吏能臣，也别想升官。反之，"若是有了靠山，凭你怎么做官歪憋，就是吸干了百姓的骨髓，卷尽了百姓的地皮，用那酷刑尽断送了百姓的性命，因那峻罚逼逃避了百姓的身家，只管有人说好，也不管甚么公论，只管与他保荐，也不怕甚么朝廷。……捧了那靠山的粗腿，欺侮同辈，凌轹上司，放刁撒泼，无所不为"！

看来，这"朝里有人"乃是做官的第一要义。然而话头一转，作者接着说：

> 这靠山第一是"财"，第二才数着"势"。就是"势"也脱

不过要"财"去结纳，若没了"财"，这"势"也是不中用的东西。所以这靠山，也不必要甚么着己的亲戚，至契的友朋，和那居显要的父兄伯叔，但只有"财"挥将开去，不管他相知不相知，认识不认识，也不论甚么官职的崇卑，也不论甚么衙门的风宪，但只有书仪（引者注：贿赂的隐语）送进，便有通家侍生的帖子回将出来，就肯出书说保荐，说青目。同县的认做表弟表兄，同省的认做敝乡敝友，外省的认做年家（引者注：同科登第者，互称年家。后来成为泛称）故吏——只因使了人的几两银子，凭人在那里扯了旗号打鼓筛锣的招摇于市。

作者的感慨，是由狄希陈捐官而发的。晁思孝的情况又何尝不是如此呢？小说第 5 回，写晁思孝华亭知县任满，又得了北通州知州的肥缺，靠的是两个"戏子"的推举引荐，其间同样少不了金钱作为润滑油与助燃剂。

原来，晁知县的为官之道是将"一身精神命脉"都用在几家乡宦和上司身上，"待那秀才、百姓，即如有宿世冤仇的一般"。只因他后台硬、根基深，人们都奈何他不得。

在华亭任满的那年，刚好有个苏州戏班子，拿了一个乡宦赵侍御的人情信，来托晁知县"看顾"——"侍御"即御史。这赵侍御虽然致仕还乡，但人脉还在；因此晁思孝对他格外巴结，派人把戏班子送到庙里住着，让衙役们轮流管待饭食。又"逐日摆酒请乡宦，请举人，请监生"来看戏。在寺庙中搭了高台唱《目连救母记》，那是一出连本大戏，足足半个月才唱完！

"乡绅举监"自然不能白白吃酒看戏，也都"挨次独自回席"，请戏班到家里去唱。乡宦们的赏金，一律是十两；举人的是八两。监生的头衔多半是捐来的，家里不缺钱，故每家三十两。其余富家大室共凑了五百两，"六房皂快"也凑了二百两。不到一个月，戏班子总共敛了二千两银子不止！晁知县自家所出，倒是有限。

戏班子里有两个台柱子，一个胡旦，一个梁生，对晁思孝格外感激。知道他任期将满，主动提出要帮他谋官。说是"若老爷要走动，小人们有极好的门路，也费用得不多，包得老爷如意。如今小人们受了老爷这等厚恩，也要借此报效"。

对两个戏子的建议，晁思孝将信将疑。抱着试试看的态度，他派晁书、晁凤两个家人，带上一千两银子、二百两盘费，随胡旦进京。

胡旦、梁生两个虽然身为"戏子"，但背景不凡：胡旦的外公姓苏，梁生的娘舅姓刘，本来也都是戏子，后来投靠大太监王振，双双当上锦衣卫的都指挥，"家中那金银宝物也就如粪土一般的多了"。不过在王振面前，两人仍是"奴才"。

正赶上王振的生日，朝中百官全来祝寿。苏、刘二人也搜罗了珍奇贵重的礼物上门拜寿。先穿着"大红绉纱麒麟补服，雪白蛮阔的雕花玉带，拖着牌穗印绶"，给王振磕了头，献上寿礼。然后便脱了官服，"换上小帽两截子，看着人扫厅房，挂画挂灯，铺毡结彩……"以管家奴才的身份，一忙就是一昼夜，到四更天，两人才回各自的班房睡了。

替晁思孝办"正事"，则是在第二天一早。让我们看看一个朝廷命官的任命，是如何在大太监的内室轻松搞定：

次日起来，（苏刘二人）仍看人收拾了摆设的物件。只见王振也进了早膳，穿着便衣，走到前厅来闲看。苏刘二人爬倒地，磕了四个头，说："老祖爷昨日陪客，没觉劳着么？"王振道："也就觉乏困的。"说着闲话，一边看着收拾。二人见王振有个进去的光景，苏刘二人走向前也不跪下，旁边站着。苏锦衣先开口道："奴婢二人有件事禀老祖爷。"王振笑嘻嘻的道："你说来我听。"二人道："奴婢二人有个小庄儿，都坐落在松江府华亭县。那华亭县知县晁思孝看祖爷分上，奴婢二人极蒙他照管。他如今考过满，差不多四年俸了，望升转一升转，求祖爷与吏部个帖儿。"王振道："他待往那里升？"二人道："他指望升通州知州，守着祖爷近，好早晚孝敬祖爷。他又要拜认祖爷做父哩。"王振道："这样小事，其实你们合部里说说罢了，也问我要帖儿！也罢，拿我个知生单帖儿，凭你们怎么去说罢。那认儿子的话别要理他。我要这混帐儿子做甚么？'老婆当军——没的充数'哩！叫他外边打咱们的旗号不好。"（《醒世姻缘传》，5 回）

朝廷命官的考核升转，事关政体，最为严肃，本由吏部职掌，连皇帝也无权干预。然而在宦官当权的特殊年月，此事却由一个太监、两个奴才在早餐后的闲聊中随意安排，实在令人惊骇！——小说情节容有虚构，但所反映的历史影像，却又是真实可信的。

苏刘二人跪谢王振，去书房拿了一张"知生红单帖"，盖了王振的图章，派人送到"吏部大堂"的私宅。吏部长官二话不说，"钦此钦遵"，没等现任通州知州任满，便将他推升他处，空下位子让晁思孝上任，"就如焌灯在火上点的一般，也没有这等快"！

尽管有王振的推举，也还是要花钱的。苏刘两人早就议论过，"这通州是五千两的缺。叫他再出一千来，看两个外甥分上，让他三千两便宜！"——这是指在原带的一千两之外，再加一千两。

本节开头引小说作者的议论，说做官的靠山"第一是'财'，第二才数着'势'"，而晁老儿此番谋官的经历，似乎是个反面例子：找到有势力的靠山，财少也照样办事！

但话说回来，这有势力的靠山，不仍是用金钱买来的吗？晁思孝依仗知县身份，胁迫众乡宦、举人、监生乃至富家大室、六房皂快出钱出血，酬劳戏班，才引来胡旦、梁生的感恩回报。说到底，这升迁的机会仍是用钱买来的，只是没花晁知县自己的银钱罢了！

何止"十万雪花银"

晁思孝为官两任，究竟贪污了多少？读者不难从小说字里行间找出答案。如第1回写晁源到华亭任上看望爹爹，在衙内住了半年光景，甚感无聊，便"卷之万金，往苏州买了些不在行玩器，做了些犯名分的衣裳，置了许多不合款的盆景"，回家去了。——"半年光景"便能"卷之万金"，晁思孝的贪污"力度"可想而知！

回乡后的晁源，用六千两银子买了姬尚书家的大宅院，又花八百两银子娶了唱戏的小珍哥，所花的，便都是这万金之数！

旧时清官离任，县学乡学的秀才往往要送"帐词"，犹如今日送锦旗，上面所写，无非是"两袖清风""爱民如子"等谀词。众百姓还要弄个仪式，例如把官员的靴子脱下，留作纪念，美其名曰"脱靴遗爱"，自然还要替他换上一双新靴子。

然而晁知县离任，"那华亭两学秀才，四乡百姓，恨晁大尹如蛇蝎一般，恨不得去了打个醋坛的光景。那两学也并不见举甚么帐词，百姓们也不见说有'脱靴遗爱'的旧规"。（《醒世姻缘传》，6回）——贪官离任，人们拍手称快还来不及，哪里还会有人去"捧他那臭脚"？

平时得到晁知县好处的乡宦们见局面不好看，便盗用学校的名义，私下做了帐词，让子弟们送去；又叫家下的佃户庄客"假妆了百姓，与他脱脱靴"，弄虚作假，总算圆了面子。

然而真正的民意则是："合县士民也有买三牲还愿的，也有合分资做庆贺道场的，也有烧素纸的，也有果然打醋坛的，也有只是念佛的，也有念佛中带咒骂的。"——打碎醋坛子，是民间祛除不祥的作法，这是把晁大尹当成瘟神、灾星了！不难想象晁思孝在华

191

当官做吏，鲜不为利

亭的所作所为，是何等天怒人怨！

日后晁知县离开华亭去北通州上任，有巡按御史巡视华亭，上千的百姓前去喊冤，状告前任知县晁思孝。晁思孝在任时的两个爪牙——库吏宋其礼、快手曹一佳一齐被抓，晁思孝的"内书房"孙商以及管家晁书，也都成了被告。上级衙门把状子批下来，由苏松道姓陈的理刑官审理。陈理刑先拘捕了宋、曹二人，又追问孙书办、晁管家的下落。

晁思孝闻讯惊惶失措，仍是拜请胡旦、梁生二人托关系、走门路，求得徐翰林的两封说情信，孙、晁二人才免于提审，晁思孝也脱了干系。——说情信当然不白写，代价是"三十两叶子金，八颗胡珠"。另有上下打点的费用，自不用提。

黄金与白银的比价，明初的官定价格为一两黄金抵四两白银。不过在实际兑换中，多为五六换不止。到明崇祯时，已上涨至十换以上。——假使按七八换计算吧，三十两叶子金少说也值二百两银子，相当于今天的七八万元；胡珠及上下打点的费用，尚不包括在内。

胡旦、梁生两个对晁家可谓恩重如山，可自从王振死于土木堡之役，苏、刘两指挥也都死于战场。后台一倒，胡、梁两个也成惊弓之鸟，躲到晁思孝衙中。晁思孝见两人失去利用价值，竟要过河拆桥将两人赶走。

晁夫人劝谏丈夫："……亏不尽他两个撺掇我们早早离了地方，又得这等一个好缺。虽是使了几两银子，我听得人说，我们使了只有一小半钱。如今至少算来将两年，也不下二十万银子，这却有甚么本利？这也都是两个的力量。……"（《醒世姻缘传》，15 回）

晁夫人的一席枕边私语，无意间透露了晁思孝的"贪渎指数"——"三年清知府，十万雪花银"；知州的级别低于知府，晁思孝却在不到两年的时间里，搜刮了二十万两白银，可谓骇人听闻！

从白银购买力上核算，二十万两折合人民币 7 000 万元。好年景一两银购米两石，则这些银子可购米 40 万石，合 5 720 万斤，够 16 万人一年的口粮！即便在米价较高的年头，也够八九万人吃一年的！

这笔银子若用来购房，可买上万间！——晁源买姬尚书前后八层的大宅，用了六千两银子，我们替他算账，说他多花了一倍冤枉钱。就是照这个价格，二十万两也可买这样的大宅 33 所！如此豪宅，在今天已属文物级别，即使远在外省他州，也要一两千万一所；则晁思孝不到二年所贪银两，实际价值可达数亿！

怪不得晁源花钱如流水。小说家形容晁源的心情，说他"恨不得叫晁老儿活一万岁，做九千九百九十九年的官，把那山东的泰山都变成挣的银子，移到他住的房内方好"——古今贪官及其家眷的心态，由此可以窥见！

一个借机贪渎的小标本

当官有如此好处，难怪人人都巴望当官！

狄希陈花了四千两银子捐纳官职，得了武英殿中书舍人之职。可是入朝谢恩那天，偏偏起床迟了，没赶上典礼。赶紧上本谢罪，仍被降了一级，"调外任用"。最终由"从七品"降为"正八品"，委派了"成都府经历"的职位。

狄希陈不由得忆起一件陈年往事：幼年时一次赶上发洪水，狄希陈落水后，抓住一只箱子随波逐流。忽见水中有个骑鱼戴黄巾的神将喊："不要淹死了成都府经历，快快找寻！"结果自己被一棵树挡住，得了活命。

狄希陈"过了这许多年岁，费了许多机关，用了这几千银子，印板一般没腾挪，还是那水神许定的官职，注就的地方。所以狄希陈只是叹了几口冷气"。——"因果报应、万事前定"是本书的核心题旨，这"神将预言"只是其中一个小情节。

府经历本来没有多大油水可捞，但也不是毫无机会。——成都县知县升了官，空下的官位由狄希陈暂时代理。在此期间，他恰巧经手一个案子，发了一笔横财。

事在第94回。案中被告是个纳粟监生，原告是监生亡妻吴氏的娘家。这监生原有十万贯家财，吴氏是个官宦家女儿。家有娇妻美妾，监生偏偏又看上个姓金的寡妇。

金寡妇原是油商滑如玉的妻子，丈夫及公公被强盗所杀，自己与婆母守着家财度日，想招个上门女婿。这监生鬼迷心窍，不听妻子劝告，偏要做滑家的新郎。竟然瞒着吴氏，披红簪花赘入滑家，一连六七日不肯回家。

吴氏恶气不出，夜间一条绳子悬梁自缢。娘家随后一张状子将监生告到成都县。狄希陈问计于周相公，周相公认为监生逼死结发正妻，"他若不肯求情行贿，执了法问他抵偿，怕他逃往那里去？"又说："这是奇货可居，得他一股大大的财帛，胜是那零挪碎合的万倍！"

　　狄希陈一面差快手拿人，一面张罗验尸。监生自恃有钱，又欺侮狄希陈是个"署印首领小官"，并不放在心上。托了几个秀才，趁狄希陈到文庙行香时上前说情。狄希陈当即以"秀才不许把持衙门，卧碑有禁"为由，驳了回去。——原来，明清时各地学校的明伦堂边都立有卧碑，上面镌刻着约束生员的禁例，其中便有"生员不可干求官长，交结势要"、"凡有司官府衙门，不可轻入，即有切己之事，止许家人代告，不许干与他人词讼，他人亦不许牵连生员作证"等条。

　　监生不死心，又使了五十两银子，央了一个举人写信说情。狄希陈给举人回信，只答应"免动刑责"，保证"从公勘问，不敢枉了是非"。监生不由得有些心虚起来。

　　不过上堂时，监生还穿着青绢道袍及皂靴，摇摆而入。狄希陈大怒，说："那有杀人凶犯还穿了这等衣裳，侮蔑官府！"命人剥去衣裳、扯掉儒巾，说："看出书的春元（引者注：春元是对举人的称呼）分上，饶你这三十板子！"把差人每人打了十五板——这是打给监生看的。

　　监生慌了，请人跟狄希陈"讲价"。狄希陈故做矜持，定要按

"霸占良家妇女，吞并产业，殴死嫡妻"问成重罪。反复讨价还价，最终答应"暗送二千，明罚三百"；还特意告诉监生：须求得郭总兵的一封书信，才准轻拟。——前面说过，周相公答应随狄希陈到成都来，重要原因是他的旧主人郭总兵被贬谪至此，他可以两边照料。而要求监生求得郭总兵说情书信，也是为给郭总兵找些"外快"。

监生只得答应。送了郭总兵一百两银子，又送周相公五十两，求得书信一封——想来也是周相公代笔吧。另外送了经历司皂隶二十两，狄希陈家人二十两。

审理的结果是："吴氏自缢是真，监生并无殴打之情。赘人寡妇，据人房产，有碍行止，且又因此致妻自缢，罚谷二百石备赈；追妆奁银一百两，给吴氏的尸亲。"——吴氏父母俱无，只有个亲叔，度日贫寒，得了这一百两意外之财，对狄希陈甚是感激。

监生这场官司，总共花了四千两银子，"脱不了都是滑家的东西"。狄希陈自到任以来，虽也"日有所入"，却都是"零星散碎之物"。如今得了这笔横财，"差不多够了援例干官的一半本钱"。——"本钱"一词用在这里，有些扎眼。然而旧时使钱谋官、将本求利，又与商业行为有何区别？狄希陈审的这个案子，刚好成为官吏假公济私、借机贪渎的活标本。

在此案中，监生对嫡妻之死固然负有很大责任，但至多应受道德遣责。狄希陈与周相公要借机发难，就不能不夸大其辞，将被告入赘滑家的行为定性为"霸占良家妇女，吞并产业"；而妻子饮恨自缢也添油加醋，夸张为"殴死嫡妻"。这种虚张声势、捏造罪名以压服被告、逼索贿赂的作法，是从前官吏们惯常使用的。

待监生银子花够了，"罪名"也减轻了："赘人寡妇，据人房产"，也只是"有碍行止"；吴氏自缢是真，监生却"并无殴打之情"。被告既已受罚，原告也需照顾；羊毛出在羊身上，赔偿金仍由监生支付。

罪名由重到轻，仍需有个由头，于是郭总兵一封说情信，又是不可或缺的。连带酬谢牵线人周相公，监生又多花了一百五十两银子。狄希陈事后又单谢周相公五十两——有饭大家吃，在这那个时代，这一切似乎约定俗成、十分正常。

进士、举人、秀才以及现任或退休官员，利用自己的特殊身份，替人"说分上"以获取报酬，在明清是十分普遍的现象。请谁来说情，一般由被告决定，但有时也由审案官指定。例如此案中前后有两封说情信，前一封是监生求举人所写，后一封则由狄希陈指示监生向郭总兵讨取，这也是狄、周送给郭总兵的人情。

《儒林外史》中也有类似情况。第44回写五河县贡生余特因客囊羞涩，到无为州去"打抽丰"，希望多弄点银子，回来安葬父母——父母已故去十多年，灵柩一直未能入土。

无为州的知州跟余贡生是旧交，他对余特说："我到任未久，不能多送你些银子，而今有一件事，你说一个情罢，我准了你的。这人家可以出得四百两银子，有三个人分。先生可以分得一百三十多两银，权且拿回去做了老伯、老伯母的大事。"

那是件事涉人命的案子，余贡生替被告讲过情，被告立时兑了一百三十两银子给他，令他喜不自禁。——不过此事并未完结：无为州受贿案不久事发，上面派人到五河县捉拿涉案的贡生余特。恰好余特在南京访友未归，而批文中又错将余特名字写成他的弟弟余持。因名字对不上，大概还有县里的包庇吧，此事后来竟不了了之。倒是那位知州有些"冤枉"，至少在这桩案子里，他自己未落分文。

《醒世姻缘传》中狄希陈处理的监生案，还有个尾声。日后狄希陈因家事而影响公务，被上司"开坏了考语"，升官无望；加上"宦囊也成了光景"，决计回乡。临开船时，那逼死媳妇的监生带了四五个家人，领了十来个"无行生员"，赶到江边向狄希陈讨要讨还"诈"去的四千两银子；说如若不还，就要扭他去见两院三司。一群人围攻谩骂，向船上"丢泥撒石、撩瓦抛砖"，嚷闹不止。——最终狄希陈的同僚吴推官赶到，将这伙人赶的赶、拿的拿。监生自救不暇，为此"又约去了五六百金"。

狄希陈回乡后，翻盖祖屋，在马棚后石槽下的青石板下，挖出两只大瓮，里面是满满两瓮清水。——狄希陈当年曾得一梦，梦见祖屋被妻子素姐卖给刘举人，刘举人从石槽下挖出许多元宝来。以后又风闻刘举人家果然挖出窖银，约有五千两！（《醒世姻缘传》，77回）此刻狄希陈受梦境指引，想从石槽下挖出银子来，不料竟是一场空。

据书中叙述，狄希陈做官三四年，回到家中屈指一算，除了几年的使费花销，净剩的银子不多不少，"正合那石槽底下五千之数"。——大概小说作者西周生见世人贪婪无度、巧取豪夺、费尽心机，故意设计了这样的结局，告诉人们："你命里该有一斗，走遍天下，也只有得十升！""可见人有得那横财的，都也是各人的命里注定，不能强求。"——小说家一意劝世、用心良苦，不知世上那些贪官污吏、市侩奸商，听得进一句否？

晁源惹上人命官司

《醒世姻缘传》中另有个监生逼死嫡妻的案子，被告正是书中前半部的男主人公晁源。

晁思孝未发迹时，替儿子娶妻计氏。计氏出身大户人家，爹爹虽不曾进学，却也是旧家子弟。族中三四个亲侄都是"考起的秀才"；祖父称"会元公"，至少也是个进士。

那时晁家无势无财，晁源看着计氏"却是天香国色"，"当菩萨般看待，托在手里，恐怕倒了；噙在口里，恐怕化了；说待打，恐怕闪了计氏的手，直条条的躺下；说声骂，恐怕走去了，气着计氏，必定钉子钉住的一般站得住，等的骂完了才去"！

如今老子当上七品知县，"计氏还是向来计氏，晁大舍的眼睛却不是向来的眼睛了"。他嫌计氏"鄙琐"，自然少了当初的敬畏；又嫌老计父子"村贫"，"不便向高门大宅来往"。

"贵易交，富易妻。"前面说过晁源先收丫头再娶妾，后来又使八百两银子买了唱戏的小珍哥。八层的大宅院，晁源与小珍哥住在第二层，计氏领着几个原使的丫环养娘，住在第七层，中间隔着几层空房，"若不是后边有井，连水也没得吃的"。（《醒世姻缘传》，10回）

过大年，前头珍哥院里灯红酒绿，热闹万分；后边计氏主仆"连个馍馍皮、扁食边、梦也不曾梦见"；惹得仆人们"哭丧着个脸，墩葫芦，摔马杓，长吁短气、彼此埋怨"，说是跟错了主人，"就是叫化子也讨人家个馍馍尝尝，也讨个低钱带带岁"……

正月初七，计老带着儿子计疤拉（名奇策，又称计大官，）来看闺女，见屋中清锅冷灶，一物皆无，不觉伤感，落下泪来。父兄走后，计氏大放悲声，向天哭诉，要"狠一狠，死向黄泉，合他到阎王跟前分个青红白皂"！哭声惊动了晁源，背着珍哥，偷偷叫人送了酒食、点心、果子到后边；被计氏大骂着撵了出去。珍哥得知后，嗔着晁源照料计氏，不依不饶，"碰头撒泼"，骂到二更天才歇！（《醒世姻缘传》，3回）

珍哥大闹的导火索，其实源于前番进京。晁源娶了珍哥，一直瞒着爹娘。前番特意带着珍哥进京省亲。晁老夫妇见儿子娶了个"娼妇"回家，很不高兴。珍哥"四双八拜磕了一顿头"，只得了二两银子"拜钱"。计氏虽然没去，晁夫人却让人给她捎了一大堆钱物：五十两碎银、二两珠子、二两叶子金、两匹生纱、一匹金坛葛布、一匹天蓝缎子、一匹水红巴家绢，两条连裙、二斤绵子……珍哥为此在归途中大闹一场。回来后仍"兜着豆子——只是寻锅要炒（吵）"！

武城县白衣庵有两个尼姑，一个是带发修行的海会，一个是削发的郭尼姑。两人常到计氏房中陪着说闲话，"骗件把衣裳"，并没做啥出格的事。——可巧六月六日，珍哥在院中看着仆人晒衣裳，见海会和郭尼姑从计氏那边走出来。珍哥大惊小怪地嚷道："好乡宦人家，好清门静户，好有根基的小姐，赤天晌午，精壮道士，肥胖和尚，一个个从屋里出来！……"

晁源听见珍哥嚷闹，不问青红皂白，立时派人叫来计家父子，闹着要休妻。计老还要跟晁源讲理，计大官说："爹，你见不透，他是已把良心死尽了！……你说合他到官，如今那个官是包丞相？他央探马快手送进二三百两银去，再写晁大爷的一封书递上，那才把假事做成真了！……"

计氏气不过，蓬松着头，只穿着家常旧衣裙，手持一把明晃晃的匕首，从里面跑出来，在大门内高声嚷骂，只是要冲到大街上去。外面围了"上万的人"看。幸得邻居高四嫂出面，极力将计氏劝回。（《醒世姻缘传》，8回）

女儿被人家"休"了，计老带着儿子，来接计氏回家。计氏收拾善后，拿出一个包袱，里面是晁夫人前日捎来的金银、珠子，另有历年积攒的三十两碎银及一包首饰，让哥哥替她捎回家。又拿出两匹蓝缎、红绢，让家里连夜裁成大袄，再做一件小棉衣，嘱咐第二日一早送来，"我好收拾往家去"。又把许多衣物、零钱，一一散给服侍她的养娘和丫环，连同自己那顶新轿，也都拆了烧火。

第二天入夜，计氏沐浴焚香，大哭一场，穿了父兄送来的新衣裙，口含金银，拿一条桃红鸾带，走到晁源及珍哥门前，在门框上

当官做吏，鲜不为利

悬梁自缢，玉殒香消！——旧时的妇女被人泼了污水，又能去哪儿说理、跟谁辩解？到仇家门前悬梁自尽，以性命自证清白，几乎是她们唯一的选择！

得着计氏自缢的消息，珍哥第一时间便溜去晁源的朋友禹明吾家。晁源自知理亏，面对愤怒的计家父子，也只有磕头求饶的份儿！计大官催促他尽快将妹妹入殓。晁源此刻不吝金钱，花了二百二十两银子买板子、合棺材。

计家是大族，男男女女来了二百多口。眼看装殓完毕，计大官跪谢了本家亲戚，站起身来，一声呼喊，计家老少爷们儿一起上前，将晁源"揪翻"在地，"采的采，掮的掮，打桌椅，毁门窗，酒醋米面，作践了一个称心"！计家妇女也都舞棒拿鞭，四处寻珍哥不见，把卧房毁了个精光。又叫晁源跪着写服罪求饶的文书，哀求"蒙岳父看亲戚情分，免行告官"，承诺"情愿成礼治丧，不得苟简"。

尽管一时出了这口恶气，可女儿毕竟不能复生，计老气不过，执意要到县里上告——然而更大的凄惶还在后面！

贪官"操作"有规程

晁源信奉的金律是"天大的官司倒将来，使那磨大的银子罢将去"，所以"怕天则甚"？不过晁源也深知官府是个无底洞，息讼宁人是最好的选择，因而首先考虑的是——收买。

他知道计氏家族有个计三，是个"贪财作恶的小人"，辈分又高，族人对他既厌又怕。晁源派人给他送去二十两银子，央他做主出来说和，开出的条件是给计老一百两银子，计大官二十两，并将当年计氏陪嫁的一顷地退还计家。

不料到了此刻，计三一改常态，义气感发，说是："你要讲和，自与你计老爷说。我虽是见了银子就似苍蝇见血的一般，但我不肯把自己孙女卖钱使！我倒不怕恶人，倒有些怕那屈死的鬼！"说罢，扬长而去。

晁源着了忙，一面差人到通州给老爹报信，一面摆了齐整的酒席，请前来拿人的差人伍小川（名"圣道"，谐音"胜盗"）、邵次湖（名"强仁"，谐音"强人"）吃酒——晁源知道，这伙人可不是仨瓜俩枣就能应付的，因而绝不能吝惜。

伍、邵两人到手的银子是每人四十两，跟马的小厮每人一两；两个副差每人五两。约定先不向县里投文交差，专等通州消息。

六月十一日传人，直等到七月二日，前往通州的仆人才带着晁思孝的书信及"许多银子"赶回来。晁老的说情书信需要通过县里的"阴阳生"投进——明代的制度，县里设"阴阳学训术"一人，专管天文、占候、星卜等事，包括卜葬、择日、验尸等。阴阳生得知是件人命官司，故意不允，"足足憋了六两银子"，才替他投进去。

武城知县胡大尹拆书一看，当堂大怒，喝令将下书的阴阳生打了十五板，又喊原差回话。伍小川、邵次湖见势不妙，叫两个副差上去回禀。县尹责问为何交差来迟，容凶犯到处"寻情"？两副差称说晁源被计氏父子打成重伤，一直不能下床。大尹发话，限明日听审。——大尹又是打人，又是问责，样子当然是做给晁源看的：武城县首屈一指的富户摊上了人命官司，这样的发财机会，可谓千载难逢！

有了阴阳生的这顿板子，伍、邵二差人也有了要挟的理由，对晁源说："可见收你几两银子，都是买命的钱！方才一顿夹死了，连使那银子的人都没了！你快自己拿出主意，不然，这官司就要柳柳下去了！"——"柳柳下去"便是溜下去，不可挽回。晁源慌了，忙问需要多少钱；两人说非"千金"不可。反复讨价还价，连同"上下使用"，讲定了七百两。

这个"价格"，县尹是否认可呢？当然不能拿到桌面上公开讨论。不过衙门里自有一套巧妙的"操作规程"：

> 两个（引者注：指晁源、邵次湖）同到了伍小川家里，用纸一折，写道："快手小的伍圣道、邵强仁叩禀老爷台下：监生晁源一起人犯拘齐，见在听审。"上边写了七月，下边写了个日字，中间该标判所在，却小小写"五百"二字。这是那武城县近日过付（引者注：授受赃银）的暗号。若是官准了，却在那"五百"二字上面浓浓的使朱笔标一个日子，发将出来，那过付的人自有妙法，人不知、鬼不觉，交得里面。若官看了嫌少，把那丢在一边，不发出去，那讲事的自然会了意，从新另讲。

帖子交进去，县尹批了发出来，虽然按约定的暗号，在"五百"上标了日子，却又在旁边另批一行朱字："速再换叶金六十两，立等妆修圣像应用。即日交进领价。"即是说，五百两银子照收不误，额外再要六十两金子——按八换计算，又是五百两银子！说是"妆修圣像"，可这事谁不明白？——胡大尹疯狂敛财，已到了不避耳目、不惧物议的地步！

到了此刻，晁源也只好"一一应承"，派人到各处当铺、钱桌，分头寻觅"足色足数金银"，再托伍、邵二人交付进去。另外又拿出二百两银子，给负责传递的县官管家五十两，两个外差每人十两，两个跟马的每人一两，余下的由伍、邵两人均分——应是每人六十四两！连同先前每人所得四十两，伍、邵每人净得百多两，合三四万元！

次日早上人犯拘齐，投文听审，晁源又拿出一二十吊铜钱，托伍、邵两个在衙门上下使用。"晁大舍里里外外把钱都使得透了，那些衙门里的人把他倒也不像个犯人，恰像是个乡老先生去拜县官的一般，让到寅宾馆里，一把高背椅子坐了，一个小厮打了扇，许多家人前呼后拥护卫了。两个原差把那些妇女们都让到寅宾馆请益堂后面一座亭子上坐了，不歇的招房来送西瓜，刑房来送果子，看寅宾馆的老人递茶，真是应接不暇"。——最可怪的是，县尹衙役收了重贿，一个关键人犯小珍哥竟无人过问，逍遥法外！

县尹上来先唤证人高四嫂，高四嫂把所知案情细述一遍。县尹不时插话，明显偏袒晁源一方。接着又唤上海会、郭姑子，责备两人"遥地里去串人家，致得人家败人亡"，"该每人一拶一百敲才是"！——拶是一种酷刑，即以木棍、竹棍将人十指夹住，两边用绳收紧；若再加以敲击，更令人痛不欲生。不过对两个姑子，县尹只是吓一吓，说："免你问罪，各罚谷二十石！"两人叫穷，县尹说："呆奴才！便宜你多着哩！你指着这个为由，沿门抄化，你还不知赚多少哩！"

这胡大尹不愧是进士出身，脑子好使。后来两个姑子"依了那县尹的话，沿门抄化，三两的，五两的，那些大人家奶奶布施个不了，除每人上了十两，加了二两五钱火耗，每人还剩二三十两入己，替那大尹念佛不尽的"。

胡大尹的任性与结局

审过了一干证人，县尹才唤上被告晁源。却只略一责备，说："晁源，你是个宦家子弟，又是个监生，不安分过日子，却取那娼妇作甚？这事略一深求，你两个都该偿命的！"晁源还要狡辩，说计氏是"本县城内……第一个不贤之妇"。县尹说："你取娼妇，他还不拦住你，有甚不贤？论你两事，都是行止有亏，免你招部除名，罚银一百两修理文庙。珍哥虽免了他出官，量罚银十三两赈济。"——一件人命案的被告，就这样轻描淡写地发落了。

对晁家的六七个丫环及管家娘子，大尹倒是不肯轻饶，说"你们都在那里，凭着主母缢死，也不拦救"；说着就要动刑，却也是虚张声势，因为马上又改口说："且都姑饶了，每人罚银五两赈济。"自然也都由晁源"出血"，这些又在先前答应的金银之外。

被告发落完毕，轮到原告。大尹唤上计老、计大官，张口骂道："你这两个奴才，可恶的极了！一个女子在人家，不教道他学好，却挑唆他撒泼不贤，这是怎说？人家取妾取娼，都是常事，那里为正妻的都持着刀往当街撒泼？你分明是叫你女儿降的人家怕了，好抵盗东西与你。若是死了，你又好乘机诈财！"一边说，一边就去签筒里抓签要动刑。

计老并不惧怕，据理力争，把晁源娶妾虐妻、诬陷女儿的事讲述一遍，又当厅质问大尹："娼妇把舌剑杀人，这也就是谋杀一般，老爷连官也不叫他出一出，甚么良家妇女，恐怕失他体面不成！"

大尹反问："你说（引者注：晁源将计氏）囚在冷房，有何凭据？不给他衣食，你那女儿，这几年却是怎么过度？"计老一一道来："……计氏嫁去，小的淡薄妆奁，也不下六百余金，因他没了母亲，分外又赔了一顷地。如今这连年以来，计氏穿的就是嫁衣，吃的就是这一顷地内所出。又为晁乡宦上京廷试，卖去了二十亩。"

大尹无言以对，只是骂道："看你这穷花子一片刁词！"计老不肯屈服，说："老爷不要只论眼下，小的是富贵了才贫贱的，他家是贫贱了才富贵的，小的怎便是花子？"

大尹理屈词穷，强行判罚："计都、计巴拉都免打，也免问罪，每人量罚大纸四刀！"——书中解释说，"大纸"是指花红毛边纸；罚纸只是名目，缴纳时要折成银子。按旧规，每刀纸折银六两，计氏父子该纳银四十八两，库里加二五秤，因此没有六十两下不来！因见计家无力交纳，大尹眉头一皱，叫晁源把计家陪嫁的一顷地退给他家，变卖后"上纸价"；因曾卖掉二十亩，要他退还余下的八十亩。——大尹的原则很明确：罚款无论谁出，官家的银子一两也不能少！

最终大尹写"票"，开明各种罚款细目，又取纸写了几句"审单"，无非是说"晁源不善调停，遂致妾存妻死。小梅红等坐视主母之死而不救，郭姑子等入人家室以兴波，计都、计巴拉不能以家教篪其子妹，致其自裁"；连高四嫂也被责为"不安妇人之分，营谋作证"，罚谷十石。

晁源打赢了官司，气焰高涨。先将躲藏在邻家的珍哥接回家，又设酒招待伍、邵等人。约好日子到县库交纳罚银，除了自己的一份，珍哥、小桃红、高四嫂等罚银也都由他代缴。唯独计家的八十亩地，他不肯马上归还，说什么大尹只断了地，没断地上的庄稼，如今地里的黄豆黑豆还没收，要等十月收割了再退！

这边，伍、邵二恶差则对计家父子百般"凌辱作践，一千个也形容不尽那衙役的恶处"。——可巧一日，伍小川来计家催逼纸价，从袜筒里拿出个小书夹来，里面有许多"发落票"（县里开的罚单之类）。装回袜筒时，掉在了地上，被计大官捡到。那张暗写"五百"、明批"叶金六十两"的禀帖，也在其中。

正当计大官卖了妹妹的两条珠箍，准备到县里"上纸价"时，形势发生了变化：胡大尹自那日问罢官司，便发了病。起先还勉强带病坐堂，近几天已不能起床，背上肿起碗大的痈疮。衙中传出"白头票"，四处寻找打棺材的杉板，又叫买二百匹白布，并张罗着建道场——这是丧事的节奏。而所需钱财叫阖城的官宦、生员、吏书、皂快、行户、百姓们凑齐。

两三天后，这位"武城县循良至清至公的个父母"，痈疮"烂的有钵头大，半尺深，心肝五脏都流将出来。那些忤作行收敛也收敛不得，只得剥了个羊皮，囫囵贴在那疮口上，四边连皮连肉的细细缝了，方才装入材内"。——武城县尹疯狂敛财，最终落得烂心烂肺、尸身难全，只好用畜皮来补救！这也是小说家代表平民百姓送给天下贪官蠹吏的"衷心祝愿"！

过了"五七"，家眷扶枢回乡去，半路遇上蒙古也先的队伍，"将一切骡驮马载车运人抬的许多细软劫了个'唯精唯一'，不曾剩一毫人欲之私"！幸有卢龙知县是大尹的同乡，将灵枢浮葬，送家眷还乡，方不至祸及亲人。

小说第11回有一首回末诗，道出读者心声："恶人自有恶人磨，窃盗劫来强盗打。可知天算胜人谋，万事塞翁得失马。"

"强盗"在地方，百姓贫彻骨

武城大尹聚敛无厌，早就引起东昌府临清道按察司金事李纯治的关注——明代各省建有按察使司，按察使为一省司法长官，佥事是按察使所属官员，又称观察、巡道。

且说李巡道是个难得的清官，因受奸臣排挤，不能在朝中容身，外放做了佥事。到任之后，"倒恰似包龙图一般"，"再有武断暴横的，十个倒有九个不得漏网。那一个漏网的毕竟是恶还不甚"。

武城县胡大尹借着进士身份，有恃无恐，李巡道对他的稽察也是"一日密如一日"。一旦听说他死了，唯恐他手下的"虎狼衙役"逃散，亲自带了二三十名兵快赶赴武城县，在县衙击鼓升堂，召集六房衙役，逐一点名，犯有罪恶的，一律严惩不贷。伍小川、邵次湖闻风逃窜，很快被缉拿归案。每人先打五十板，发下监中候审。李巡道又发出告示，申明要"剪除衙虎，以泄民恨"，叫受害者"据实赴道陈告"。

告示一出，告状的"挨挨挤挤"，收到的状纸不下数百张。计大官也递上状纸，状告晁源、珍哥"合谋诬捏奸情，将妹立逼自缢"；又揭发伍、邵二"虎役"经手过付赃银七百两、黄金六十两，"买免珍哥不令出官"。李巡道将状子批给东昌府的褚刑厅。褚刑厅是新科进士，也是个"强项好官"。当下差人拘拿人犯证人。

晁源故伎重施，先摆酒招待刑厅的差人。又求高四嫂作证说好话，送了她两匹丝绸，十匹梭布，三十两银子；另有几吊钱，雇人一路服侍她。又拿出三十两银子谢差人及捕衙众人。晁家出庭作证的四个丫环使女也是每人四两。对刑厅的两个差人，晁源又单给了八十两，并代高四嫂及两个姑子每人出了五两。晁源还求差人免珍哥出官，愿再出一百两——差人哪敢作主？

晁源又托两个厅差拿了银子打点合衙人役。至第二天晚间正式审问时，这褚四府（理刑厅又称四府或四尊）第一个就把晁源叫上去，细问案情经过。又依次问两个丫环小夏景、小柳青及证人高四嫂和两个姑子。最后问到珍哥。

珍哥强辩说，计氏在前面嚷骂，"我还把门关上，顶了，头也没敢探探，这干我甚事？"褚四府反诘道："你说得和尚道士从他屋里出来是凿凿有据的，那晁源岂得不信？你既说得真，晁源又信得实，那计氏不得不死了。你说计氏出来前边嚷骂，你却关门躲避了，这即如把那毒药与人吃了，那个服毒的人已是在那里滚跌了，你这个下毒的人还去打他不成？那服毒的人自然是死的了。这计氏的命定要你偿，一万个口也说不去！"

褚四府又叫计大官上来，问他要前任县尹受贿的证据。计大官拿出前时捡到的禀帖呈上。褚四府问："怎么这禀帖上朱笔却写换金子话？"计大官回答："那朱判的日子下面还有'五百'二字，翻面就照出来了。是嫌五百银子少，又添这六十两金子。"又问禀帖上写的是五百，为何状上写的是七百？计大官说："这五百是过付的，那二百是伍小川、邵次湖两人的偏手，不在禀帖上。"

褚四府又检看书夹，内中有四五十张"发落票"，总数不下万金。四府点点头，叹息道："这等一个强盗在地方，怎得那百姓不彻骨穷去，地方不盗贼蜂起哩！"——此话一针见血，讲出官逼民反的道理，内中含着忠贞之士多少愤慨与无奈！

接着又传伍小川、邵次湖两个上来——两人前日挨了五十大板，此刻是被人背上来的。褚四府问及受贿情形，两人还嘴硬抵赖。四府问："前日巡道老爷曾打你的脚来不曾？"回说没有。四府吩咐："这等，脚也还得夹一夹！"于是两人都上了夹棍，又"敲了二百"才罢手！

最终四府给出判决："珍哥绞罪；晁源有力徒罪；伍圣道、邵强仁无力徒罪；海会、郭姑子赎杖；余人免供带出，领文解道。"——"徒罪"即徒刑之罪，指"责以用力、辛苦之事"；也就是剥夺人身自由、强制劳役的惩罚。徒罪的同时，还要施以杖刑。

至于"有力"、"无力"，是刑罚用语。清人黄六鸿《福惠全书·刑名·释笞杖徒流绝赎同》对此有解释："家贫不足以入锾者，谓之无力。"入锾，意为缴纳赎罪金。无力之人，则按所拟罪状"依律决配，笞杖则受责"，没啥可说的——伍、邵二人即属"无力徒罪"。

另外，"饶裕之家，谓之有力；照例赎罪，折银上库"。赎罪银两也有定数，如受笞刑，每十下折赎银二钱五分；换作实物，为米五斗或谷一石。一般而言，"春夏例纳银，秋冬例纳谷"。

杖刑重于笞刑，则每杖六十，赎银三两，每加十杖，加银五钱。徒刑、流刑（流放远方军卫服役）也都有相应的赎银标准。至于海会、郭姑子，因是女性，故也准许"赎杖"，以罚银抵肉刑。

以罚代刑的作法，可以上溯到先秦时。中国最古老的刑书《尚书·吕刑》中，就有"五刑不简，正于五罚"（经审理与五刑条文不符，可按五罚处分，即以罚金代肉刑）的规定。后来实际发展为以罚代刑。如墨刑（刺面）可改罚金一百锾，劓刑（割鼻）可改罚金二百锾。最重的"大辟"（杀头）可改罚金千锾。——也就是说，当时三百七八十斤黄铜，可以赎得一条人命。

肉刑可以用金钱赎免，是刑罚观由野蛮走向文明的进步。不过这一规定又明显偏袒"有力"的富人，从而导致司法不公。——有人说，汉代多酷吏，即因实行赎罪制度的结果。无需种田、不用做工，单靠罗织罪名、加大刑罚力度，即可聚敛大量财富。犯人越多，罪责越重，皇家的府库、官吏的私囊就越充实。司法刑审部门，成了拿着国家执照的"绑匪"，这也正是汉代酷吏吃香的重要原因！

一篇完整的审案记录

案子审理完毕，要由刑厅书办写成"招稿"，也就是审案过程的记录，内中包括罪犯的详细口供。晁源知道这里有很大伸缩余地，于是将刑厅"掌案的书公"请到下处，送了五十两银子厚礼，要他笔下留情，把几个紧要的地方写活泛些，以便日后翻案。书办收了银子，一口应承。

第二日招稿呈上，褚四府看了，知道书办受了贿，也不便追究，只是重新改过，写了"参语"，发出来，将这一伙人限期押解临清道。

前面说过，《醒世姻缘传》的作者西周生，很可能是西宾出身，既熟悉教书生涯，也熟稔官府事务。小说中的这篇招稿，从头至尾足有两千多字，占了小说第13回近三分之一篇幅。这对研究古代司法者，又是难得的鲜活材料。

招稿先叙案情，对供词证词都有详细记录，并注明证人姓名。后面是刑厅的"参语"，辨析曲直，判明罪责。原被告的姓名年龄也都一一开列。最后是判决结果。所做参语，照例用骈体文。——且看对珍哥的判词：

看得施氏惑主工于九尾，杀人毒于两头。倚新间旧，蛾眉翻妒于入宫；欲贱凌尊，狡计反行以逐室。乘计氏无自防之智，窥晁源有可炫之昏，鹿马得以混陈，强师姑为男道；雌雄可从互指，捏婆塞为优夷。桑濮之秽德以加主母，帷薄之丑行以激夫君。剑锋自敛，片舌利于干将；拘票深藏，柔嫚捷于急脚。若不诛心而论，周伯仁之死无由；第惟据迹以观，吴伯嚭之奸有辨。合律文威逼之条，绞无所枉；抵匹妇含冤之缢，死有余辜。

招稿上的最终判决文字是：施氏（珍哥）"合依威逼期亲尊长致死者律，绞，秋后处决"；晁源"依威逼人致死为从减等，杖一百，流三千里"；伍、邵二差"合依诈骗官私以取财者，计赃以盗论……杖一百，流三千里"；海会、郭氏"合依不应得为而为之、事理重者律，杖一百"。

不过除了施氏死罪不减外，晁源及伍、邵二差"杖一百、流三千里"都减为"杖八十，徒五年"；海、郭二尼的"杖一百"也减为"杖七十"；理由是这五人"有《大诰》减等"。

原来，明太祖朱元璋亲自制定刑典，于洪武十八年（1385）发布《大诰》，将官民犯法的典型案例编辑成册，以诰文形式诏告天下，称为《大诰》。当时规定，《大诰》每户一册，要家传户诵。百姓若遭受官府欺压、沉冤不能昭雪者，可以"叩阍鸣冤"，这本《大诰》便是畅行无阻的通行证！而官民若犯笞、杖、徒、流等罪，家中有《大诰》者，罪减一等；无《大诰》者，罪加一等！——不过家家有《大诰》的设想，后来并未付诸实施。而"有《大诰》减等"的规定，也流于形式，成为普遍减刑的一种口实。

二差人及二尼姑各交"民纸银"二钱。晁源则交"官纸银"四钱，外加赎罪银"折纳工价银二十五两"（据《福惠全书》载，"杂犯五年者"交"赎银二十五两"，或改纳相应的米谷数）。两尼姑各交杖罚赎银一钱五分（这个远低于《福惠全书》的记录，按说杖七十应交赎杖银三两五钱）。

伍、邵二人因"原诈晁源二百两，非本主告发之赃，合追入官"。晁源的监生身份也"报部除名"。伍、邵也"革役另募",丢了差事。计家原来做陪嫁的一百亩地,勒令晁源退还计家耕种。

然而案子还没完。这一行人,原、被告连带证人十多人,还有跑不完的路,过不完的堂。——这还是遵循"三驳成招"的老例。在明代,重大命案由本县审判后,还要押解原被告及证人一行,同到上级衙门及左近几个县复审,以示对人命的高度重视。其实哪个肯认真对待?全都是走过场,只是折腾这一伙打官司的。

及至赶到临清巡道过堂时,恶吏邵次湖已于半路伤重身亡。巡道又问了一堂,动了刑罚,晁源二十大板,珍哥二十五板,伍小川一拶二百敲,两个姑子也每人一拶。用刑已毕,公文批回东昌府。

为养刑伤,一行人在临清住了十几日。再赴东昌府时,恶差伍小川也在路上一命呜呼。下面几站则是聊城、冠县、荏平,一路上打尖住店、赁车雇轿,以及杀鸡打酒、叫妓姐款待解差,所用银钱,全由晁源包办。单是半路央求差人放开"手柸",晁源就每人送了二十两!

女牢里盖起大瓦房

晁源的"有力徒罪"交纳了赎金,便可讨保回家了。珍哥的死罪却是要坐牢的。好在晁思孝替儿子挣了花不完的"造孽钱"!

晁源派人给监中的珍哥送酒食、铺盖及换洗的衣裳，又让仆人晁住拿了许多银子到监中打点："刑房公礼五两，提牢的承行十两，禁子头役二十两，小禁子每人十两，女监牢头五两，同伴囚妇每人五钱。"——这里面的"等级经济学"，不是谁都能弄懂的哩！

钱一抛撒，效果立竿见影，"打发得那一干人屁滚尿流，与他扫地的、收拾房的、铺床的、挂帐子的，极其掇臀捧屁，所以那牢狱中苦楚，他真一毫也不曾经着"。第二天早上，晁源又送进去许多"合用的家伙什物并桌椅之类"。这以后，一日三餐、茶水果饼，往里面"供送不断"。

不久县里来了位姓柘的新典史，听说狱中有珍哥这样"一块肥肉"，也寻思要"大吃他一顿"！一日掌灯后，自己拿了钥匙下去查监，先到女监中，见别的房里都暗如地狱，唯独这间牢房"糊得那窗干干净净，明晃晃的灯光，许多妇人在里面说笑"。推门进去，眼前景象让他一愣：

> 只见珍哥猱着头，上穿一件油绿绫机小夹袄，一件酱色潞绸小绵坎肩，下面岔着绿绸夹裤，一双天青纻丝女靴，坐着一把学士方椅，椅上一个拱线边青段心蒲绒垫子。地下焰烘烘一个火炉，炖着一壶沸滚的茶，两个丫头坐在床下脚踏上；三四个囚妇，有坐矮凳的，有坐草墩的。（《醒世姻缘传》，14回）

柘典史见状大怒，说："这也不成个监禁，真是天堂了！"嚷着要打禁子，命令把珍哥"上了匣床"——那是一种状如木床的刑具，囚犯仰卧其上，头及手脚紧紧束缚，不能转动，痛苦万分！

　　处置完毕，典史出监上马，带着人往四城查夜。这里早有人把典史下监的事飞报给晁源，叫他赶快"打点"。晁源一听，吃惊不小。及至听说典史正在城中查夜，"就如叫珍哥得了赦书的一般"，立时让家中备办酒席，准备银子，在厅上点了明晃晃的蜡烛，又生起火来。

　　不多时，果见典史带着衙役沿街而来。晁源让家人勒住典史的马，自己上前深深一躬，说："治生伺候多时了，望老父母略住片时，不敢久留！"——这典史在冬夜的寒风中"走了许多寡路"，乍到一个"有灯有火有酒又有别样好处的一个天堂里面"，"觉得甚有风景"。晁源与典史"递酒接杯"、殷勤款待，口里"老父母长，老父母短"，奉承话不嫌肉麻，说得典史"抓耳挠腮，浑身似撒上了一升虱子"一般。

　　典史主动提起狱中的特殊女囚，晁源也故作惊讶说："这只怕是小妾！因有屈官司，问了绞罪，陷在监内……因连日要备些孝敬之物，备办未全，所以还不曾敢去奉渎，容明早奉恳！若适间说的果是小妾，还乞老父母青目！"

　　典史临走，夸说酒美。晁源答应随后送酒给他，还特别强调："老父母当自己开尝，不可托下人开坏了酒。"典史心领神会，作谢辞出。一回衙即命将珍哥"开了匣"，放回监房。

第二天一早，晁源预备了两个"圆混大坛，妆了两坛绝好的陈酒"，每个坛子里装了四十两银子。为了讨他家"内里"的喜欢，又在一个坛子里放了"一副五两重的手镯"，另一个坛子里放上"每个一钱二分的金戒指十个，使红绒系成一处"；另外又是两石稻米，写了"通家治生"的礼帖，派仆人晁住送去。又拿了十两银子，当着典史的面犒赏衙门众人。

典史叫人把酒另倒在别的坛内，底下倒出"许多物事"。典史老婆"见了银子倒还不甚喜欢，见了那副手镯，十个金戒指，又是那徽州匠人打的，甚是精巧，止不住屁股都要笑的光景"！——此后珍哥在狱中的待遇，不问可知。

有了银钱，没什么不敢想象的。过了年，天气渐热，珍哥与众囚妇同住，臭虫蚤蚤一天天多起来。晁源异想天开，要在狱中空地上另盖一间房子给珍哥住；跟典史一商量，回答竟是"这事不难"！

待县官升了堂，递了一张呈子，说女监房子将倒，乞批捕衙下监估计修理。典史带了工房逐一估计，要从新垒墙翻盖，乘机先与珍哥盖了间半大大的向阳房子：一整间拆断了做住屋，半间开了前后门，做过道乘凉。又在那屋后边盖了小小的一间厨房，糊了顶格，前后安了精致明窗；北墙下磨砖合缝，打了个隔墙叼火的暖炕。另换了帐幔、铺陈、桌椅、器皿之类。恐怕带了臭虫过来，那些褪旧的东西都分与众人。可着屋周围又垒了一圈墙，独自成了院落，那伏侍丫头常常的替换，走进走出，通成走自己的场园一般，也绝没个防闲。

这样的情节，乍看上去怵目惊心，细想却也并不新鲜：有钱能使鬼推磨！当执法者被金钱俘虏时，所爆发出的想象力、创造力往往是惊人的！他们自有一套办法，可以把违法的勾当做得合理合法、天衣无缝！

营造新房的理由是正当的：女监成了危房，乞请上级派人到监中进行评估，订出整修计划。而收下两坛"陈酒"的典史又亲自参与"工房"的设计施工，"逐一估计"，拆旧营新。于是一座宽敞向阳、外带厨房过道的独立别墅、特殊监房，也就顺理成章地在狱中落成。一切都在法律秩序的范围内进行，找不出丝毫破绽——不过典史宅中不免又添一两坛"陈酒"，也是可想而知的！

作为犯人家属，晁源与典史早已成了"相知"，平日出入监房，如蹚平地。那些禁子见了晁源，"就是驿丞接老爷也没有这样奉承"。晁大舍出手大方，四时八节都有赏赐，"年节间共是一口肥猪，一大坛酒，每人三斗麦，五百钱，刑房书手也有节礼"。

四月初七日是珍哥的生日，晁大舍让人抬了两坛酒，蒸了两石麦的馍馍，做了许多嘎饭，运到监中"大犒那合监的囚犯，兼请那些禁子吃酒"。

太阳落山时，典史外出接官，回到衙中，只听得监中唱曲猜枚之声嚷做一团。他急忙拿钥匙进去，见禁子、囚犯个个吃得烂醉，连典史来了都不认得了！晁源躲进屋里，不好出来相见。典史只好

金粟儒林篇——从清代说部看士人生活

把珍哥唤到院门前，好言劝说："有酒时，宁可零碎与他们吃。若吃醉了，或是火烛，或是反了狱，事就大不好了。"——吃了人家的嘴短，拿了人家的手软。收了晁源的银子，高高在上的典史也只好给人看家护院，当狗使唤！

珍哥：一个至死不悟的"娼妇"

晁思孝遇上了为难事：一来儿子吃了官司，儿媳押在死囚牢；二来戏子胡旦、梁生遭到通缉，躲到衙中来，这让晁思孝心惊胆战。他巴望着跟儿子商量个对策，儿子也正在这时"神兵天降"——晁源是进京替珍哥找门路、求"分上"的。

晁源留下仆人晁住两口子照看珍哥，辞别典史时，又送了十两银子"别敬"，给了捕衙人役二两银子"折酒饭"；又送典史老婆一对玉花、一个玉结、一个玉瓶和一匹一树梅南京缎子。第二日与珍哥分手时，又给禁子们留下五两银子，作为端午节的犒劳。——然而此一去，他跟珍哥的缘分尽了。

进京后，珍哥渐渐被晁源抛在脑后。晁源每日一心帮爹爹捞钱，干那昧心的勾当。又不顾胡、梁对晁家的恩德，榨干了两人的积蓄后，将他俩逼入寺院当了和尚。晁源又忙着应付提亲人，在参政小姐和侍郎千金之间举棋不定。

接着又发生了几件大事：晁思孝因贪污国帑被弹劾，上下打点，落了个"冠带闲住"，即免掉官职，保留官员身份，回家反

当官做吏，鲜不为利

省。罢官不久，晁老就一病而亡。正赶上夏收，晁源住在雍山庄，亲自督责割麦。其间又与皮匠小鸦儿的老婆唐氏勾搭成奸，被小鸦儿撞见，双双割了头——混世魔王晁源的一生，至此了结！（《醒世姻缘传》，19回）

晁源死了，珍哥的故事还没完。晁家如今由晁夫人当家，她重整家业、安定族人，也没忘记照顾监中的珍哥。先把伺候珍哥的晁住夫妇及两个丫环叫回，只雇了一个囚妇服侍她；每月支给五十斤麦面，一斗大米，三斗小米，十驴柴火，另加四百五十文菜钱。逢到节日寿诞，家中随时送些点心菜肴，冬夏与她添补衣裳。

十月初一晁夫人生日，珍哥在监中做了一双寿鞋托人送来。晁夫人颇受感动，叫人收拾了一大盒馍馍、一大盒杂样果子、八大碗嗄饭、一只熟鸡、半边熟猪头、一大瓶陈酒，叫人给珍哥送去——也是犒劳禁子等人。

此时柘典史已升官离任，有个刑房书手张瑞风霸住了珍哥。冬至那日，县官不在城中，典史也外出吃酒。一更时分，女监突然起火，恰只烧了珍哥的住房，火中一具女尸，除了珍哥又会是谁？张瑞风及禁子都因此挨了板子。

晁夫人得知，掉了几滴泪。花二十两银子买了棺木，将珍哥装殓停放，请人念经超度。又用三两银子买了一亩五分地葬了（《醒世姻缘传》，43回）——娼优出身的女子，自然不能葬入祖坟。

武城县有个叫程谟的，以洗补网巾为业，兼带"鼠窃狗盗"的勾当。他与厨子刘恭为邻，因琐事争斗，竟将对方打死。后被差人解往东昌府受审，眼看要过堂，他借口解手，将两个差人骗到僻静处打死，逃出城去。

武城县派人缉拿程谟，知道他老婆在刑房书手张瑞风家管碾子，便前往查看。差人在张家没找到程谟的老婆，却见屋内有个三十以下的妇人，极像当年女监里被烧死的小珍哥！

此人正是珍哥！当年张瑞风将算卦人程捉鳖的老婆灌醉，把她移到珍哥炕上，然后放起火来。一面叫珍哥女扮男装，"戴了帽子，穿了坐马，着了快靴"，由张瑞风及三个禁子掩护着，趁乱逃出，从此藏在张瑞风家，对外只说在临清娶的妾——至今已有九年光景！

案子断明，张瑞风问了斩罪，三个禁子问了徒罪。张瑞风挨了六十板，"棒血攻心"而死。珍哥也挨了六十板，将养一个月，居然"复旧如初"。第二年按院提审，珍哥没有盘缠，央一个禁子到晁家讨要，晁家丢了二两银子给她——在晁夫人看来，晁家与珍哥的恩义，在当年埋葬"她"时已经断绝。

珍哥被解到按院，又打了四十板。这回她没熬过来，押回武城时，死在路上。仍由晁家发送，埋在程捉鳖老婆的坟旁。

照小说作者的评论，珍哥到晁家"前后里外整整作业了一十四年，方才这块臭痞割得干净。可见为人切忌不可取那娼妇，不止丧了家私，还要污了名节，遗害无穷"！

作者这话，显然是说给乡宦士大夫听的。在他们眼中，"娼妇"珍哥是被排除在"正经人"之外的。然而寻根溯源，谁生来就是

"娼妇"？还不是因为家中贫穷，才被卖入戏班，吃了这碗饭？彼时娼、优不分，俱为下九流，供富贵人家取乐，受尽侮辱糟践，原也是可怜人。

小说第8回写珍哥听信仆妇传言，嗔怪晁夫人背地骂她，大闹起来："碰吊了鬏髻，松开了头发，叫皇天、骂土地，打滚、碰头，撒泼个不了。"作者在此有一段议论：

> 看官试想，他那做戏子妆旦的时节，不拘什么人，捋他的毛，搣他的孤拐，揣他的眼，啃他的鼻子，淫妇穷子长，烂桃歪拉骨短，他偏受的，如今养成虼蚤（引者注：跳蚤，形容性情暴躁，一跳多高。）性了，怎么受得这话？

作者如此提示，是要引起"看官"对珍哥的鄙视与厌憎，却无意间透露了珍哥从前境遇的悲惨。

这个女人嫁给晁源后的一切乖张与跋扈，恐怕都是下意识地补偿此前所受的委屈，尽管这隐性的心理创伤，连她自己大概都不曾知觉。不错，她确实获得了丈夫的宠爱，享尽了物质生活的豪奢，但仍难补偿她最缺乏的东西——良家妇女的名声与尊严。

初次拜见公婆时，她"四双八拜磕了一顿头"，却只得了二两银子的"拜钱"；面儿都没露的正头娘子计氏，却从婆婆那里获得不下百金的厚赐！妻妾嫡庶的差别，在这里明码标价如此刺心扎眼！——珍哥对计氏的敌意，也深深在心中扎了根！

六月六珍哥造谣计氏"养汉"时，在"肥头大耳朵的道士，白胖壮实的和尚，一个个从屋里去来"之后，还有几句："……俺虽是没根基，登台子，养汉接客，俺只拣着那像模样人接；像这臭牛鼻子臭秃驴，俺就一万年没汉子，俺也不要他！"——珍哥无法漂白自己卑污的历史，只能把更脏的污水泼到对方身上！她甚至在刹那间产生幻觉，认为自己所说的一切都是真实发生的：这一回，她终于站上了道德的高坡！

然而直到计氏死后，珍哥也没能超越计氏。城里孔举人死了，晁家没有女眷去吊孝。珍哥穿戴齐整，兴冲冲地坐了晁源的大轿，在养娘丫头的前呼后拥下前去吊唁。在孔家二门内下了轿，举人娘子忙出来迎接，"认得是珍哥，便缩住了脚，不往前走"。珍哥在灵前行过礼，举人娘子"大落落待谢不谢的谢了一谢，也只得勉强让坐吃茶"；说了一些不尴不尬的话，羞得珍哥"脸就如三月的花园，一搭青，一搭紫，一搭绿，一搭红"。出门时，举人娘子连送都没送。

珍哥大概到死也没闹明白，她的对头不是嫡妻计氏，也不是举人娘子，而是人分九等、妻分嫡庶的尊卑制度！她最终也死在这上头：计氏之死，虽跟珍哥有关，却非珍哥刀砍绳勒直接导致的。珍哥虽不能脱罪，也不致偿命。然而放在嫡庶、主奴的等级背景下，判珍哥死罪，也便是天经地义的了！

这个半生以色事人的女子，在判刑收监后，借着丈夫的财、张瑞风的势，又苟活了十年。晁源一死，张瑞风事发，珍哥借以庇护的财势就此完结。这一回，她的死真的无可挽回了！

吏役：唤不醒的作恶群体

武城县贪官胡大尹遭了"现世报"，手下的爪牙也都不得好死！伍小川、邵次湖在计氏案中各得赃银一百两；一旦遭到清算，不但原赃退赔，还遭受严刑拷打，先后挨板子遭夹棍，脚骨全都敲折！在解往临清的路上，邵强仁"恶血攻心"，一阵阵昏迷，喝了一碗冷水，就此一命呜呼！

伍小川则一路呼疼不止，到了巡道衙门，又是"一拶二百敲"，虽未当场毙命，却是"一日两三次发昏"，两腿及手脚"白晃晃烂的露着骨头"，雇了六个人，分两班用门板抬着，最终死在解往东昌的路上！

不过在社会大众中，差役似乎是另类群体，从业者不但没有"物伤其类"的悲悯，甚至连"兔死狐悲"的动物都不如！眼瞅着伍、邵两个同行日夜呼疼、求死不得，押解的差人们竟无动于衷，依旧"欢天喜地"地享受着囚犯们的供奉。住店时"叫杀鸡，要打酒，呼了几个妓姐，叫笑得不了"。进了临清城，寻了住处，吃晚饭时，"差人仍旧嫖娼嚼酒个不歇，看了那伍小川、邵次湖的好样，也绝没一些儆省，只是作恶骗钱"！

很显然，鱼肉囚犯、肆意作恶，是这个行当的"工作常态"；在他们看来，伍、邵二人案发受惩，是百不逢一的特例，很难对他们形成威慑。——而差役们鱼肉百姓、渎职玩法的种种恶行，在另几部小说中也有揭示。

各位还记得，《儒林外史》中的蘧公孙曾从钦犯王惠手中得到一只旧枕箱，后来又将枕箱交给丫头双红盛花儿、针线，并随口向双红讲述了枕箱的来历。日后双红与男仆潜逃，被差人拿获后，临时拘禁在差人家。

双红、宦成身无分文，商议着拿枕箱卖几十个钱吃饭。双红半知半解地说：“……又说皇帝要他这个箱子，王太爷（引者注：王惠）不敢带在身边走，恐怕搜出来，就交与姑爷（引者注：蘧公孙）。……我想皇帝都想要的东西，不知是值多少钱？”

这话被门外的差人听见，一脚踢开门，骂道：“你这倒运鬼！放着这样大财不发，还在这里受瘟罪！”——王惠是朝廷缉拿的钦犯，他的东西便是“钦赃”。蘧公孙“交结钦犯，藏着钦赃”，一旦被人揭发，便是充军杀头的罪过；这也正是差人们拿住把柄、讹人钱财的好机会！

这差人找到一位老差人商议，问：“事还是竟弄破了好，还是‘开弓不放箭’大家弄几个钱有益？”被老差人啐了一口：“这个事都讲破！破了还有个大风？如今只是闷着同他（引者注：指蘧公孙）讲，不怕他不拿出钱来。还亏你当了这几十年的门户，利害也不晓得！……”

这里所说的“讲破”，是指直接向官府告发，那结果是蘧公孙受惩，而经办的差人则无利可图。“闷着同他讲”，是把事情瞒下来，暗中跟事主谈判，以"弄破"为要挟，诈取钱财。

差人没找到蘧公孙，却找到蘧公孙新结识的朋友马二先生，从他那里榨出九十多两银子，又让马二代蘧公孙写了张"婚书"，上写收到身价银一百两，算是将双红断给宦成。

差人将银子和婚书拿回，"把婚书藏起，另外开了一篇细账，借贷吃用，衙门使费，共开出七十多两，只剩了十几两银子递与宦成"。

宦成嫌少，被差人骂了一顿："你奸拐了人家使女，犯着官法，若不是我替你遮盖，怕老爷不会打折你的狗腿？我倒替你白白的骗一个老婆，又骗了许多银子，不讨你一声知感，反问我找银子！来！我如今带你去回老爷，先把你这奸情事打几十板子，丫头便传蘧家领去，叫你吃不了的苦，兜着走！"宦成被骂得闭口无言，忙接了银子，千恩万谢，领着双红到他州外府谋生去了。（《儒林外史》，13 回）

奇怪的是，书中那张婚书被差人藏起，并未交给宦成，莫非这东西还另有他用？——没有婚书，宦成与双红终是非法夫妻，一旦旧主人找上门来，告到官府，宦成仍难逃拐带妇女的罪责；双红作为逃奴，也难免被送回主人家。到那时，差人手里这张婚书，至少又能兜售几十两银子，买主是谁，不言而喻。——这正是吴敬梓的叙事风格，在简练的笔墨下，隐藏着不尽之意，有待读者去开掘、"脑补"！

在枕箱案中，还有个插曲：差人正向宦成面授机宜，有个人从门前过，跟差人打声招呼。差人尾随而去，听那人口中抱怨说：自己挨了打，又没有外伤，无法告到官府；待要自造伤痕，又怕被官府验出。差人听了，悄悄捡起一块砖头，凶神般上前，将那人头上一打，顿时鲜血直流。那人正在惊诧，差人说："你方才说没有伤，这不是伤么？又不是自己弄出来的，不怕老爷会验，还不快去喊冤哩！"那人顿时醒悟，"着实感激"，谢了差人，用手把血一抹，"涂成一个血脸"，往县衙喊冤去了。——这一砖头不白砸，将来打赢了官司，这"苦主"还要沽酒买肉，感谢行凶的差役呢！

一支小插曲，写出蠹吏玩法手段之纯熟，可谓信手拈来、花样百出，又富于"创造性"——在帝制时代，这支打着法制旗帜的执法队伍，似乎又专为违法玩法、借法牟利而存在着！

官、吏矛盾几时休

《儒林外史》中的几个差人，《醒世姻缘传》中的伍小川、邵次湖，都属于"吏"的范畴。

"吏"本是古代官员的通称，如六部之一的吏部，便是职掌全国官员任免、考课及升迁的中央机关。——不过我们这里所说的"吏"，专指官署中的当差者，又称"吏役"，即素常说到的"书办、门子、快手、皂隶"（《醒世姻缘传》，91回）。举凡州县官府中的书写、狱讼、遣发、账目等职能，均由他们来具体操办执行。

在古代，官与吏流品不同，差距很大。官称"官人"，属于士大夫阶层；吏称"公人"，属于庶民（"小人"）。官员是由科举、恩荫出身，吏则无缘参加科举考试。宋太宗时，有吏参加科考、进士及第；太宗得知，命收回"敕牒"，"勒归本局，禁吏人应举"(《续资治通鉴》)。

至明清，不但吏役本人不能应举，其后代子孙也受到限制。明清童生考试要取廪保，内容之一便是保证考生家世清白，上三代没有"娼优隶卒"——"隶"即吏役中地位最低下者。

不错，"吏"又有分工等级的差异。一般而言，州县官府设有吏、户、礼、兵、刑、工六房，各房有司吏、典吏，下面又有书办等。这些人也都读书识字，并具有相关专业知识，在衙中职掌文案，负责处理日常政务，即所谓"处官府、职簿书"者。——《醒世姻缘传》中替晁源拟写"招稿"的刑厅书办，偷劫珍哥的刑房书手张瑞风，《儒林外史》中的潘三等，皆属此类。

另有一种"任奔走、供役使"者，档次更下一等，称皂隶，称门子，干的多半是"体力活"，包括催征赋税、缉拿人犯、刑求审讯、递送公文、押送囚徒财物、看监守库、随侍长官等，属于"吏役"的"役"，《醒世姻缘传》中的伍小川、邵次湖，即其代表。

官与吏役的不同，还体现在薪俸待遇上。官的俸禄不高，却是由国库拨给的。人们笑称县令是"七品芝麻官"，其实在县令之下，还有正八品的县丞、正九品的主簿、从九品的巡检以及未入流的典史——典史虽属品外，仍然是官，要由吏部铨选，皇帝任命。国库每年拨给三十六石俸米（明代）或三十一两俸银（清代）。县丞、主簿缺位，可由典史兼领；因为他是"朝廷命官"。至于吏役，虽属官府在编雇员，也领取一定的"工食银两"，但多半是由赋税中开支，由本县纳税人供养。

明代京师宛平县知县沈榜，写过一本《宛署杂记》，详细记录宛平县的政治、经济、地理、风俗等资料。其中"职官"一卷，详述县中官、吏设置，连同吏役的"工食银"数额，也有记录。

据书中说，宛平作为京师大县，级别比普通县高一级，知县为正六品。下设县丞二员、主簿一员，也都比他县高一级，唯有典史仍无品级。

官以下，有"吏"三十八名，包括六房及马科、匠科、铺长司、架阁库等部门的司吏、典吏。这些人的一般待遇，是"月支禄米六斗"，一年合米七石二斗。

另有"书办"十八名，分在各房，每名每年工食银七两二钱，与"月支六斗"相近。这些开支，多在"条鞭""空丁银""课程银"等赋税中列支。——其中"取供书办"待遇高于他吏，为年工食银十二两。"取供"当即求取供词，或因责任重大，所以待遇相应较高吧？

吏之下为"皂隶"，共四十九名。其中供知县支配的二十七名，两位县丞及一位主簿手下各六名，典史手下为四名。每年每人工食银三两二钱，后增至四两二钱。另有六名"门子"，工食银略高，为三两六钱，后增至四两六钱。——门子是专门"侍茶捧衣"、伺候长官的，如同后世的勤务兵。

此外又有粮仓"斗级"六名，"更夫"五名，"闸夫"十名等，都是向民间雇募的。工食银多少不等。如更夫工食银为每年七两二

当官做吏，鲜不为利

钱，与书办相同，比一般皂隶、门子要高——大概因为更夫拿的是"死钱"、无处寻外快吧？

总的说来，一县上下官、吏都算在内，大概没人能靠俸禄、工食银养家糊口。清代七品知县的岁俸只有四十五两，六品也只有六十两。尽管自雍正朝始，官员有了"养廉银"，知县一年的养廉银为六百至一千多不等，结果却是愈发刺激了为官的贪欲，加大了官吏之间的矛盾。——封建王朝制定的薪俸制度，从一开始便为贪腐留出"后门"，后来的任何肃贪行动，也只是扬汤止沸而已！

官与吏的矛盾，始终是封建统治的老大难问题。位卑权重，是这伙吏役的重要特征。在上官面前，他们是毫无尊严、待遇低下的奴才；在百姓及罪犯面前，他们又是官威与法律的代表；因而有着假公济私、上下其手、玩法蠹律的条件，甚至在某种程度上握有生杀之权！在这种扭曲的体制下，对他们提出过高的道德要求，渴求他们成为心怀悲悯的君子、临财毋苟取的圣人，当然只能笑谈！

官员三年一任，来去如走马灯。而"吏书皂快"则是长年盘踞，甚至父子相继。他们与地方豪绅及恶棍相勾结，把持衙门，包揽一切。遇上长官懦弱，他们便毫无忌惮，"恣为不法"。遇上上级严苛，他们又"朋谋暗算"，甚至布眼线、找碴口，"恐吓多端"。

对此，一般官员即便不肯与之同流合污，也只好睁一眼闭一眼，听任其"侵蚀钱粮，凌虐良懦"（《福惠全书》）。其实此种痼疾在宋代已经形成。不止一位有识之士惊呼当时的社会是"公人世界"！——而地方官能否有所作为，也主要看他能否降服这班人，为己所用。

在《儒林外史》中，进士王惠接任蘧太守，做了南昌知府。第8回，刚一上任，便有如下一番举措：

> （王太守）钉了一把头号的库戥，把六房书办都传进来，问明各项内的余利，不许欺隐，都派入官。三日五日一比。用的是头号板子，把两根板子拿到内衙上秤，较了一轻一重，都写了暗号在上面。出来坐堂之时，吩咐叫用大板，皂隶若取那轻的，就知他得了人钱了，就取那重板子打皂隶。这些衙役百姓，一个个被他打得魂飞魄散。合城的人无一个不知道太爷的利害，睡梦里也是怕的！

看来，王太守深谙为官之道，对衙中吏役欺上瞒下、徇私舞弊的故伎了如指掌，一上任便来个先发制人、以毒攻毒。他的手段果然奏效，由于搜刮有方，挤干了众吏的"油水"，自然是政绩卓著。不到两年，便以"江西第一个能员"的口碑而升了官——尽管他后来做了伪官，结局悲惨，但他整刷吏治的魄力、对付蠹吏的手段，却也并非一无是处！

跟着潘三爷做点"有想头的事"

《儒林外史》中有个潘三，是匡超人同村保正潘老爹的堂弟，

"在布政司里充吏"——"布政司"即布政使司，在清代是管理一省民政财政的衙门，衙中最高长官为布政使，是从二品的大员，又称"藩台"。潘三的身份，应是高于皂隶的吏，背靠布政司衙门，狐假虎威，财路宽广。

匡超人初到杭州，拿了潘保正的书信去拜访潘三，赶上他不在家，家人说他"前几日奉差到台州学道衙门办公事去了"。几天后，潘三回来，到匡超人寓居的书店回访，并带他到街上饭店吃饭。饭店里的人见"潘三爷"光临，"屁滚尿流"、殷勤招待，饭钱只是记账，全不计较。这让匡超人见识了吏的威势与风光。

潘三见匡超人跟省城一班作诗的"名士"来往，不免带着教训的口吻说："二相公，你在客边要做些有想头的事，这样人同他混缠做甚么？"

这"有想头的事"，匡超人头一次到潘三家就遇上两件。先是有人来说事：乐清县有个叫荷花的使女，从大户人家逃出，落在一伙光棍手里，被县里快手解救，要解回乐清主人家去。杭州这边有个姓胡的财主，看上了荷花，要出二百两银子将她弄到手。

另一件事是有个乡里人叫施美卿，想把守寡的弟媳卖给姓黄的客人，收了黄家的银子，约好来抢亲；不巧误将施美卿的妻子抢去。施美卿告到官里，黄家不愿放人，但因未立婚约，所以托人来说，想弄一份官家认可的"婚书"。

潘三把匡超人引到后面楼上，先起草一张婚书稿，让匡超人抄写了——当然是张假婚书，但由潘三出具，假的也就变成了真的。

吃过晚饭，潘三又在灯下口念内容，让匡超人书写回批，内容是乐清县已将逃奴荷花接收，并盖上乐清县的大印——假批文自然盖假印，那印是用豆腐干私刻的！潘三又取出朱笔，让匡超人写一个"赶回文书的朱签"，这是用来把已经押解上路的荷花追回，以便交给胡姓财主。

事情完毕，潘三拿出酒来与匡超人对饮，夸耀说："像这都是有些想头的事，也不枉费一番精神。和那些呆瘟缠甚么！"

果然，第二天一早，两处的银子都送来了。匡超人不费吹灰之力，就分得了二十两。此前他焚膏继晷批了三百篇文章，也只得了二两"选金"，连带附赠的样书，报酬也不过十二三两！——此后潘三有什么事，总要带着他，分几两银子给他。匡超人"身上渐渐光鲜"，与那些名士也渐渐疏远了。

日后在潘三的安排下，匡超人又干了件"大事"。有个叫金东崖的，想让一字不通的儿子金跃进学，准备拿五百两银子找个替考的"枪手"。——金东崖是有门路的，所以是这个价格；否则，那年头一个绍兴的秀才"足足值一千两"！

潘三听了，立时应允，因为他的小兄弟匡超人就是最好的枪手人选！讲好条件，对方将五百两银子封在当铺里，另拿三十两银子做"盘费"。届时潘三陪着匡超人过钱塘江来到绍兴府，寻个僻静巷子寓所住下。匡超人与考生金跃年貌不同，如何混入考场呢？潘三自有办法：

次日，李四带了那童生来会一会。潘三打听得宗师挂牌考会稽了，三更时分，带了匡超人，悄悄同到班房门口。拿出一顶高黑帽，一件青布衣服，一条红搭包来，叫他除了方巾，脱了衣裳，就将这一套行头（引者注：戏装。这里指高黑帽，青布衣、红搭包的一套皂隶制服）穿上。附耳低言，如此如此，不可有误。把他送在班房，潘三拿着衣帽去了。

交过五鼓，学道三炮升堂，超人手执水火棍（引者注：差役所拿上黑下红的棍子），跟了一班军牢夜役，吆喝了进去，排班站在二门口。学道出来点名，点到童生金跃，匡超人递个眼色与他，那童生是照会定了的，便不归号，悄悄站在黑影里。匡超人就退下几步，到那童生跟前，躲在人背后，把帽子除下来与童生戴着，衣服也彼此换过来。那童生执了水火棍，站在那里。匡超人捧卷归号，做了文章，放到三四牌才交卷出去，回到下处，神鬼也不知觉。（《儒林外史》，19回）

靠着冒充差役，匡超人轻易混入考场，完成了替考任务。凭借他的聪明以及多年苦读的根底，"发案时候，这金跃高高进了"。——匡超人得了"笔资"二百两，用这笔钱娶妻典房，成家立业，着实感念潘三。

不过好景不长，不久就传来潘三被捕的消息。匡超人亲眼看到捕人的"款单"，说潘三"本市井奸棍，借藩司衙门隐占身体，把持官府，包揽词讼，广放私债，毒害良民，无所不为……"，具体罪行开了十几款："一、包揽欺隐钱粮若干两；一、私和人命几案；一、短截本县印文及私动硃笔一案；一、假雕印信若干颗；一、拐带人口几案；一、重利剥民，威逼平人身死几案；一、勾串提学衙门，买嘱枪手代考几案；……"潘三所作所为，几乎便是旧时吏役枉法作恶的缩影！

潘三被捕，也是官、吏较力，整肃吏治的结果。由"抚台"颁下访牌，县令亲自督办。——吴敬梓生活在清中叶，对贪官蠹吏枉法徇私的种种怪现状早已见惯不惊。不过他不能原谅读书人的堕落，因而在匡超人与潘三之间，他的褒贬倾向颇值得玩味。

匡超人听说潘三东窗事发，便借口进京谋官，逃之夭夭。考取教习回杭州"取结"（领取地方官府的证明文书），刑房蒋书办向他转达潘三的请求，想在狱中会会他，"叙叙苦情"；却遭他一口回绝，说什么"只是小弟而今比不得做诸生的时候，既替朝廷办事，就要照依着朝廷的赏罚，若到这样地方去看人，便是赏罚不明了"！又说："潘三哥所做的这些事，便是我做地方官，我也是要访拿他的。如今倒反走进监去看他，难道说朝廷处分的他不是？这就不是做臣子的道理了。……若小弟侥幸，这回去就得个肥美地方，到任一年半载，那时带几百银子来帮衬他，倒不值甚么！"

跟《醒世姻缘传》一样，《儒林外史》同是骂世之书。不过吴敬梓最不能容忍的，是读书人的虚伪。潘三身为胥吏，拟婚书、写批文，张口就来，也是读过几天书的；但与匡超人相比，毕竟是个"粗人"，人性中还带着些未经雕琢的质朴。他对匡超人十分大方，分赃时从不吝惜，又帮扶匡超人成家立业，恩义赛过兄长。

匡超人虽然熟读"四书"，却只学了句读辞章；侥幸进学后，更"添出一肚子势利见识来"，说起话来一派虚言浮辞，难掩那颗寡情冷酷之心！——同样是揭露官府黑暗、吏治腐败，这又是吴敬梓与西周生立论不同之处！

惹不起的书办

跟《醒世姻缘传》《儒林外史》一样，《歧路灯》的背景也是明代。嘉靖皇帝朱厚熜尊奉已故生父为兴献皇帝，并加睿宗徽号，特向天下颁布"喜诏"。喜诏内容除了蠲免历年欠粮、官员加级加薪、罪人刑罚减等之外，还有"保举天下贤良"一条，即由各府、州、县推举"贤良方正之士"，上奏朝廷，由礼部拣选任用。

喜诏传到开封祥符县，由县学牵头此事，议来议去，谭孝移成为保举首选。——谭孝移性格恬淡，对这类事并不关心。这让他的好友娄潜斋有些为难：这本是难得的好事，可要想办成，还须走一套繁琐的程序，没有银钱打点，是万万不能的。

娄潜斋此刻正在谭宅做西席先生，他背地跟谭家老仆王中及账房阎相公商议，从缎子铺新交的房租中"拆出"五十两来，作为打点费用。娄先生说："日后算账时，开销上一笔，就说是我的主意。"——阎相公有顾虑：我是关中人，口音不对，怎么去打点？王中说："如今银子是会说话的。有了银子，陕西人说话，福建人也省得！"娄潜斋听了，也不禁笑起来。

要打点的衙门很多，"学里，堂上，开封本府，东司里，学院里，抚台，这各衙门礼房书办，都要打点到"。——王中与阎相公把五十两银子分成十几个小封，一两、二两、三两、五两、十两的都有。

两人先到祥符学署，送了书办二两，又给了门斗一小封。再到县衙及府里，找到礼房书办，递上银封。众人收了钱，都满口应承，答应保举文书一到，立刻办理，决不拖延。布政司门房的书办叫钱万里，早知道谭家是个财主，又见是保举的事，"觉着很有些滋味儿"，便约了二人到家里面谈。

第二天王中、阎相公来到钱家，钱万里先给他俩"上课"，说前些时有一封候选文书，就因"分赀"（打点的银钱）上有些"歧差"，结果被驳回，三四个月了，还没办妥。

什么情况会驳回呢？钱书办说，这事"他们里头书办是最当家的"，只要贴个签，说文件某处"与例不合"，上面的大老爷没有不听的。即便处处合例，他们也有办法，例如说文件"纸张粗糙"，有一个字是"洗写挖补"的，不能向部里呈送，一下就驳了回去。一份文件要经历好几道衙门，盖不止一枚骑缝章，若要重新来过，少说也要一两个月！

钱万里又诉苦说，当个书办也不容易，领着有限的"工食"，只够"文稿纸张，徒弟们的笔墨"。到各级衙门办事，也都需要打点。并不是"宗宗文书"都有油水，全靠这种"恭喜的事"得几两

"喜钱"呢。

王中问:"分赍也得多少呢?"钱书办说:"别州县尚没有办这宗事哩,大约比选官的少,比举节孝的多,只怕得三十两左近。若要有人包办时,连大院里、学院里,都包揽了,仗着脸熟,门路正,各下里都省些,也未见得。约摸着得五十两开外。我看二位也老成的紧,怕走错了门路,不说花费的多,怕有歧差。"

王中、阎相公还上哪儿找这样的人去?马上捧出三十两银子交给钱书办,第二天又送过去二十两。有钱书办一手操持,谭孝移的一角文书"到府、到司、到院、到学院,各存册、加结、知会",办得格外顺畅!

消息传出,便有"走报的"到谭宅大门来贴大红喜报:"捷报。为奉旨事,贵府谭老爷讳忠弼,保举贤良方正,送部带领引见,府道兼掣擢用。"下面还写着小字:"京报人高升、刘部。"王中向阎相公讨了银封,赏了两人。

"部咨",即布政司发出给礼部的咨文,原件是要交被保举者自行携带进京的,钱书办"满身亮纱、足穿皂靴",郑重其事地亲自送上门来。谭孝移不在,仍是王中接待。钱书办说:"咨文是昨日晚鼓发出来的,我怕他们送来胡乱讨索喜钱,没多没少的乱要,所以我压在箱子里,今日……我亲自来送哩。"王中说:"自然有一杯茶仪,改日送上。"钱万里说:"不消,不消。我见你事忙,我也有个小事儿。今日晌午,还随了一个三千钱的小会,还没啥纳,我要酌度去。"

钱万里倒不是"没多没少的乱要",这是指明要三千钱！王中是"办过事体的人",哪能听不出来？立时从阎相公那里拿了三千钱送上。钱书办口称"必还、必还",得意洋洋出门去了。——钱书办的包袱里,还有五角咨文待送。他从前面的五十两中得了多少,不得而知；这趟送咨文,一二十两银子是稳拿到手的！

类似的事,孝移的儿子谭绍闻也遇上过。那是多年以后,绍闻随绍衣在海疆杀敌立功,皇上传谕"着兵部引见"。兵部的书办认为奇货可居,一味刁难。绍闻的好友盛希瑗在京坐监,暗中替他垫了二百四十两银子,这才得以引见。这件事上,书办以为谭绍闻"通了窍"；谭绍闻认为书办"转了环"。唯有盛希瑗心中暗笑:"此乃家兄之力也。"家兄,是孔方兄的别称也。

盛希瑗讲到部里的书办,说他们有十六字心传:"成事不足,坏事有余；胜之不武,不胜为笑！"——谭绍闻钦点黄岩知县,盛希瑗为他饯行,有一番忠告,其中说到"长随",讲得颇为透彻:

> 做了官,人只知第一不可听信衙役,这话谁都晓哩,又须知不可过信长随。衙役,大堂之长随；长随,宅门之衙役。他们吃冷燕窝碗底的海参,穿时样京靴,摹本(引者注:一种丝织物)元色缎子,除了帽子不像官,享用不亚于官,却甘垂手而立称爷爷,弯腰低头说话叫太太,他何所图？不过钱上取齐罢了！……宅门以内滥赌,出了外边恶嫖。总不如你家王中做

门上，自会没事。……（《歧路灯》，105回）

　　盛希瑗在前半部书中本是个无足轻重的角色，他哪里会有如此透彻的见解？这分明是宦海归来的李绿园，在向子弟传授为官之道呢！

君子之泽，五世而斩

不幸家庭也有相似处

俄国大文豪托尔斯泰有句名言："幸福的家庭总是相似的，不幸的家庭各有各的不幸。"——这话说得俏皮，却难称"放之四海而皆准"。

不幸的家庭就没有共同之处吗？父祖创下偌大家业，却没有好儿孙来继承，这恐怕是古今中外所有家庭（家族）的共同烦恼。中国传统文化以孝道为核心，认定"不孝有三，无后为大"。——历数明清说部，哪本小说讲的不是这个？

按下《醒世姻缘传》《儒林外史》《歧路灯》不表，来看看《三国演义》吧，那是元末明初的作品，在章回小说中出名最早。

《三国演义》第61回，写曹、吴在须濡交战，曹操见江东水军旗分五色、器甲鲜明，乃扬鞭遥指孙权曰："生子当如孙仲谋！若刘景升儿子，豚犬耳！"——这虽是小说家言，却有历史依据。曹操确实说过这话，见《三国志·吴书·吴主传》裴松之注："生子当如孙仲谋，刘景升儿子若豚犬耳。"

翻翻史书，这样的慨叹还有不少。孙权的哥哥孙策在父亲孙坚死后一度依附袁术，袁术手下大将都乐于跟他交好；袁术因而感叹说："使术有子如孙郎，死复何恨！"（《三国志·吴书·孙讨逆传》）再如五代时朱温败于李克用之子李存勖，惊呼："生子当如李亚子，克用为不亡矣！至如吾儿，豚犬耳！"（《新五代史·梁帝纪·太祖纪》）

这几声感叹，潜台词无非是：我的儿子不如人家！内中隐含着接班无人的焦虑与烦恼。

不错，跟曹操、刘备、孙策、孙权等一代开基创业的英豪相比，曹丕、刘禅、孙亮、孙皓等子孙辈，全都相形见绌，一代不如一代！

不过另一部小说名著《水浒传》似乎是个例外：梁山好汉只管自家"大块吃肉，大碗饮酒"，男女欢爱则成为山寨中不成文的禁忌，更谈不上繁衍后代！聚义后，豪杰们虽也有接家眷上山的，但书中无一字提及子孙后人。

这不奇怪。"食色，性也"，"饮食男女，人之大欲存焉"。先秦诸家不反对食色，是因为没有"食"，人的个体生命就要陨灭；少了"色"，家庭乃至族群也便断绝了繁衍之机。

不幸的是，梁山好汉还停留在摆脱饥饿、求得个体生存的"食"的层面上，个体性命尚且不保，又遑论家族发展？——不过宋江始终是有心人，在书中多次提出招安主张，屡屡叨念："如得朝廷招安……日后但是去边上，一枪一刀，博得个封妻荫子，久后青史上留得一个好名，也不枉了为人一世。"（《水浒传》，32 回）"……今日喜得朝廷招安，重见天日之面。早晚要去朝京，与国家出力，图个荫子封妻，共享太平之福……"（《水浒传》，82 回）

宋江文不如吴学究、公孙胜，武不如林教头、鲁智深，之所以能坐上头把交椅，一因擅使柔术，能团结大众；二因比别人目光长远，能多看几步。别人只顾眼前快活，他却看到未来的凄遑：自家被逼落草当了"强盗"，岂可让子孙世世为"贼"？——曹操刘备要把打下的江山传给子孙，宋江留给后辈的，则是要"封妻荫子"，还他们一个太平百姓的"清白"身份！

《金瓶梅》是世情小说的开山之作，书中的时、地空间，陡然从天下国家收缩到里巷家庭。主人公不再是逐鹿中原的雄主、扯旗造反的大王；但作为家庭的男主人，西门庆面临着同样的烦恼。

西门庆一生霸道，巧取豪夺，挣下"泼天"家业，只愁无人继承。尽管妻妾成群，在他生前只有李瓶儿为他诞育一子，还因妻妾间的妒害而夭折，这个家庭从此走了下坡路。西门庆死后，吴月娘生下遗腹子孝哥，最终也舍入空门。按书中的解释，那是为了消解西门庆造下的冤孽！

西门庆死后，妻妾星散，街坊四邻议论纷纷："……当初这厮在日，专一违天害理，贪财好色，奸骗人家妻女。今日死了，老婆带的东西，嫁人的嫁人，拐带的拐带，养汉的养汉，做贼的做贼，都野鸡毛儿零拃了。常言三十年远报，而今眼下就报了！"（《金瓶梅》，91回）

然而小说家的态度要冷静得多：即便恶劣如西门庆，也是阎浮世界的一条生灵，也有七情六欲、生老病死。其家族败落、断子绝孙，毕竟不是一桩值得拍手称快的事。而小说本来具有的喜剧、闹剧色调，在最后一刻，也因一个家族的寂灭而染上悲剧色彩。

几乎与《儒林外史》同时的《红楼梦》中，何尝没有那一声悠长的叹息？荣宁二府烈火烹油、鲜花着锦的家业，是"太爷们"出生入死、喋血沙场挣来的，而今贾家上下哪一个能承继祖业，光大

君子之泽，五世而斩

门楣？

宁国府家长贾敬毫无责任心，只顾自家炼丹修道，把偌大府第交给"不着调"的儿子贾珍管理。荣国府袭爵的大爷贾赦也只知玩古董、娶小老婆。貌似端方的贾政其实也很平庸，只能借贵妃女儿的光彩照耀门户。

贾政最有出息的长子贾珠过早离世，次子宝玉成长于妇人之手，厮混于内帏之间，后来索性随一僧一道飘然而去。庶出的贾环更是等而下之。——虽然续书作者极力消解书中的悲剧氛围，然而贾家后继无人的衰败气象，已是无可挽回！

同样的主题，在《醒世姻缘传》《儒林外史》《歧路灯》中，演绎得越发明显：没儿子的盼生麟儿，有了儿子又怕他走邪路，一心巴望他读书明理，光大门户，至少也要保住家业。然而冷酷的现实却是：孝子贤孙凤毛麟角，"不肖子弟"结队成群！——这也成为三部章回大作的共同主题。

半天挥霍两万多

《醒世姻缘传》中的两位主人公晁源和狄希陈，分别是"官二代"和"富二代"。两人自幼娇生惯养，不肯读书。后来虽然都援例纳监，狄希陈捐了官，但两人的表现着实令人失望：晁源年纪轻轻即死于非命、做了"风流鬼"；狄希陈则修身不力、齐家无方，唯一"亮点"是改换了门庭——也还是靠着父辈积累下的财富。

比较而言，晁源的败子形象更"丰满"。说起晁源的挥霍，书中的记述连篇累牍。单说那一回赶庙会吧，为了哄珍哥高兴，他花六七十两银子买回两件"宝物"，然而论实际价值，连一两银子也不到！

晁老升了通州知州，晁源以省亲为名，带着珍哥进京。捐了监生后，自己住在城内。腊月二十五，晁源到城隍庙会置办年货，"与珍哥换了四两雪白大珠，又买了些玉花玉结之类，又买了几套洒线衣裳，又买了一匹大红万寿宫锦"。这以后，有两件"奇异的活宝"吸引了晁源的目光，让他拔脚不得。

一件是一只大大的金漆方笼，笼内有一张小小的朱红漆儿桌，桌上放着一小本"磁青纸泥金写的《般若心经》"，另有一只芦花垫，垫上坐着一个大红长毛的肥胖狮子猫。那猫吃的饱饱的，闭着眼，朝着那本佛经"打呼卢"。

卖猫的人巧舌如簧，说什么此猫是"西洋国进贡的人捎到中华"的，原是"西竺国如来菩萨家的"，只因不守"佛戒"，咬杀了偷琉璃灯油的老鼠，被如来罚到下界，五十年后方得取回。"你细听来，他却不是打呼卢，他是念佛，一句句念道'观自在菩萨'不住。他说观音大士是救苦难的，要指望观音老母救它回西天去哩！"

晁源侧耳细听，那猫真的如念经一般。他想找那西番进贡的人问问，卖猫的说那人将猫换了二百五十两银子，已经回国去了。

晁源闻价大惊：一只"极好有名色"的猫，也不过三四十个钱，此猫为何能卖到天价？卖猫的说：此猫岂是凡猫？有这猫在，周围十里之内老鼠远远避去，"把卖老鼠药的只急的干跳，饿的那口臭牙黄的"！这还不稀罕，若有人家养了这"佛猫"，"有多少天神天将都护卫着哩。凭你甚么妖精鬼怪，狐狸猿猴，成了多大气候，闻着点气儿，死不迭的。……"

一番话说动了晁源，有心要买。卖猫人漫天要价，张口就要二百九十两！晁源就地还钱，只肯出二十九两。逐渐又添到三十二，三十五，四十，四十五，最后拿出五十两一锭大银，买下此猫。

卖猫人临去还趴在地下给猫磕了俩头，说："我的佛爷！弟子不是一万分着急，也不肯舍了你！"——他心里是谢猫帮他发财吧？

庙会上另一件"奇异的活宝"，是一只会说话的鹦哥。那卖鹦哥的见晁源肯出重价买红猫，也把他叫住。晁源说："我家里有好几个哩，不买他。"卖鹦哥的转向鹦哥道："鹦哥，爷不肯买你哩。你不自己央央爷，我没有豆子养活你哩。"那鹦哥果然"晾了晾翅"，说道："爷不买，谁敢买？"顿时把晁源喜得抓耳挠腮。最终讨价还价，掏了十五两银子买回来。

晁源回家"献宝"，不料珍哥只顾摆弄那些衣服、锦缎、珠子、玉花，对两个活物俫俫不睬。晁源向珍哥夸说两件活宝的妙处，岂料当场试验，那鹦哥只会说"爷不买，谁敢买"，再不会说第二句！听说鹦哥是十五两银子买的，珍哥鼻子里"嗤"了一声，道："十五两银子，极少也买四十个！"又听说猫是一锭元宝买的，更是气不打一处来！

晁源强辩说："天下有这们大狮猫？这没有十五六斤沉么？"珍哥说："你见甚么来！北京城里大似狗的猫，小似猫的狗，不知多少哩！"晁源又说："咱这里的猫，从几时有红的来？从几时会念经来？"珍哥道："红的？还有绿的、蓝的、青的、紫的哩！脱不了是颜色染的，没的是天生的不成？"

晁源不信："一个活东西，怎么茜？"珍哥说："人家老头子拿着乌须，没的是死了才乌？你曾见俺家里那个白狮猫来？原起不是个红猫来，比这还红的鲜明哩！"晁源问："如今怎么就白了？"珍哥说："到春里退了毛就白了。"

晁源又强调这猫会念经，珍哥叫丫环把自家名唤"小玳瑁"的猫抱来，在它脖子底下挠了几把，那猫"也眯风了眼，也念起'观自在菩萨'来了"。珍哥说："你听！你那猫值五十两，我这小玳瑁就值六十两！脱不了猫都是这等打呼卢，又是念经不念经哩！……"

晁源一团高兴，落了个"没颜落色"；给自己找台阶，说：就当个寻常猫养着，叫它拿老鼠罢。——可是不久丫头就来报告：好几个老鼠扒着猫笼子吃猫食，那猫却在一边"塌跋着眼睡觉"呢。

晁源也是个在外行走的男子汉，见识为何竟不如一个女子？原因是这类"活宝"珍哥早就见识过。她到蒋皇亲家唱戏，蒋皇亲家养着一大群猫，"红的，绿的，天蓝的，月白的，紫的，映着日头怪好看"。珍哥向蒋皇亲讨一只，皇亲说："一二千两银子东西已人？叫他唱二万出戏我看了，已他一个！"其实珍哥已探得猫儿变

君子之泽，五世而斩

色的奥秘，答道："不已罢，我买了二分银子茜草，买个白猫茜不的？"

鹦哥也是珍哥"玩剩下的"。她曾花三钱银子买过一只，买来时"嘴还没大褪红哩"，挂在屋檐下，每日听客来招呼丫头倒水，便也学会了两句妓院的口头语。日后这只会说话的鹦哥被一个嫖客换去，代价是一头叫驴外加一匹生纱——不用问，此人跟晁源一样，也是"钱多人傻"的冤大头！

珍哥出身优伶，实同娼妓，游走四乡八镇，接触三教九流；耳闻目睹，对社会底层的了解远胜于晁源，熟知种种坑蒙拐骗的伎俩，自然不会上当。

晁源则不同，他自幼生活在外省小城，家中虽不富有，但身为独苗，父母"异常珍爱"。平日衣来伸手、饭来张口，哪里知道生计艰辛、世道险恶？

到了读书的年龄，若能用心多读几本书，也能开启心智，增长见识。怎奈母亲娇惯，爹爹"爱子更是甚于妇人"。十六七岁的小伙子，"十日内倒有九日不读书，这一日还不曾走到书房，不住的丫头送茶、小厮递果，未晚迎接回家"。

读书几年，晁源只学得红模子上"上大人丘乙己"几个字。后来"知识渐开，越发把这本《千字文》丢在九霄云来，专一与同班不务实的小朋友游湖吃酒，套雀钓鱼，打围捉兔"，爹娘也不大管他。如此环境，如此氛围，要他明通事理、见多识广，无异于作梦！正如珍哥所感叹："北京城不着这们傻孩子，叫那光棍饿杀罢！"

晁源之所以出手大方、挥霍无度，还因他背靠金山、来钱容易。晁老儿做官之前，晁源虽已露出独生子的娇纵本性，但"幸得秀才家物力有限，不能供晁源挥洒，把他这飞扬泄越的性子倒也制限住几分"。

待到老爹做了官，境遇大变，如同为他开启了金闸银闸，晁源那挥霍的心性，犹如脱缰的野马！买玩器，做衣裳，娶妾嫖娼、买屋购田，何曾有一日消停！——而今为了讨好爱妾，买了两件玩物回来，不消半日工夫，花掉六十五两银子！被珍哥说穿后，虽然也知心疼，但马上就释然了："脱不了也没使了咱的钱，咱开爹的帐。……"有个日进斗金的老爹做后盾，怕什么？

六十五两银子相当于今天的两万多元。若依房价计算，这笔银子即使在京城也能买两三间整齐的房子，就这么被晁源随手打了水漂！

晁源何事肯花钱？

晁源花钱自有规律：一是在女人身上肯花钱，二是受人欺骗、被人勒掯时不吝银钱。

说他肯在女人身上花钱，也要看什么女人。对正妻计氏，晁源就吝啬得出奇。前头说过，自从晁源娶了珍哥，计氏就被打入"冷宫"，住在大宅的后几层，缺柴少米，几乎要变卖首饰度日。

嫖娼、娶妾却从不吝惜银钱。晁思孝做官后，晁源有了钱，先把"一班女戏"长期包在家中；又"收用了一个丫头，过了两日，嫌不好，弃吊了"。接着"使了六十两银子娶了一个辽东指挥的女儿为妾，又嫌他不会奉承，又渐渐厌绝了"。又与那"女戏"中扮小旦的小珍哥打得火热，执意要娶她为妾。

戏班班主"作势"说："我这一班戏通共也使了三千两本钱，今才教成，还未赚得几百两银子回来。若去了正旦，就如去了全班一样了，到不如全班与了晁大爷，凭晁大爷赏赐罢了！"——结果是"媒人打夹帐（引者注：打夹账，指经手人从中索取好处费）、家人落背弓（引者注：落背弓，指背着人从中谋利，落钱）、陪堂讲谢礼，那羊毛出在羊身上"，八百两银子把珍哥娶回家。家中又另外收拾屋子，做衣裳、打首饰、拨家人、买婢妾，花钱如流水。

这一切仍满足不了晁源，他还时常嫖娼包妓。譬如进京坐监，他将珍哥安顿在沙窝门租的寓所里，自己在城内国子监附近另赁住处。"近日又搭识了一个监门前住的私窠子，与他使钱犯好。"对珍哥，则推说坐监读书，常常几夜不回沙窝门。——这也正是买猫、买鹦哥奉承珍哥前后。

过年时，晁源独自进城拜年，又把那监前"搭识的女人"接到住处陪伴。到了初十，"买了礼物，做了两套衣裳，打了四两一副手钏，封了八两银，将那个女人送了回去"；这才回通州跟珍哥团聚过灯节。（《醒世姻缘传》，7回）

小说第 14 回，晁源再度进京，赁了一只民座船及一班鼓手。

此刻计氏已死,珍哥摊上命案押在牢内。晁源行路寂寞,"又包了横街上一个娼妇小斑鸠在船上作伴,住一日是五钱银子,按着日子算,衣裳在外;回来路上的空日子也是按了日子算的,都一一商量收拾停当"。

船行一个月,到了北京通州张家湾,"打发小斑鸠回去,除了家里预先与过的不算,又封了二十五两银子,沿路零零碎碎,也做过了许多衣裳,又与了四两重一副手镯、四个金戒指、一副金丁香,也还有许多零碎之物。又称了四两银子交与船上的家长,作回去的四十日饭钱,叫还在船上带他回去,将那剩的米面等物俱留与用度。跟他的小优儿,另外赏了二两纹银"。

此番行路,船钱连同赏钱及回程饭钱,共三十四两;而一路上付给娼妓的钱,却比正经船钱要多一倍不止!——作者不厌其详地述说一笔笔开支,正是拿银钱戥子,约出晁源的人品心性!

在女人身上使银子,也有使不出去的时候。(《醒世姻缘传》,19回)晁老儿死后,家业需要晁源操持。麦收时节,他带了仆人到雍山庄上"看人收麦"。其间瞧上了眉眼儿比珍哥还俊的皮匠媳妇唐氏,一来二去,两人勾搭在一起。

晁源想给唐氏做衣裳,又怕皮匠小鸦儿生疑。一日,他给了唐氏七八两银子,故意放出话去,说自己在大门上失落了银钱;又是打小厮,骂家人,又是查访房客、佃户,嚷得人人皆知。这里唐氏悄悄对丈夫说:"大官人的银子被我拾了。"拿出汗巾包给小鸦儿看。

小鸦儿是个行得端、坐得正的人,不稀罕这几两银子,连同汗巾

君子之泽,五世而斩

一起还给了晁源，说是媳妇拾得的。晁源有了借口，于是买了一匹洗白夏布、一匹青夏布、四匹蓝梭布、两匹毛青布，让仆人送给小鸦儿，表示感谢。——谁说晁源傻？为了女人，他的聪明足够用！

不过晁源挥金如土，更多是受人欺骗、被人勒掯！小到赁船、雇骡子，大到买房、娶妾，出的价钱总要比别人高出一截。

计氏生前，晁源一分银子都不肯给她花用。待计氏自缢，计家来了二百多人，晁源自知理亏，迫于情势，立马捧出二百二十两银子买板儿打棺材，此时此刻，"莫说这板是二百二十两，就是一千两，也是情愿出的"！及至打起官司来，晁源前后花了成千上万的银子，全是"上赶着"给人送去，还怕人家不收哩！

给县官、典史、书吏、衙役送钱，自不用说；街坊、证人也需要使钱收买。高四嫂是晁家的邻居，目睹了计氏寻死觅活大闹宅门的场面，主动出庭作证，不想竟一发不能脱身。从县到府，又周游左近各县，受尽拖累。听说县里审罢还要去巡道衙门，她高喊："俺的爷爷！俺的祖宗！叫你拖累杀俺了！这是俺合乡宦做邻居受看顾哩！"回头便要往家跑。

晁源赶上她，央告说："好四嫂！你倒强似别人，这官司全仗赖你老人家哩！这百十里地有甚么远？四嫂待骑头口，咱家有马有骡，拣稳的四嫂骑，叫人牵着。若四嫂怕见骑头口，咱家里放着轿车，再不坐了抬的轿。脱不了珍哥也去哩，又有女人们服侍你老人家。我叫人送过几吊钱去，乡里打发工钱，我分外另送四嫂两匹丝绸、十匹梭布、三十两银子，如今就先送过去。"

晁源这个"呆霸王"，居然也有口含蜜糖的时候。一顿奉承、许诺，"把一个燥铁般高四嫂，不觉湿渌渌的软了半截"，登时答应下来。——不过后来高四嫂在庭上实话实说，着实让晁源气恼，回到旅店一通发作，那才是晁源的本来面目！

　　在差役们眼中，晁源的银钱是最好挣的：押解途中，单是为了松镣铐，出手就是每位差人二十两！——可是有些时刻，晁源像是变了一个人，吝啬到一毛不拔！

　　恶差人邵次湖受刑不过，在押往临清的路上一命呜呼。当下找来地方保甲，验看明白，取了"甘结"——也就是向官府出具的证明字据，"寻了一领破席将尸斜角裹了"，用草绳一捆，挖个浅坑掩埋了。另一恶差伍小川跟随众人至临清，当庭又被捈打一顿，回程路过掩埋邵次湖的地方，也一命归天。只得又找前次的保甲，出了甘结，"寻了三四片破席，拼得拢来，将尸裹了"，就在邵次湖坟旁挖个浅坑，草草埋了。

　　待要起身时，保甲向晁源讨几分酒钱，晁源不肯给。别人都劝道："成几百几十的，不知使费了多少，与他几十文也罢了。两次使了他两领破席，又费了他两张结状。"然而这几文钱，晁源竟坚决不肯掏！

　　晁源花钱，是有"原则"的：祸到临头，刀架项上，为了讨好强势一方，让自己（包括珍哥）少受些罪，哪怕成百上千，也决不吝惜！至于事不关己的事，就是一文钱，也如穿在肋条上一样，不肯轻出！为此惹得保甲一顿恶骂。晁源勒转马，还要赶上去打人

君子之泽，五世而斩

家，被人拾了块石头，打中马鼻梁，疼得那马在地上乱滚。"只为着几十文钱，当使不使，弄了个大没意思！"

小说家在此处有几句旁白："晁大舍的为人，只是叫人掐住脖项，不拘多少，都拿出来了；你若没个拿手，你就问他要一文钱也是不肯的。"——这几句话，把晁源这类纨绔子弟的"人品德性"戳了个正着、揭了个底儿掉！

有其父必有其子

晁源的作派，是不是有"遗传基因"呢？他的老爹晁思孝，就是这么一副心肠嘴脸！计老在女儿死后，满腹冤屈，向晁源的邻居兼朋友禹明吾诉说：

> 计老道："禹大哥，你要不说俺那亲家倒还罢了，你要说起那刻薄老獾儿叨的来，天下也少有！他那做穷秀才时，我正做着那富贵公子哩！我那以前的周济，咱别要提他！只说后来做了亲家起到他做了官止，这几年里，吃是俺的米，穿是俺的棉花，做酒是俺的黄米，年下蒸馍馍包偏食是俺的麦子，插补房子是俺的稻草：这是刊成板，年年进贡不绝的。及至你贡了，娶了小女过门，俺虽是跌落了，我还竭力赔嫁，也不下五六百金的妆奁。我单单剩了四顷地，因小女没了娘母子，怕供备不到他，还赔了一顷地与小女。后来他往京里廷试，没盘

缠，我饶这们穷了，还把先母的一顶珠冠换了三十八两银子，我一分也没留下，全封送与他去。他还把小女的地卖了二十亩，又是四十两，才贡出来了。坐监候选也将及一年，他那一家子牙查骨吃的，也都是小女这一顷地里的。如今做了乡官了，有了无数的钱了，小轻薄就嫌媳妇儿丑，当不起他那大家；老轻薄就嫌亲家穷，玷辱了乡官，合新亲戚们坐不的。从到华亭，这差不多就是五年，他没有四指大的个帖儿，一分银子的礼物，捎来问我一声！"（《醒世姻缘传》，9回）

有其父必有其子。计老又把晁源用人朝前、过河拆桥的事说了好几件。一件是城里乡官袁万里家盖房子，晁源死乞白赖非要送木头给人家。袁万里付了四十两银子，收了他二十根大松梁。及至袁万里过世，晁源愣说袁家该他的木头钱，"二百银三百两掐把着"，还要把人家夫人、孩子、管家告到官里去。

另一件是晁思孝得罪了辛翰林，辛翰林写本上奏，多亏在京做官的乡亲郑伯龙变卖银器、首饰，凑了八百两银子，帮忙把事情压了下去。晁家事后还银子，人家一分利钱没要。——日后郑家有用钱处，向晁源借八百两银子，写了两张四百两的文约，却没拿银子。一年后，晁源拿着文约朝郑伯龙讨银子，郑伯龙拉他去关帝庙赌誓，晁源这才罢手。

说起来，"小轻薄"晁源的种种作为，还不是"老轻薄"晁思孝言行熏染的结果？面对晁源，晁思孝确实也一阵阵感受着"晁家

君子之泽，五世而斩

有后"的喜悦。"别人怕得那晁大舍是一个至奸险至刻毒的小人，他却看得儿子就如孔夫子、诸葛亮的圣智！"遇上难事，还要向儿子讨教哩！

梁生、胡旦两个落了难，到通州来投奔晁思孝。晁老儿见梁、胡二人失了后台，自身难保，自己又担着窝藏钦犯的罪责，几次想将两人告发了。怎奈西宾邢皋门和晁夫人都不赞同。正在这时，晁源来到通州，晁老儿顿时有了"主心骨"！

干起这落井下石的勾当，晁源还有一大套说词呢。他对晁夫人说："娘晓得甚么！人谁不先为自己？你如今为了他，这火就要烧着自己屁股哩！咱如今做着现任有司官，家里窝藏着钦犯，这是甚么小罪犯？咱已他担着是违背圣旨，十灭九族！拿着当顽哩！"晁老儿也跟着说："你女人晓得甚么！大官儿说得是！"（《醒世姻缘传》，15回）——"大官儿"便是晁源。

晁源恩将仇报的歹毒言行，连平日跟着为非作歹的两个家人都看不下去了。晁源拿出一百两银子，让晁书、晁凤去出首胡、梁，两人相互推托："还是你去，我干不的事，先是一个心下不得狠，怎么成的？"两人又一同劝晁源："这事大爷再合老爷商议，别要忒冒失了。依小人们的愚见，这不该行。他在咱身上的好处不小，这缺要不着他的力量，咱拿四五千两银子还没处寻主儿哩。就是俺两个在苏都督家住了四五十日，那一日不是四碟八碗的款待？……"——这说的是前番两人随胡旦进京谋官，住在胡旦外公苏指挥家的事。

晁源的回答，恰似给自己画了一幅肖像：

你这都像那老奶奶的一样淡话！开口起来就是甚么天理，就是甚么良心，又是人家的甚么好处。可说如今的世道，儿还不认的老子，兄弟还不认的哥哩！且讲甚么天理哩，良心哩！我齐明日不许己你们饭吃，我就看着你们吃那天理合那良心！我生平是这们个性子：咱该受人掐把的去处，咱就受人的掐把；人该受咱掐把的去处，就要变下脸来掐把人个够！该用着念佛的去处，咱旋烧那香，迟了甚来？你夹着屁股窝远子去墩着。你看我做，你只不要破笼罢了！透出一点风去，我拧折了你们的腿！（《醒世姻缘传》，15 回）

晁源这番话，如同把人们领入"动物世界"：动物只有本能，没有思想，何尝有什么"天理""良心"？动物与动物之间，完全是欺软怕硬、弱肉强食的关系。——不过就是动物，也还有母子之情、合群之义，而晁源标榜的"子不认父、弟不顾兄"，竟连禽兽也不如了！

两个奴才不肯向前，晁源只好亲自出马。他假说州里筹集军饷，向梁生、胡旦暂借银两若干，日后偿还；骗两人将手头的六百两银子悉数交出，剩了三十两零头，晁源也都搜刮净尽。过了一日，晁源又让人写了个"厂卫的假本"（东厂和锦衣卫的假文件），说奉旨捉拿梁、胡二人，教两人换上褴褛的衣衫，让人送他们到香岩寺去暂避。送的人半路上借故溜了，梁、胡二人身无分文，自己扛着行李走到寺中，无奈削发当了和尚。

君子之泽，五世而斩

晁老见儿子轻而易举了却了自己一块心病，"钦服得个儿子就如孔明再生、孙庞复出"！——晁夫人可不这么想，她见儿子做下这等"绝户事"，关起门痛哭，一时想不开，竟上了吊！被人救醒后哭着说："我不为甚么，趁着有儿子的时候，使我早些死了，好叫他披麻带孝，送我到正穴里去。免教死得迟了，被人说我是绝户，埋在祖坟外边！"

晁老儿不解，对晁夫人说："……这等一个绝好的儿子，我们正要在他手里享福快活半世哩，为何说这等不祥的言语？"晁夫人说："我虽是妇人家，不曾读那古本正传，但耳朵内不曾听见有这等刻薄负义没良心的人，干这等促狭短命的事，会长命享福的理！怎如早些闭了口眼，趁着好风好水的时节挺了脚快活？谁叫你们把我救将转来！"

晁老儿执迷不悟，依旧对儿子百般信赖，后来索性连邢皋门也不用，衙内衙外一切事务，全交由这能干的儿子主持操办。——不久晁老儿因贪污而丢官，又因吃夜酒触了风寒，一病不起。临闭眼时，他大概没啥遗憾的：有晁源这么个"绝好的儿子"，"晁家有后"矣，他还有啥不足？这个读了一辈子书的老秀才，见识始终敌不过"不曾读那古本正传"的晁夫人！

晁夫人差点被扫地出门

晁思孝闭眼时，肯定没想到他的"绝好的儿子"不久也随他而去了；更没想到夫死子亡的晁夫人，险些被族人扫地出门！

原来，晁家没有近亲，只有几个远房族人，平日并无来往。如今听说思孝父子先后亡故，家中只剩晁夫人一个，虽有个嫁出去的女儿，却没有顶门立户的男性继承人，于是顿起歹念。

其中晁思孝的族弟晁思才（谐音"思财"）、族孙晁无晏（谐音"无厌"），是两个"泼皮无赖的恶人"、"出头的光棍"，其余的都是些"脓包"。这伙人依仗人多势众，认定晁夫人成了"绝户"，"把这数万家财，看起与晁夫人是绝不相干的，倒都看成他们的囊中之物了！"于是每人出了份子钱，"买了一个猪头、一只鸡、一个烂鱼、一陌纸"，名义是来给晁源吊孝，实则是来打劫的！

众人来到庄上，在灵前干号了几声，那晁思才便责备起晁夫人："有夫从夫，无夫从子。如今子又没了，便是我们族中人了。如何知也不教我们知道？难道如今还有乡宦，还有监生，把我们还放不到眼里不成？"

晁夫人反驳道："自我到晁家门上，如今四十四五年了，我并不曾见有个甚么族人来探探头！冬至年下来祖宗跟前拜个节！怎么如今就有了族人，说这些闲话？我也不认得那个是上辈下辈，论起往乡里来吊孝，该管待才是。既是不为吊孝，是为责备来的，我乡里也没预备下管责备人的饭食，这厚礼我也不敢当！"

晁无晏听晁夫人活头硬，便扮起"白脸"，赶着叫"奶奶"，把话扯开了。晁夫人只得叫人备了饭，让他们吃了。这伙人又要孝衣孝袍，晁夫人说："前日爷出殡时既然没来穿孝，这小口越发不敢劳动！"这伙人还不甘心，闹着出殡时再来，让晁夫人准备孝衣。晁夫人对家人说："这几件衣服能使了几个钱，只这些人引开了头儿就收救不住，脱不了这个老婆子叫他们把我拆吃了打哩！天爷可怜见，那肚子里的是个小厮，也不可知，怎么料得我就是绝户！我就做了绝户，我也只喂狼不喂狗！"

晁夫人的话有些难解，"那肚子里的"什么"小厮"，又是指啥？原来，晁老儿死时，侍妾春莺已怀有五个月的身孕；因而晁夫人还抱着一份希望，春莺也成了晁家的"重点保护对象"。

晁思才、晁无晏哪知就里？过了几日，再度打到庄上，谁知晁夫人已经回城去了。这伙族人在庄上抢麦子、拿香炉、扯孝帐，还打伤了上前阻拦的仆人。

一伙人意犹未尽，没隔几天，又由晁思才、晁无晏打头，纠集了五六个族人、十四五个女眷，到城中晁宅寻闹。进门后，"各人乱纷纷的占了房子、抢桌椅、抢箱厨、抢粮食，赶打得那些丫头养娘、家人小厮哭声震地，又兼他窝里厮咬，喊成一块"。晁夫人怕春莺遭毒手，急忙将她送到楼上，锁了楼门，撤了梯子。

宅内反乱哭喊，门外围了"几万人"看热闹。这事惊动了送客回城的县官徐大尹。他下轿进宅，命人关了大门，将这一伙打劫的男女一一捉来，搜出赃物，或打或罚，平息了这场闹剧。又听说春莺有孕在身，唤来收生婆当堂诊脉，查知是个男胎。——这位徐大尹是不是管得太宽了？然而这也正是他经验老道之处，为了"防那后日的风波"。（《醒世姻缘传》，20回）

半年之后，春莺果然产下一男，派人到县里报喜。徐大尹刚好主持学校明伦堂的上梁仪式回来，便为小儿赐名"晁梁"。

晁夫人"有子万事足"。算计家中产业，雍山庄有十六顷地，是最早连庄子一起置买的；靠坟的四顷不能动；老官屯有四顷地，是花一千六七百两银子买的。为了缓和与族人的紧张关系，晁夫人决定将这四顷地分给八家族人，每家五十亩，值银二百两；又一家给了五两银子、五石杂粮。——这事我们在前面已有叙述。

晁家另有八顷地，是晁源"一半钱一半赖图人家的"，晁夫人把土地原主叫来，请他们吃饭，问他们："这些顷的地，都是我在任上，是我儿子手里买的。可不知那时都是实钱实契的不曾？若你们有甚么冤屈就说，我自有处。"

众人闻听，都纷纷诉苦。情形各不相同，但大体是晁源先借给人家几两银子，定下一二十分的高利；利上加利，不出十个月，连本带利已高达三四倍！结果人家值一百两的田地，晁源只花了二三十两"实在的银子"，便弄到了手。

遇到要找给人家银子，就拿实物来"准折"：什么老马、老驴、老牛、老骡，折给人家，"成几十两几两家算"；一坛值不得三四钱银子的"浑帐酒"，按八九钱银子准折；三钱银子一匹青布，算人家四钱五分一匹；又换了一两银子一千四五百的"低钱"，成垛放在家里，却按一吊（一千文）一两银子付给人家。谁若不依，就立逼着人家本利全还，人家只得"没奈何的捏着鼻子捱"！

这些事，晁夫人早有耳闻。此番约众人来，就是要替那死去的爷儿俩赎罪平怨。她说："……我尽有地种。我种这没天理的地是替这点小孩子垛业哩。我如今合你们商议，您都拿原价来赎了这地去，各人还家乐业的。"——晁夫人所说的"原价"，不是地亩契约上的"原价"，而是当初众人向晁源所借的银两。至于后来那驴打滚的高利，以及"准折"的东西，一概不算在内！众人听了，无不感激。

晁夫人把文书先给了众人，不久银钱收上来，"差不多也还有一千多两银子"；八顷地，一亩才合一两多银，这也是晁大舍当年强夺人家田地的霸王地价！难怪晁夫人说"种这没天理的地，是替小孩子垛业哩！"（《醒世姻缘传》，22 回）——"业"是佛教的说法，有造作之意。又分身业、口业、意业。佛家认为人生世上，一言一动、一思一念，都是在"作业"。业原有善恶之分，后来则专指恶业，又称"孽"，所谓"造孽"是也。

"业"与因果报应相关联，即所谓善有善报，恶有恶报。"垛业"便是积累恶业，恶业积攒多了，"恶贯满盈"，也便无药可救了！——按小说中的逻辑，晁源已获恶报，晁夫人岂能再让"恶业"堆垛在子弟后人身上？因而晁夫人分田地、退田产的举动，也都有着维护家族利益、延续家族命脉的潜在动机。

魏三平地起风波

武成县徐大尹料事如神。当年他制止了晁家族人的"打砸抢"，又叫来接生婆，当众证明晁家"有后"，就是怕将来再起纠纷。即便如此，十几年后，徐大尹担心的事还是发生了。

晁思孝的遗腹子晁梁此时已长到十六岁，因用心读书，入学成了秀才；守着嫡母晁夫人及亲娘春莺，一家人安稳度日。不料突然有个市井光棍魏三站出来，声称晁梁是自己的亲骨肉；说是十六年前自家生了儿子，因家贫无力抚养，以三两银子的代价，让人抱给了晁家。那三两银子自己舍不得花，至今还保留着呢！

魏三说：这本是我头生的儿子，迫于贫困卖掉；如今我开着酒铺、粮店，有吃有喝，怎肯把儿子仍放在人家？情愿用十两银赎回来！（《醒世姻缘传》，46 回）

晁梁此时已跟姜副使的女儿定了亲。姜副使闻听传言，将魏三唤来，令他写了字据，注明晁梁的出生时日，乃是"景泰三年十二月十六日酉时"①。姜副使说，我拿了这字据，好跟晁家退婚。我怎肯把自家的千金嫁给一个"买的小厮"？

魏三又找到晁家的家人晁凤，以打官司相威胁，说是："若奶奶必欲舍不得教我领去，与我几百两银子，我明白写个合同，教他就永世千年做晁家的人，奉晁家的香火，我也就割断了这根肠子。……"

晁夫人镇定应对，选择了见官。徐大尹早已升迁，此时的县官姓谷，乃进士出身，自恃见多识广，认定此事是乡宦欺压小民，认为当年徐大尹也受了晁家的骗。

---

① 按《醒世姻缘传》此处记为"景泰四年"，后面又有多处记为"景泰三年"，为求统一，通改为"景泰三年"。

君子之泽，五世而斩

谷大尹不顾晁家辩解，硬将晁梁判给魏三。只因魏三现有三子，所以允许晁梁"留养养母终身"；待晁梁生子后，留一子奉晁氏香火，然后"复姓归宗"。——晁氏家族的晁思才、晁无晏听了，也都说："怪道每人给四五十亩地，四五两银子，几石粮食，原来有这些原故！"蠢蠢欲动，打算旧话重提。

晁家百口莫辩：晁梁的出生时日明明是景泰三年十二月十六日子时，怎么变成了酉时？魏三说晁梁右臂上有朱砂斑记一块，当堂查验，哪里有？那是晁梁右手臂夜间被蝎子蜇了一口，抹的麝香胭脂，被魏三看到了。——然而自以为是的谷大尹全不管这些！

有两个人的出现，让晁家看到了希望。一个是曾在晁思孝衙中做师爷的邢皋门，另一个是当年处理过晁家家事的徐大尹。——邢皋门离开晁家后科举及第，做了高官；如今升了兵部侍郎，进京赴任路过此地。闻知晁思孝已经病故，要来给老东家致祭。他见了晁夫人，得知此事，便写了书信给学道徐宗师——即当年的徐大尹，他从武城知县升了工科给事中，后来又当上山东学道。晁梁便是在他手里进的学。

晁家于是派家人晁凤向学道衙门投递状纸。徐宗师传令武城县，拘来魏三、徐氏（接生婆）、晁思才、晁无晏听审。两边各执一词，为晁梁到底是酉时生还是子时生，纠缠不已。

正在此刻，看热闹的人群中走出一条汉子，甘愿作证。此人原是武城县的乡约，名叫任直，对邻里往事最为熟悉。他对徐宗师说："老爷只问他景泰三年他在那里？景泰三年十二月他曾否有妻？叫他回话，小的合他对理。"

魏三听了，顿时磕头如捣蒜！据任直揭发，魏三于景泰元年因抢劫被抓，问了三年徒罪，到景泰四年十一月才回武城，景泰六年才娶妻成家。

那么魏三因何起了这讹诈的歹念？据他自己交代，他在县前开着酒铺，那日晁梁等一批新秀才进学，晁思才、晁无晏等作为族人，在酒铺里喝酒等候。两人说起晁梁进学，不由得讲到晁梁的出生时日。看着晁家今日的风光，两人不免眼红。晁无晏发狠说：这事不怕当年徐大老爷"铺排"得严实，我就说春莺那时是"假肚子"，抱的别人家的孩子养活，搅得她"醒邓邓的"（迷糊的样子），这家财还不得分一半给咱们！——这话被魏三听到，由此起了歹意。

魏三当堂被打了三十大板，晁无晏也被叫上来打了二十板。晁无晏还要争辩，徐宗师说："打你在魏三酒铺内那些话说得不好！"

其实姜副使此前闹着退婚，也是虚张声势，目的是套取魏三的说词，让他立了字据，日后不能图赖改口。此次跟邢皋门联络，也是姜副使亲自出马。而晁夫人一家与族人的恩怨，至此才彻底了断。

严贡生的官司打赢了吗

仅从小说而言，晁家的遭遇也非个案，《儒林外史》中也有着

君子之泽，五世而斩

类似案例。朋友们当然还记得严氏兄弟——为省船钱而"发病闹船家"的严贡生，以及为一根灯草不肯咽气的严监生。

话说严监生有一妻王氏、一妾赵氏。王氏无出，赵氏生有一子，尚在襁褓。王氏得病而死，临终要严监生将赵氏扶正。拜天地那日，王氏的两个秀才兄弟王仁、王德及各位严家亲戚都到了，只有严监生的哥哥严贡生及五个侄子没有露面。

不久，严监生也去世了，办丧事时，严贡生不在家。待他从省城回来，赵氏先让人送过去"簇新的两套缎子衣服，齐臻臻的二百两银子"。严贡生满心欢喜，换了孝巾，系了白布孝带，到兄弟灵柩前干号了几声，对赵氏说："二奶奶，人生各禀的寿数，我老二已是归天去了，你现今有恁个好儿子，慢慢的带着他过活，焦怎的？"

赵氏由此带着儿子安心过活，把家整治得"钱过北斗，米烂陈仓，僮仆成群，牛马成行"，人见人羡。——怎奈天有不测风云，小孩子出天花，庸医用错了药，不出七天，竟"把个白白胖胖的孩子跑掉了"！赵氏哭了三天三夜，想把严贡生家的老五过继过来"承嗣"，那孩子十一二岁，倒也好教导。

此刻严贡生正带着他家老二到省城去接亲。回来后，严贡生的浑家发愁家中房子"窄鳖"，要给新媳妇腾出正房来。严贡生却说："我早已打算定了，要你瞎忙！二房里高房大厦的，不好住？"原来严贡生盘算定，要把刚刚成家的老二过继给二房，至于赵氏是否同意，严贡生的态度是："这都由他么？他算是个甚么东西！我替二房立嗣，与他甚么相干？"——他根本就不承认赵氏的嫡妻地位！

严贡生来到严监生家，吩咐二房的几个管事家人："将正宅打扫出来，明日二相公同二娘来住！"赵氏奇怪：既然把二相公过继过来，自应住在最后一层，自己照常住在前面。怎么倒是媳妇住正屋、婆婆住厢房？天地间哪有这样的道理？严贡生至此凶相毕露，大咧咧地拉把椅子坐下，吩咐那十几个管事的家人：

> 我家二相公明日过来承继了，是你们的新主人，须要小心伺候。赵新娘（引者注：旧家庭中对妾的称呼）是没有儿女的，二相公只认得他是父妾，他也没有还占着正屋的，吩咐你们媳妇子把群屋打扫两间，替他搬过东西去，腾出正屋来，好让二相公歇宿，彼此也要避个嫌疑。二相公称呼她"新娘"，她叫二相公、二娘是"二爷、二奶奶"。再过几日二娘来了，是赵新娘先过来拜见，然后二相公过去作揖。我们乡绅人家，这些大礼都是差错不得的。你们各人管的田房、利息账目，都连夜攒造清完，先送与我细细看过，好交与二相公查点，比不得二老爹在日，小老婆当家，凭着你们这些奴才朦胧作弊！此后若有一点欺隐，我把你这些奴才，三十板一个，还要送到汤老爷衙门里追工本饭米哩！

这哪里是什么"过继""立嗣"，分明是鸠占鹊巢、反客为主！——赵氏也不是好惹的，哭骂了一夜，第二日乘着轿子到县衙喊冤。知县让严氏家族自行解决。于是赵氏备了几桌酒席，请来严氏族长、王家的两位舅爷以及赵家的几位亲戚，共同理论。

怎奈严贡生专横跋扈，两眼一瞪，谁还敢说什么？赵氏哭闹了一顿，族长只好抹稀泥，回复知县："赵氏本是妾，扶正也是有的；据严贡生说与律例不合，不肯叫儿子认做母亲，也是有的。"来个两不得罪。

知县本人也是妾所生，嫌严贡生多事，写了批语："赵氏既扶过正，不应只管说是妾。如严贡生不愿将儿子承继，听赵氏自行拣择，立贤立爱可也。"严贡生哪肯善罢甘休？又写呈子告到府里。府尊也是有妾的，也觉得严贡生多事，又把"球"踢回县里。

严贡生没法子，又跑到京城求周学道——周学道就是周进，此时已经做了国子监司业。严贡生的亲家也姓周，跟周学道是八竿子打不着的远亲。周进并不认得严贡生，因此没见他。

《儒林外史》的叙事，迥异于他书，鲁迅云其结构"虽云长篇，颇同短制"。有关严贡生霸占弟产的情节发生在第六回，至第七回开头周司业拒绝见他，有关严贡生的故事，也便告一段落。

不过到第十八回，严贡生又在杭州露了一面。作者通过两个旁人的对话，交代了这场家财官司的结果。一个是杭州"名士"浦墨卿，他问"官二代"胡三公子："严大先生我听见他家为立嗣有甚么家难官事，所以到处乱跑，而今不知怎样了？"胡三公子答道："我昨日问他的，那事已经平复，仍旧立的是他二令郎，将家私三七分开，他令弟的妾自分了三股家私过日子。这个倒也罢了。"

这个结果，是严贡生对胡三公子说的，真假难辨。严贡生欺负寡妇的事，在儒林应已传遍，连不相干的人也要问一问。而严贡生为此"到处乱跑"，也是众人所见。若没个结果，必然很难看。因而他在人前宣称自己占了上风，有可能是大话、假话，争个面子而已。

当然也有另外的可能：平日为了一点蝇头微利还要百般钻营的严贡生，面对这样一块送到嘴边的肥肉，怎肯轻易放弃？为此摒弃廉耻、钻头觅缝，没有什么是他干不出来的；而无夫无子的赵寡妇，又如何是他的对手？因而这样的结局，也是很有可能的。

无论如何，胡三公子最后那句"这个倒也罢了"，代表了舆论的普遍看法：严贡生最终没有赶尽杀绝，给赵氏留了一条生路，这个结果勉强可以被儒林接受。而人们对赵氏的同情、对严贡生的厌憎，也都包含在这句看似轻松的评论中。

在《醒世姻缘传》中，夫死子亡的晁夫人因有了庶子晁梁，而免于财产瓜分、扫地出门的厄运；《儒林外史》中的赵寡妇死了儿子，则被族人夺去大部分财产，只能忍气吞声地苟活。由此可见子嗣在宗法社会的重大意义。

所谓"有子万事足"，并不是现代人理解的"养儿防老"那么简单；这后面隐藏着经济因素，决定着一个人、一个家庭拥有财产的权力，关乎着苟活者的吃饭问题——等于由"食色"之"色"（家族繁衍），回到更根本的"食"（个体的存活）的层面，岂可小觑！

君子之泽，五世而斩

娄公子当不成信陵君

《醒世姻缘传》讲的是晁源、狄希陈两个二代人物的故事；《儒林外史》中的二代人物就更多，又多半是官宦子弟，还两两配对——如醉心于养士的娄氏二公子，梦想做名士领袖的胡三公子及迷恋武功的弟弟胡八公子，试图通过科举进身的汤家二公子，以及"一门三鼎甲、四代六尚书"的杜家子弟杜慎卿和杜少卿。

娄琫、娄瓒是已故娄中堂的三公子和四公子，娄三是孝廉（举人），娄四是监生。然而两人仕途不畅，常发牢骚。他家大哥现任通政司大堂，怕两个兄弟在京城惹事，劝他俩回湖州老家去。

两位高官子弟无所事事，竟产生出养士的念头来，要学那春秋公子信陵、春申。书中有一副联语，恰说出两人的理想和作为："公子好客，结多少硕彦名儒；相府开筵，常聚些布衣苇带。"（《儒林外史》，8回）——然而两人生长于相府、涉世不深，又枉读诗书，食古不化，带着不着边际的理想深入民间，虽不致碰得头破血流，却也落了个灰头土脸。

娄氏二公子听老仆邹吉甫说有个贡生杨执中给盐商管账亏了钱，被盐商告到官府，关在牢里，便设想这杨执中肯定有着"高绝的学问"、"极高的品行"。两人不但主动拿出三百两银子替杨执中还债，还三顾茅庐，亲自登门去拜访。

其实杨执中不过是个百无一用的书呆子，何尝是什么高人！他头上那圈隐士光环，是娄氏二公子一厢情愿给他加上去的。

二娄盛邀的另一位"高人"权勿用，同样是"不中用的货"。他本是农家子弟，自幼读书，从十七八岁考起，考了三十多年，"一回县考的复试也不曾取"。自己"又不会种田，又不会作生意，坐吃山崩"，把父祖留下的田地都卖光了。开头还教几个蒙童混饭吃，后来一心要做"高人"，连学生也不来了。平时只靠骗人度日，口头禅是："我和你至交相爱，分甚么彼此？你的就是我的，我的就是你的。"

只因杨执中夸说权勿用"是当时第一等人"，两位公子便派了专人去请他。他当时有热孝在身，一时不能来。两位公子更加期盼，还将府中一座小亭命名为"潜亭"，以示期盼之意——因为权勿用自号"潜斋"。

二娄所网罗的名士豪客中，还有一位侠客张铁臂。据他自夸，躺在街心，一辆四五千斤重的牛车从他臂膀上轧过，"吉丁"的一声，那膀子上"白迹也没有一个"。这张铁臂当众耍起剑来，却也是风雨不透！

娄家二公子兴致勃勃，决定遍邀名士同游莺脰湖。于是租了两只大船，一船上备办酒席，一船上载着一班"唱清曲、打粗细十番的"。正值四月中旬，天气清和，众人都换了单夹衣服，手持纨扇。"这一次虽算不得大会，却也聚了许多人。"与会者除了娄家二公子以及杨执中、权勿用、张铁臂，另外还请了蘧公孙、牛布衣、陈和甫等几位名士。——蘧公孙是娄家二公子的表侄，牛布衣倒是个作诗的真隐士，陈和甫则是靠算卦扶乩混饭吃的江湖客；蘧公孙的岳父鲁编修也在被邀之列，不过他看不上这伙人，没有来。

席间八位名士，带挈杨执中的蠢儿子杨老六也在船上，共合九人之数。当下牛布衣吟诗，张铁臂击剑，陈和甫打哄说笑，伴着两公子的雍容尔雅，蘧公孙的俊俏风流，杨执中古貌古心，权勿用怪模怪样：真乃一时胜会。两边船窗四启，小船上奏着细乐，慢慢游到莺脰湖。酒席齐备，十几个阔衣高帽的管家在船头上更番斟酒上菜，那食品之精洁，茶酒之清香，不消细说。饮到月上时分，两只船上点起五六十盏羊角灯，映着月色湖光，照耀如同白日。一派乐声大作，在空阔处更觉得响亮，声闻十余里。两边岸上的人，望若神仙，谁人不羡？游了一整夜。

吴敬梓的一支笔忽冷忽热、若褒若贬，写出这伙人的自鸣得意之态，这也正是娄家二公子醉心的境界。——然而紧接着发生的两件事，却让两位公子灰心丧气。

一天夜里，两公子正在屋中秉烛谈天，"忽听房上瓦一片声的响，一个人从屋檐上掉下来，满身血污，手里提了一个革囊"。两人定睛一看，却是张铁臂。张铁臂宣称生平有一恩人、有一仇人。这仇人衔恨十年，今日方才取了首级，就在这革囊内。恩人则在十里之外，需要五百两银子去报恩。

二公子吓得"心胆俱碎"，说银子事小，这人头又当如何处置？张铁臂笑道：这有何难！待我报恩回来，"取出囊中之物，加上我的药末，顷刻化为水，毛发不存矣。二位老爷可备了筵席，广招宾客，看我施为此事。"两公子听罢骇然，忙取五百两银子交给张铁臂。张铁臂将银子束在身上，叫声多谢，"腾身而起，上了房檐，行步如飞，只听得一片瓦响，无影无踪去了"。——有谁听说轻功了得的侠客在屋顶上来去，会"瓦一片声的响"？

然而两公子却庆幸遇上真侠客，第二天广招宾朋，要做"人头会"。等了一日也不见张铁臂的踪影。打开那发臭的革囊，里面哪里是什么人头，却是个六七斤重的猪头！正在懊恼之际，又有乌程县差人上门拿人，要拿的正是权勿用，因有人告他奸拐霸占尼姑。两公子万万想不到，自己请来的"高士"，竟是十足的"地棍"恶徒！

经了这两件事，两公子"觉得意兴稍减"，从此闭门谢客"整理家务"，不再想入非非。就连蘧公孙，"因着见两个表叔半世豪举，落得一场扫兴，因把这做名的心也看淡了，诗话也不刷印送人了"，守着妻儿"讲《四书》，读文章"。后来结识了马二先生，走上了"选家"之路。

悭吝胡公子，泄气汤衙内

《儒林外史》中"不争气"的高官后人，还有尚书之子胡三与

君子之泽，五世而斩

胡八。胡三公子虽也读书，却只是个秀才；因功名无望，也做着名士梦。

他邀约杭州名士在西湖宴集作诗，同游的"名士"有卫体善、随岑庵、赵雪斋、浦墨卿、支剑峰、匡超人、胡密之、景兰江等。这些人当中，卫、随二位跟马二先生同行，是知名的"选家"；赵雪斋是个清客；浦墨卿是不得志的秀才，支剑峰是盐务上的巡商，景兰江干脆是头巾店的老板。这是一群与科举功名无缘、又附庸风雅的人士。

胡三公子与娄家公子一掷千金的作派不同。虽然"尚书公遗下宦囊不少，这位公子却有钱癖，思量多多益善"，花起钱来抠手缩脚。在西湖宴集摆酒，采用的是"AA制"，与会者每人二钱四分"份子"钱，胡三公子作为召集人，一分也不多出！

众人先乘船摇到花港下船，要借人家花园吃酒，人家不肯借——因为胡三公子是"出名的悭吝"，此前曾在这里摆酒待客，临了"一个钱也没有"。吃罢也不打扫，煮饭剩了两升米，还让小厮背走。——于是众人只好改在于公祠一个和尚家里吃酒。

人家莺脰湖宴集，酒宴是早已备办好的。胡三公子则是临时拉了景兰江，带上匡超人去采购。先到鸭子店，胡三怕鸭子不肥，"拔下耳挖来戳戳，脯子上肉厚，方才叫景兰江讲价钱买了"。因人多，多买了几斤肉，买了两只鸡、一尾鱼和些蔬菜，叫小厮先拿回去。

又去看肉馒头，胡三公子嫌人家三个钱一枚价太高，跟人家吵了一回，索性不买馒头，改买价格便宜的索面。又买了些笋干、盐蛋、熟栗子、瓜子等下酒。拿回去交给和尚收拾。支剑峰问他：何不叫个厨役来伺候？胡三公子吐舌道："厨役就费了！"

忙到下午，才吃上饭。饭罢，又分韵作诗。待散会后，"胡三公子叫家人取了食盒，把剩下来的骨头骨脑和些果子装在里面，果然又问和尚查剩下的米共几升，也装起来。送了和尚五分银子的香资，——押家人挑着，也进城去"——五分银仅合十元钱，是和尚周旋招待、烹调酒席的代价，难怪先前的花园不肯开门接待！

别以为胡三公子是官二代中的"勤俭标兵"，守得住万贯家财。他一分一厘节省的银钱，照样"整千整百的被人骗了去，眼也不眨一眨"。有个"老神仙"叫洪憨仙，自称已活了三百岁，能预知未来，又擅长"烧丹炼汞"、点铁成金。有"钱癖"的胡三信以为真，在花园中收拾了"丹室"，兑出一万两银子，请洪憨仙"修制药物"。据洪憨仙吹嘘，先炼出"银母"，便能获利"数十百万"！——只是洪憨仙突然发病死去，才使胡三公子逃过一劫！（《儒林外史》，15 回）

觊觎他钱财的，不止洪憨仙一个。有个毛二胡子，在胡三家做"篾片"，就曾狠狠赚了他二千两银子，跑到嘉兴开当铺去了。（《儒林外史》，52 回）

胡三公子的兄弟胡八公子绰号"胡八乱子"，干脆书也不读，终日跟几个朋友"驰马试剑"。挺宽敞的宅院，被他糟蹋得"满地的马粪"。他跟真侠客凤四老爹饮酒论艺，一时兴起，竟一脚把一

君子之泽，五世而斩

匹骏马的腿踢断了！可后来在众人撺掇下与凤四老爹比试，一脚踢在凤四老爹"肾囊"上，"好像踢到一块生铁上，把五个脚指头几乎碰断，那一痛直痛到心里去"。送客时一瘸一跛，回去后一只靴子再也脱不下，足足肿疼了七八日。

胡家这一对难兄难弟，文德也不行，武德也不备，正应了古人那句"刘景升儿子若豚犬"的感叹！

官宦子弟中，还有一对汤家公子，是贵州总镇汤奏的两个儿子，大的叫汤由，二的叫汤实。两人出场时，"头戴恩荫巾，一个穿大红洒线直裰，一个穿藕合洒线直裰，脚下粉底皂靴"，身份都是监生——应属恩监，占着父亲做官的便宜，有直接参加乡试的资格。

汤家本是仪征人，两人随父亲在贵州任上读书，此番特地到南京参加乡试。然而两人头一次亮相，却是在仪征丰家巷的妓院里！两人与堂哥汤六爷跟两个新来的"婊子"鬼混了一晚上，第二日叫一只大船到南京，在秦淮河钓鱼巷住下，做考试的种种准备：

> 大爷、二爷才住下，便催着尤胡子去买两顶新方巾；考篮、铜铫、号顶、门帘、火炉、烛台、烛剪、卷袋，每样两件；赶着到鹫峰寺写卷头，交卷；又料理场食：月饼、蜜橙糕、莲米、圆眼肉、人参、炒米、酱瓜、生姜、板鸭。大爷又和二爷说："把贵州带来的阿魏（引者注：植物名，可以入药。根茎的液体干燥后，可起遮盖作用，用于字迹涂改）带些进去，恐怕在里头写错了字着急。"足足料理了一天，才得停

妥。大爷、二爷又自己细细一件件的查点，说道："功名事大，不可草草。"

到考试那日，两个小厮事先抱着考篮在贡院前伺候。但入场时，汤氏兄弟仍要"自己抱着篮子，背着行李……坐在地下，解怀脱脚（引者注：考生进考场时要解衣襟、脱鞋袜接受例行检查，以防夹带作弊），听见里面高声喊道：'仔细搜检！'……跟了这些人进去，到二门口接卷，进龙门归号。初十日出来，累倒了，每人吃了一只鸭子，眠了一天"。

待十六日三场考完，汤家二公子如鸟出笼。叫了一个戏班子，"就在那河厅上面供了文昌帝君、关夫子的纸马，两人磕了头，祭献已毕"，开锣唱戏——既是放松娱乐，又有祷告神灵、祈求保佑之意。两人还打着"都督府"的灯笼，带着金钱礼物，四处找戏子、寻开心。

过了将近一个月，放出榜来，兄弟双双名落孙山。两人大骂考官不通，却也无可奈何。尽管汤总镇是正二品的大员，他们的子弟要做官，也要靠自己努力，别无他途。——科举的公平性，于此略见一斑。

顾影自怜杜慎卿

杜慎卿、杜少卿二人，应是官宦子弟中的佼佼者。两人是堂兄弟，同出天长杜府。杜家是衣冠士族，"一门三鼎甲，四代六尚书，门生故吏，天下都散满了"。——"鼎甲"即头甲进士，只有状元、榜眼、探花三人。据书中介绍，杜府祖上出过状元，府中的赐书楼便是这位"殿元公"所建。而慎卿的祖父曾为"宗伯"，也就是礼部尚书；少卿的父亲则做到江西赣州府知府，可谓门第显赫。

到了慎卿、少卿这一代，杜氏兄弟六七十人，大都"守着田园做举业"；唯独慎卿、少卿两个喜欢"招接四方宾客"，颇具名士风度。

说到做名士，谁的先天条件也不如杜慎卿：书中写他的外貌人品："面如傅粉，眼若点漆，温恭尔雅，飘然有神仙之概。"才华又高，前一年学台"合考二十七州县诗赋"，慎卿考得"首卷"。不愧"有子建之才、潘安之貌，江南数一数二的才子"。（《儒林外史》，29回）

不过书中写他几桩小事，又颇带讽刺意味。一日他正与朋友谈天，忽有沈媒婆回话，来说纳妾之事。说是"一个南京城走了大半个"，才看中一个"十二分的人才还多着半分"的十七岁王姑娘；姑娘标致不说，还有个小她一岁的弟弟，"若是装扮起来，淮清桥有十班的小旦，也没有一个赛的过他"——娶妾就是了，还介绍她弟弟干啥？原来连媒婆也知道，杜慎卿还酷爱男风！

有朋友给他介绍一位姓来的"黄冠"（道士），说此人"生得飘逸风流，确又是个男美，不是像个妇人。……天下原另有一种男美，只是人不知道"。说得杜慎卿心痒难耐。

第二天一大早，慎卿就沐浴更衣，按朋友的指点，到神乐观拜访这位绝世美男子。见面才知，那人竟是个五十多岁的肥胖道士，"头戴道冠，身穿沉香色直裰，一副油晃晃的黑脸，两道重眉，一个大鼻子，满腮胡须"。杜慎卿知道是朋友恶作剧，也只有掩袖而笑罢了！

娄氏二公子和胡三公子，分别在苏州莺脰湖、杭州西湖主持过"名士"大会，慎卿不甘寂寞，也在南京莫愁湖主持了一场胜会，邀集的对象却是城中各戏班的旦角。他让参赛的五六十位旦角各唱一折戏，由他和朋友季苇萧做评判，众多名士都来捧场。

演戏的场所在是莫愁湖的湖亭，"轩窗四起，一转都是湖水围绕，微微有点熏风，吹得波纹如縠"。戏子们装扮起来，从板桥上走来，一路转过回廊，好让评判者"细细看他们袅娜形容"。

> 少刻，摆上酒席，打动锣鼓，一个人上来做一出戏，也有做"请宴"的，也有做"窥醉"的，也有做"借茶"的，也有做"刺虎"的，纷纷不一。后来王留歌做了一出"思凡"。到晚上，点起几百盏明角灯来，高高下下，照耀如同白日；歌声缥缈，直入云霄。城里那些做衙门的、开行的、开字号店的有钱的人，听见莫愁湖大会，都来雇了湖中打鱼的船，搭了凉篷，挂了灯，都撑到湖中左右来看。看到高兴的时候，一个个齐声喝采，直闹到天明才散。（《儒林外史》，30回）

当下由杜慎卿和季苇萧评出甲乙，写榜公布。唱旦角的多为男性，慎卿的妻弟王留歌——也就是慎卿新娶王姓侍妾的弟弟，获得了第三名。对于参赛者，每人赏五钱银子、一对荷包和一把诗扇；优胜者另赏一只二两重的金杯，也都是由杜慎卿出资。——因这件风流韵事，杜慎卿"名震江南"。

吴敬梓笔下的杜慎卿，雅到了极致。用餐时，酒量极大，却不茹荤，"只拣了几片笋和几个樱桃下酒"；勉强吃一块板鸭"登时就呕吐起来"。——有关这位贵公子的风雅，我们前面已有所领教。

慎卿又颇自爱，跟朋友游雨花台，"到了亭子跟前，太阳地里看见自己的影子，徘徊了大半日"，所谓"顾影自怜"，便是如此姿态吧！难怪与杜家有世交的韦四太爷评论慎卿和少卿："……两个都是大江南北有名的。慎卿虽是雅人，我还嫌他尚带着些姑娘气。少卿是个豪杰……"

慎卿在小说中登场时，身份应是秀才，学台"合考二十七州县诗赋"时，他也曾参与。到第 32 回，说他"铨选部郎"，那时他应该中了举。小说最后一回是"神宗帝下诏旌贤"，杜倩（即杜慎卿）名列"已登仕籍未入翰林院者"，身份已是进士了。——在同一张名单中，他的堂弟杜仪（少卿）仍是生员。

杜少卿的"失败"人生

杜少卿比慎卿小两岁，父亲是个清官，去世后留下不多的田产和银钱——当然是跟贪官相比。然而据慎卿说，少卿是个"呆子"，连纹银的成色都分不清，拿着不足一万两的家私，"自己就像十几万的"。又最喜欢做"大老官"，谁若向他诉苦，"他就大捧出来给人家用"。——因而当唱戏的鲍廷玺想要组个戏班子，向杜慎卿寻求资助时，杜慎卿便向他转荐了杜少卿。

杜少卿的"大老官"作派，不久就被鲍廷玺亲眼见识了。不过在他看来，杜少卿急公好义，慷慨大度，并不是什么"呆子"。

鲍廷玺初次到杜府，正赶上有个姓杨的裁缝送来一箱新做好的衣裳。领过了工钱，忽然下跪磕头，放声大哭。说是母亲刚死，要借几两银子发送母亲，日后抵扣工钱偿还。杜少卿说："我那里要你还！……这父母身上大事，你也不可草草……几两银子如何使得！至少也要买口十六两银子的棺材，衣服杂费共须二十金。我这几日一个钱也没有。也罢，我这一箱衣服也可当得二十多两银子。王胡子，你就拿去同杨司务（引者注：司务是对手艺人的尊称，后多讹为师傅）当了，一总把与杨司务去用。"

杜少卿又找补说："杨司务，这事你却不可记在心里，只当忘记了的。你不是拿了我的银去吃酒赌钱，这母亲身上大事，人孰无母？这是我该帮你的。"（《儒林外史》，31回）

给杜家看祠堂的黄大要修理自家住房，杜少卿刚好卖了一块田，得了一千二三百两银子，随手给了黄大五十两。学里的臧三爷"走后门"补廪，挪用别人三百两银子，向杜少卿求助，杜少卿一口答应替他偿还。

君子之泽，五世而斩

郎中张俊民的小儿要参加县考，因是"冒籍"，需要捐一百二十两银子修学舍，杜少卿也包揽下来。——张俊民便是当年在娄府骗人的"张铁臂"。后来被人揭出旧事，没脸再混下去，灰溜溜地离开了杜家。

杜府管账的老门客娄太爷病逝，少卿前后给了娄家子孙二百多两银子，用以补助生活、资助丧事。——鲍廷玺效力数月，也得了一百两银子，回南京经营戏班去了。

卖田的一千二百两很快用完了，少卿叫王胡子再卖一块田，得银二千多两，也随手而尽。眼看无田可卖，杜少卿又将宅第花园"并与本家"。得钱除了还债、赎当，还剩了"千把多银子"。少卿索性带着娘子，搬到南京去住。

在杜慎卿等人看来，少卿的"呆"还体现在待人接物上。娄太爷不过是少卿父亲的老门客，少卿拿他当亲人看待。娄太爷生了病，少卿与妻子亲自侍粥煎药。此外对待工匠、仆人，少卿也全无势利之心。而在任的王知县想跟他见个面，却被他一口回绝。待知县丢了官，无处安身，少卿反把他请到家中来住。——这不是亲疏不分、尊卑紊乱吗？

少卿是秀才，但他看不起热衷功名的人。他曾对王胡子说："这学里的秀才，未见得好似奴才！"他替臧三爷付了补廪的钱，却又对臧某钻头觅缝要做廪生的行为鄙夷不屑。他不肯会见王知县，原因之一是自己"倒运做了秀才"，见了知县要称老师；而"王家这一宗灰堆里的进士，他拜我做老师我还不要，我会他怎的？"

杜少卿也曾有过进取的绝佳机会。朝廷征辟贤士，安徽巡抚李大人推荐了杜少卿。这本是可遇不可求的进身之机，少卿却淡然处之，托病婉拒。

对少卿的行为举止，舆论评价截然不同。有人称赞他是"品行文章，是当今第一人"，"海内英豪，千秋快士"，"天下豪士，英气逼人"！也有人骂他是"杜家第一个败类"！——骂他的人是高翰林，他在一次聚会中提到杜少卿，连同他的父祖也都褒贬一顿：

> 诸公莫怪学生说，这少卿是他杜家第一个败类！他家祖上几十代行医，广积阴德，家里也挣了许多田产。到了他家殷元公，发达了去，虽做了几十年官，却不会寻一个钱来家。到他父亲，还有本事中个进士，做一任太守，已经是个呆子了：做官的时候，全不晓得敬重上司，只是一味希图着百姓说好；又逐日讲那些"敦孝弟，劝农桑"的呆话。这些话是教养题目文章里的词藻，他竟拿着当了真，惹的上司不喜欢，把个官弄掉了。他这儿子就更胡说，混穿混吃，和尚、道士、工匠、花子都拉着相与，却不肯相与一个正经人！不到十年内，把六七万银子弄的精光。天长县站不住，搬在南京城里，日日携着乃眷上酒馆吃酒。手里拿着一个铜盏子，就像讨饭的一般。不想他家竟出了这样子弟！学生在家里，往常教子侄们读书，就以他为戒。每人读书的桌子上写一纸条贴着，上面写道："不可学

君子之泽，五世而斩

天长杜仪。"

　　高翰林自己是个"成功人士",他有资格代表成功的一代责备不肖子孙。然而不难看出,小说家在这里是正话反说:做了官,"不会寻一个钱来家",是好是坏?"希图着百姓说好"、"逐日讲那些'敦孝弟,劝农桑'",是对是错?高某所说的"正经人",又是些什么人?——读者自能通过文字表面,看出说话人的嘴脸,决不会误解作者的爱憎臧否。

　　研究者早就指出,《儒林外史》中的杜少卿,应即作者吴敬梓自况。不错,吴敬梓出生的吴氏家族,是明清之际安徽全椒的望族,祖上也确是行医起家。后人业儒,渐成世宦之家。半个多世纪间,家族中出了不少举人、进士。虽没出过"殿元公",但吴敬梓的曾祖父吴国对是顺治间探花,家中建有赐书楼(那应是因皇帝赐书而建的吧);族祖吴昺为康熙年间榜眼,在吴氏家族功名最高。而榜眼、探花,均在"鼎甲"之列。

　　不过小说毕竟是小说,吴敬梓的父亲吴霖起并没有做过赣州知府,仅以拔贡任赣榆县(今江苏赣榆)教谕。他的祖父吴旦做过州同知。曾祖即"探花公"吴国对,官至国子监司业,曾几次以翰林院编修、侍读的身份提督学政。

　　吴敬梓二十三岁进学,也就是在这一年,吴霖起病逝。族内因财产的继承问题发生了纠纷——《儒林外史》中严贡生强夺严监生家产的情节,大概就有着吴家遗产纠纷的影子。

跟小说中的杜少卿一样，现实中的吴敬梓性格豪迈、不屑理财。朋友程晋芳为他作传，说他"袭父祖业，有二万余金，素不习治生，性复豪上，遇贫即施，偕文士辈往还，饮酒歌呼穷日夜，不数年而产尽矣"。又说"安徽巡抚赵公国麟闻其名，招之试，才之，以博学鸿词荐，竟不赴廷试，亦自此不应乡举"。博学鸿词，清康熙时特开博学鸿词科，不限于秀才、举人资格，由地方督抚推荐进京参试，一经考取即可做官。这些地方，都与书中的杜少卿相似。

至于书中高翰林将少卿视为败家子，让学生贴纸条以"天长杜仪"为戒，大概也都有着现实依据。而吴敬梓塑造杜少卿的正大形象，正是要通过小说为自己大声辩护，展示"正经人"所难以理解的另一重精神境界。——吴敬梓这是代表所有离经叛道的"二代"们发表叛逆宣言，声如号角，振聋发聩！

戒赌劝学《歧路灯》

跟"一条道走到黑"的杜少卿相比，《歧路灯》中的谭绍闻似乎更容易被士绅阶层所接受。这位"小爷"的坎坷经历，生动演绎出"浪子回头"的世俗喜剧。

绍闻的父亲谭孝移是拔贡生，为人"端方耿直，学问醇正"；交往的也都是"极正经有学业"的秀才。孝移得到地方保举，进京候选。然而他对做官并不热衷，最终选择了退隐。

拥有祖上留下的丰厚家业，又有个聪明伶俐的儿子端福（谭绍闻的小名），正应了那句"无官一身轻，有子万事足"的俗话，谭孝移还怕什么？

然而孝移内心深处有着挥之不去的焦虑，一次跟好友娄潜斋聊天，说出心里话："兄在北门僻巷里住。我在这大街里住，眼见的，耳听的，亲阅历有许多火焰生光人家，霎时便弄的灯消火灭！所以我心里只是一个怕字！"（《歧路灯》，3 回）

作为饱学之士，娄潜斋回答说："人为儿孙远虑，怕的不错。但这兴败之故，上关祖宗之培植，下关子孙之福泽，实有非人力所能为者，不过只尽当下所当为者而已！"——这话有点泄气，原来娄潜斋也没啥好办法，只好上推祖宗，下诿儿孙，尽人事、听天命罢了。

谭孝移活着时，亲自教儿子读《论语》、诵《孝经》，后来又让儿子跟着娄潜斋读"五经"，底子打得不错。可是孝移进京候选，一去二年；老师娄潜斋也中举赴京。少了父师的教诲督责，只剩母亲的娇惯放任，绍闻的学业也便"放了羊"。

后来王氏胡乱请了秀才侯冠玉来做先生，侯先生抛弃"五经"，只教时文，还拿《西厢记》《金瓶梅》当课本给学生讲"文法"。绍闻跟着这位师傅，也确实长了不少"见识"。——也正是这位侯先生，让京城归来的谭孝移平添心疾，一病不起！

孝移死后，绍闻把"用心读书，亲近正人"的八字父训当成耳旁风，先后结交了盛希侨、夏逢若、张绳祖等一班纨绔子弟，终日吃酒看戏，赌博狎妓，挥霍家财，负债累累。直至告贷无门，变卖田宅，几乎把祖产败个精光——谭孝移尸骨未寒，他生前所担心的，竟全部变成事实！

把绍闻引向深渊的种种恶习，首推赌博。《歧路灯》中描写的赌博场景不下几十处。单是在回目中，"赌"字就出现12次！

绍闻初次赌博"试水"，是在高官子弟盛希侨家中。几个少年子弟闲坐无聊，盛希侨建议"掷六色"取乐。绍闻当时红了脸，说自己家教严，诸般"玩意儿"别说玩，见都不曾见过；只下过两盘象棋，还是背着家长偷下的。

盛希侨不管这些，直接端出色盆，又喊来年轻尼姑慧照作陪。绍闻初抓色子，"面红手颤"，"心里只是跳"。一局下来，"这绍闻书气未退，总觉心下不安"。

接下来吃酒行令，盛希侨索性又召来妓女晴霞，就安插在绍闻身边坐。绍闻哪见过这般阵势？"勿论说话，连气儿也出不上来。"——可是酒过三巡、肴过五味，绍闻不但渐渐习惯，很快就乐不思蜀了！

有了头一遭，第二遭就容易多了。绍闻被盛希侨勾引，到他家"一连醉了七八次，迷恋的不止一个土娼，反把盛宅常往来的妓女，又添进三四个，一宗输了三十千，一宗输了一百五十两"，众人见了，知道"将来也是个片瓦根椽不留的样子"！

以后谭绍闻又迷恋上戏子九娃，连戏班子也养在家里，还拿出一百五六十两银子给伶人做衣裳。破落户子弟夏逢若也缠上谭绍闻，引他到张家祠堂聚赌。

在张家赌场，绍闻又恋上妓女红玉，接连两宿不曾回家。入夜，绍闻与红玉在斋室中鬼混，夏逢若主动请缨，要替绍闻掷色，说好赢钱对半分。哪知一夜下来，绍闻分到手的，竟是八十串赌债！

张绳祖与打手"假李逵"推着小车到谭家来讨债搬钱，王氏上前阻拦，绍闻当众呵斥母亲，逞强说："由的我了！到明日我还把房产地土白送了人，也没人把我怎的！"眼睁睁看着人把八十串钱装在车上扬长而去，绍闻没脸见人，跑到楼上捣壁撞头、寻死觅活。王氏反而慌张起来，抱着绍闻叫道："小福儿，那钱不值什么，快休要吓我！我的乖孩子呀，快休吓我！"（《歧路灯》，24回）

"小福儿"也有真寻死的时候。日后他几番戒赌，又多次破戒，其间还险些惹上人命官司。直至欠下巨额赌债，家产变卖殆尽，再也没脸面对家人，于是在碧草轩投环上吊——幸被救下。面对失魂落魄的母亲，谭绍闻不敢以实相告，只说输了十几两。舐犊情深的王氏还替他宽解说："哎哟！如今那个不赌。许多举人、进士、做官哩，还要赌哩。你就是略弄一弄儿，谁嗔你来？输的也有限，再休这样儿吓我。"（《歧路灯》，60回）

受夏逢若撺掇，走投无路的谭绍闻竟在家中开起赌场；又鬼迷心窍，请了道士到家烧炼金银。金银没烧成，反被道士拐走二百两银子——那是老师娄潜斋不久前资助他的。（《歧路灯》，75回）谭绍闻又听从夏逢若的鬼话，打算在家中私铸铜钱，幸被老仆王中及时制止，将夏逢若打出门去！（《歧路灯》，76回）

到了告贷无门的地步，绍闻的最后一招是典卖房屋。碧草轩本是老父谭孝移最钟爱的书房，此刻也立了"死契"，卖给商家开起酒馆！（《歧路灯》，84 回）——酒臭掩盖了书香，谭家最后一点斯文气息，就此断绝！

不成器的官宦子弟

引诱谭绍闻走上邪路的，是一班落魄的官宦子弟。

头一个是盛希侨，祖父做过布政使。在清代，那是从二品的地方高官。不过盛家一代不如一代，希侨的父亲是个少爷，只做到州判。至盛希侨这一代已无官可做，他自己使钱捐了个监生，弟弟盛希瑗倒是进了学，但读书并不见起色。

初登场时，盛希侨才十九岁，搁在今天，不过是高中毕业的年龄。因父亲过世，无人管束，任凭兄弟俩守着先人留下的四五十万家私"随意浪过"。盛希侨财大气粗，不免养就吃喝嫖赌的习气，平日斗鸡走狗、组班串戏，花钱如流水！

盛希侨出城打猎途中，在王隆吉铺子里买了根马鞭，由此结识了这位商家少掌柜，又连带跟谭绍闻攀上交情。三人借地藏庵摆下酒席，结为兄弟。——前头说过，王隆吉是谭绍闻的表兄，其父王春宇是绍闻的舅舅。

绍闻的母亲王氏听侄儿隆吉说，有位"豪迈倜傥、风流款洽"的贵公子要跟儿子拜把兄弟，头一个表示赞成；说："像这等主户人家公子，要约你兄弟拜弟兄，难说辱没咱不成？我就叫他算上一个！"——谭绍闻在盛家学会耍钱狎妓、看戏捧角，当娘的"功不可没"。

盛希侨永远是一副盛气凌人的公子哥脾气，借绍闻父执程嵩淑一句评论："我看这盛公子是一把天火，自家的要烧个罄尽，近他的，也要烧个少皮没毛"！这话说得不错——由于一味挥霍，盛希侨后来也有人不敷出的时候，以至弟弟盛希瑗结婚后，闹着要跟他分家。

不过盛希侨还有些真性情，对绍闻翼护有加。绍闻在张绳祖宅中赌输了一百四十串钱，盛希侨得知后，特意把张绳祖邀来，在家中约了一场赌。张绳祖当场输了九十串；算账时，盛希侨不要他的钱，反补给他五十串，算是了结了绍闻的赌账。后来绍闻又欠下八百两银子赌债，仍是盛希侨以势压人，帮他了结。——"原来盛希侨在匪流场中，有财有势，话又说的壮，性子又躁，所以这一般下流都让他。"（《歧路灯》，27回）

谭绍闻要远赴荆州，到族兄谭绍衣的衙门打抽丰。盛希侨听说，向他讲了一番世态炎凉、求人不易的道理，叫他"你还胡乱教儿子罢，不必上人家衙门嘴唇下求憨水"。绍闻由此醒悟，"动了自立为贵的念头"，后来父子闭门读书，有所成就，也还要感谢盛希侨这番忠告。

盛希侨并不糊涂，他自己"天生的怕见书"，却还知道培养弟弟念书。他请来江南各地的举人、进士来教弟弟，哪一年也要花上二三百金。后来到底供弟弟中了副榜。——大概因盛希侨所作所为延续了家族文脉，小说家对这个人物并未一味否定。

另几个官二代的情况就大不一样。一个夏逢若，父亲做"江南微员"时，为了弄钱不择手段。原指望宦囊充足，替子孙立个基业；不想这种造孽钱来得容易去得快。

儿子夏逢若不务正业，"嗜饮善啖，纵酒宿娼"，不上三五年，把父亲留下的遗产挥霍得一干二净！亏得夏逢若"生的聪明，言词便捷，想头奇巧"，专门在大门楼及衙门中"串通走动"，赚些昧心钱养活家小。

那日盛希侨与绍闻、隆吉在地藏庵结拜，就被嗅觉灵敏的夏逢若盯上了。日见三人在蓬壶馆吃酒听戏，夏逢若点了四盘"细色果品"，要了两壶上色好酒，上前毛遂自荐，甘愿屈居老四——其实他已二十五岁，在四人中年龄最大。这一节就叫"夏逢若猛上厕新盟"。（《歧路灯》，18回）

夏逢若外号"兔儿丝"，那是一种寄生植物，茎蔓如丝，缠绕在豆类作物茎秆上，靠吸取宿主营养来繁殖自身。这诨号对于夏逢若来说再恰当不过。谭绍闻一旦被他缠上，再也别想挣脱！

谭绍闻进张绳祖的赌馆，赴王紫泥的鹌鹑局，都是夏逢若领去的。夏逢若与张绳祖等暗中勾连、上下其手，谭绍闻一回回欠的赌债、被骗的钱财，有一多半进了夏逢若的腰包！

跟谭绍闻一同赌博的窦姓小伙儿因输钱上了吊，绍闻怕受牵连，找夏逢若想办法。夏逢若连蒙带吓，从绍闻处诈得六百两银

君子之泽，五世而斩

子，倒一倒手，全都私吞了。（《歧路灯》，52 回）——那本是谭绍闻借的高利贷。

交了夏逢若这样的损友，银钱上的损失毕竟还有限，更大的损害，是对人心的腐蚀。一日夏逢若与绍闻饮酒聊天，酒酣耳热之际，夏逢若说出一番"人生哲理"来：

> 人生一世，不过快乐了便罢。柳陌花巷快乐一辈子也是死，执固板样拘束一辈子也是死。若说做圣贤道学的事，将来乡贤祠屋角里，未必能有个牌位。若说做忠孝传后的事，将来《纲鉴》纸缝里，未必有个姓名。就是有个牌位，有个姓名，毕竟何益于我？所以古人有勘透的话，说是"人生行乐耳"，又说是"世上浮名好是闲"。总不如趁自己有个家业，手头有几个闲钱，三朋四友，胡混一辈子，也就罢了。所以我也颇有聪明，并无家业，只靠寻一个畅快。若是每日拘拘束束，自寻苦吃，难说阎罗老子，怜我今生正经，放回托生，补我的缺陷不成？（《歧路灯》，21 回）

这几句话，在初登世路的绍闻听来，"如穿后壁，如脱桶底，心中别开一番世界了"；在那放纵的路上，再也收不住缰绳！而有了夏逢若的指点和帮衬，谭绍闻只顾享乐，不惜一掷千金！钱花光了，就揭债售田，连祖坟上的树都伐净卖光！

甘居下流、廉耻丧尽的夏逢若，也偶尔想到自己的出身家世。

他勾结戏班主茅拔茹，欺诈谭绍闻；被拿到官后，又从他身上搜出赌具。县令荆公掷下四根签子，喝令动刑，夏逢若慌了，喊道："老爷看一个面上罢，小的父亲也作过官！"——这句话还真管用，荆公说："也罢，免你裤子，赏你一领席；再加上一根签，替令尊管教管教！"再抽一根签掷下，"不去中衣"，打了二十五板。

古时公堂上打板子，要脱裤以示羞辱；荆公看在夏父做官的面子上，给他留了点体面，受责时不去"中衣"（内裤），并赐席一领，使身不沾泥；但刑罚不但不减，反而加了一根签（一签五板），理由是"替令尊管教管教"——夏太爷若地下有知，不知作何感想？生个儿子非但不能荣耀祖先，反为先人挣了一顿板子。这新添的五板，分明是打在教子无方的夏太爷的"尊臀"上。

这不是夏逢若唯一一次受刑。后来他在道台衙门谋了买办之职，因贪污而挨板子、被革职。又因无计谋生，私造赌具，事发后"遣发极边四千里"。——这一回，夏公子再也不能喝着小酒，向绍闻大谈他的"快乐哲学"了。

开赌场的张绳祖也是官宦子弟，祖上在蔚县和临汾当过两任知县，"这两任宦囊，还够过十几辈子哩"！十来岁时，张绳祖因在门房偷看家人赌博，被母亲打了一顿。父亲知道了，反怪母亲管束太严。父母死后，张绳祖便"大弄起来"，把祖上两任宦囊输个精光，而今在家中开个赌场，养着妓女打手，"圈套上几个膏粱子弟，好过光阴"。谭绍闻这样面软心活的富家子弟，正是张绳祖之辈打着灯笼难找的待宰羔羊。

有讽刺意味的是，赌场正开在张家旧宅的祠堂内。祠堂边的斋室本来是祭祖时斋戒的所在，如今却成了赌客跟娟妓鬼混的香艳窟。而赌博用的筹码，竟是张家先祖当知县时用的堂签，上面用红纸把"临汾县正堂"字样贴住，写上"十两""二十两"乃至几钱、几分的字样。张绳祖还厚着脸皮说："这是我的赌筹，休要笑不是象牙！"

绍闻的赌友中还有个管贻安，也是"旧宦后裔"，家赀富有，盛气凌人，所到之处"妆那膏粱腔儿、抖那纨绔架子，跳猴弄丑"。一场赌输了四百二十两，全不放在心上。他的鹌鹑被咬败，拿起赢家的鹌鹑捽成肉饼儿，说："我明日与他十两！"张绳祖背地说他"不通人性"，开鹌鹑局的王紫泥说："他到产业净时，他就通人性了，忙甚的？"

就是这个管贻安，强占民妇，逼死人命，被祥符县判了"监候绞"，只等霜降之际押赴市曹行刑。——此前他一度将强占的民妇藏于谭绍闻家，绍闻险些因此吃了"瓜络儿"。

盛希侨、张绳祖本人是监生，王紫泥是生员，谭绍闻、管贻安是童生。——赌博之风弥漫到社会各界，污染着士人阶层。漫说童生、秀才、监生，连同举人、进士乃至高官勋贵，也都沉溺于赌博。一部《歧路灯》，恰如一幅18世纪士风日下的画卷。

赌博成风的十八世纪

有关赌博的情节，在明清说部中并不鲜见。《金瓶梅》是最早的世情小说，作者将镜头对准下层社会，赌博之风起于青萍之末，也正是从底层刮起来的。如书中介绍西门庆时，说他"学得些好拳棒，又会赌博、双陆、象棋、抹牌、道字，无不通晓"——这里除了明说赌博外，双陆、象棋、抹牌等，也都带有赌博性质。不过书中涉及的赌博场面，多是家庭间的下棋抹牌之类，赌注不过五钱、一两；呼幺喝六的聚众狂赌，在《金瓶梅》中并无直接描绘。

《醒世姻缘传》中的赌博情节要多些。如汪为露那不争气的儿子小献宝，终日沉溺于赌博，家也不回。在庙门口与人赌得性起，听说老爹吐血昏在路上，也不理会。老爹将死时，小献宝从后娘手中骗来二十两买棺材的银子，也都当作赌本，输个干净。接着又拿出殡的三千钱去赌，致使老爹不能下葬。汪为露死后，小献宝赌兴不减，渐渐地卖衣裳、卖家伙，连同几亩地、几间房也都卖了，其下场不问可知。（《醒世姻缘传》，44 回）

《醒世姻缘传》也写居家赌博。如狄希陈赁居于北京童家，房东小姑娘童寄姐"看的好纸牌，常与狄希陈看牌耍子，有时赌栗子，或时赢钱，或时赢打瓜子"。（《醒世姻缘传》，54 回）掷骰赌钱时，"成对的是赢，成单的是输"，输赢也不过几十文钱。（《醒世姻缘传》，75 回）

《儒林外史》中，杨执中的两个蠢儿子日日在镇上赌钱，半夜也不归家。其中杨老六跟着父亲杨执中到苏州，还偷拿了权勿用的五百钱去赌博。此外，衙役们赌博的场景在书中也不时出现。

《儒林外史》第 55 回，写两位"国手"对弈，旁边一穿宝蓝衫

299

君子之泽，五世而斩

的人介绍说："我们这位马先生前日在扬州盐台那里，下的是一百一十两的彩，他前后共赢了二千多银子！"——这有点类似于后世的博彩业。不过总的说来，赌博之风在明末清初盛行于民间，沉溺其中的以下层百姓居多。

然而从《红楼梦》中已能看出，赌博之风已浸染到上层社会。书中热衷赌博的不仅有市井中的醉金刚倪二、贾府中的仆人老妈子，也包括荣宁二府的老爷少爷、太太小姐们。

宁国府的贾珍因居丧寂寞，纠合了贾府少爷及薛蟠、邢大舅一伙，借口习武，实则吃酒放纵。初时还只"抹抹骨牌，赌个酒东"，渐次发展到赌钱，后来又"公然斗叶掷骰，放头开局，夜赌起来"。也有"抢快"的，也有"赶羊"的，斯文些的"抹骨牌、打天九"，搞得乌烟瘴气！

荣国府里，老祖宗贾母也喜欢斗牌取乐，牌桌上有薛姨妈、凤姐、鸳鸯等，输赢是一两吊。连府中最正经的姑娘宝钗，也曾与香菱、莺儿以及来串门的贾环"赶围棋作耍"，玩"一磊十个钱"的。而贾环受赵姨娘责备哭闹时，凤姐骂他："亏你还是爷，输了一二百钱就这样！"让丰儿取一吊钱，送他到后面跟姑娘们玩去。——可见贾府上下对此早已习以为常。

笑笑生、西周生是跨越 17、18 世纪的作家，他们的作品，反映的是明末清初赌博盛行于底层社会的情景，参与赌博的，多半是贩夫走卒、胥吏市侩。到 18 世纪上半叶，赌博已有向上层社会蔓延的趋势，这从《红楼梦》的描写可以窥见一斑。

李绿园的一生，差不多跟整个18世纪相吻合（1707—1790）。他亲眼见识了赌博之风浸淫士族的过程，并在《家训谆言》中写道：

> 近来浮浪子弟，添出几种怪异，如养鹰、供戏、斗鹌鹑、聚呼卢等是。我生之初，不过见无赖之徒为之，今则俊丽后生，洁净书房，有此直为恒事。

这里所说的"我生之初"，当指18世纪初期，那时的"俊丽后生，洁净书房"还未受此污染，迷恋赌博者多为底层"无赖之徒"。然而自18世纪中叶以还，赌博渐渐为社会中上层所接受。《歧路灯》中王氏所说"许多举人、进士、做官哩，还要赌哩"，应是当时社会风气的真实写照。

《歧路灯》写谭绍闻等"俊丽后生"沉溺赌博、步入歧路，也正是对《家训谆言》这段感言的生动图解。李绿园目睹了"垮掉的一代"的堕落过程，深感有责任提醒社会。他把忧虑写进家训格言，更以八十万字的章回大作，细述赌博的危害，为时人点亮一盏警示歧路的明灯，其心可感，其志可嘉！

谁挡住盛希侨的为官路

李绿园的《歧路灯》是分两截完成的。他四十二岁（乾隆十三年，1748）那年，因居父丧，闲住在家，开始小说写作。前后数年，大约完成了全稿的四分之三。五十岁开始游宦生活，至六十六岁辞官还乡；收尾的二三十回，是他六十八岁所续；书稿杀青时，他已是七十一岁高龄。他自己也承认，续作部分精彩稍逊，"不逮前茅"。

在小说结尾处，走到人生低谷的谭绍闻回顾半生，深感愧疚，立志改邪归正，"再不敢乱行一步，错会一人"。有老仆王中的忠告，族兄谭绍衣的激励，一向跋扈的盛希侨竟也说起"人话"来，这一切，都激发了绍闻"自立为贵"、反求诸己的念头。

接下来是浪子回头的惯常情节：绍闻与儿子箦初同室读书，县试时绍闻点了案首，箦初也榜上有名。父子一同进学，绍闻又中了乡试副榜，入国子监肄业。此后随族兄绍衣赴任浙江，以火箭破倭寇，立功面君，选了黄岩县知县，居官年余，因母病告归。

箦初比老爸有出息，后来中了进士，钦点翰林院庶吉士，衣锦还乡，又与绍衣的外甥女薛全淑完婚，可谓光宗耀祖！全书在喜庆的气氛中落了幕。

一般研究者对书中"浪子回头""金榜题名"的俗气结尾颇不以为然，认为《歧路灯》在思想性上远逊于《儒林外史》。这样的认识大致不错，却又并不全面。两书主题的确立，显然跟两位作者不同的经历及认识有关。

吴敬梓弃绝功名，以批判的眼光看待科举；其特立独行的人格魅力、超迈时代的认知高度，在文学史上光辉永存，几乎不可复制。李绿园的人生经历及思想认知，在那个时代则更具代表性。

李绿园的父、祖辈都是秀才，祖父以教书为业。绿园幼读诗书，进学颇早；二十九岁中举，前途一派光明。不过几番会试，始终未得一第。五十岁出仕，长期在外周游。到贵州思南府印江县做知县时，已六十六岁。不久即告病还乡，一面教书，一面编定自己的诗集，并续写《歧路灯》。

李绿园有四子，次子李蘧为乾隆乙未（1775）进士，历任吏部主事、督察院监察御史、工部给事中及江西督粮道等官。三子李范、四子李葛也都是贡生，李葛还做过县学教谕。

次子李蘧中进士是在李绿园辞官归乡的第二年。又过了一年，李绿园开始续写《歧路灯》。可以想见，当他描绘谭簣初金榜题名的热闹场面时，心中的满足感是真切的。

科举是一条艰辛的道路，李家几代读书，也只出了李蘧一位进士。有学者统计，明清两代近六百年，总共产生不足六万名进士，平均下来，每年登第者不超过百人。相对于全国数以亿计的人口基数，不啻凤毛麟角。

不过严格的甄选，又保证了用人的公平与公正。现实生活中的李家、文学世界中的谭家，都没有烜赫的家世背景；但并不妨碍他们的子弟凭借个人的才华与努力跨越龙门，登上权力之阶。《儒林外史》中的周进、范进，又何尝不是如此。

相反，引诱谭绍闻堕落的狐朋狗友们，哪个不是官宦子弟？盛希侨的祖父曾为布政使，张绳祖的祖父做过两任知县，管贻安也是

君子之泽，五世而斩

"旧宦后裔"，最不济的夏逢若，父亲也做过"江南微官"。再联系到《醒世姻缘传》的知州之子晁源、《儒林外史》的中堂之子娄氏兄弟、尚书之子胡家公子、总镇之子汤家二少爷……说来泄气，这一伙"官二代"，竟没一个成器的！

"老子英雄儿好汉"，这伙人的父祖居官显赫、占尽先机，为子孙谋个一官半职，难道还有问题吗？然而至少在小说中，给出的答案是否定的。——那么是谁拦挡了公子们的升发之路？答曰：是科举制。

我们假设没有科举制的制约，盛家兄弟的祖父曾为省级高官，无论是庙堂还是地方，应不乏世交同僚、门生故吏；靠他们的推举引荐，盛氏兄弟不难登陆官场，弄个知县知州干干，再谋求进一步的升迁。张绳祖也不难在祖父当过知县的蔚县、临汾找找门路，拉拉关系，或走仕途，或搞商业，自有近水楼台之便。——然而因科举所限，"天生怕见书"的高干子弟盛希侨，硬是与官场无缘，至多跟三家村财主一道捐个监生，祖上留下的财富再多，却买不来权力和尊严。

希侨的弟弟希瑗倒是读书进学，然而他头脑木讷，始终未能中举。就是后来中了副榜，也还是花银子、雇枪手所致——科举作弊，恐怕也只能到这一层次，枪手若能自己中举，何需刀口舔血、希图那几两银子？希瑗后来入国子监读书，补得南阳县学教谕，前程止此而已。《儒林外史》中的中堂之子、尚书后人，也莫不如此。——科举成为底层士人的上升通道，同时也对"拼爹"者关闭了侥幸之门。

君子之泽，五世而斩

坐拥父祖留下的巨额遗产，这些政治上进身无路的子弟们，经济上却还可以睥睨常人。然而对他们而言，这也并非上签。先人支起的官架子，一时还倒不下来。盛公子出行，照样打着"布政司"的灯笼。张绳祖已经到了卖古董还赌债的地步，仍声称"粗糙茶饭我是不能吃的，烂缕衣服我是不能穿的"。

其结果只能是：先人留下的宦囊越丰厚，子孙坐享其成的心志越膨胀；挥金如土、坐吃山空，遂成纨绔子弟的常态。到走投无路时，则不免作奸犯科、无所不为。张绳祖的赌场开不下去，斋室坍塌也无钱修理，只好靠着讹诈买主，得钱度日。夏逢若则因触犯刑法而遭发极边。管贻安更是逼死人命、绑赴刑场。

《歧路灯》第 105 回，盛希瑷有一番议论，谈到贪官聚敛导致子孙堕落的因果关系：

即如今日做官的，动说某处是美缺，某处是丑缺……一心是钱，天下还得有个好官么？其尤甚者，说某缺一年可以有几"方"，某缺一年可以有几"撇头"。方者似减笔万字，撇头者千字头上一撇儿。以万为方，宋时已有之，今则为官场中不知羞的排场话。官场中"仪礼"一部，是三千两；"毛诗"一部，是三百两；称"师"者，是二千五百两，称"族"者，是五百两。不唯谈之口头，竟且形之笔札。以此为官，不盗国帑，不唼民脂，何以填项？究之，身败名裂，一个大钱也落不住。即令落在手头，传之子孙，也不过徒供嫖赌之资。不能设想，如此家风可以出好子孙。到头只落得对子一副，说是"须知天有眼，枉叫地无皮"。图什么哩？

盛希瑗的几句话，参透前辈贪渎与后人堕落的因果关系。他所宣泄的，正是作者李绿园的心头积郁。

"君子之泽，五世而斩。"此话出自《孟子》，意指先人的福泽代代递减，传之五代没有不净尽的。可知父祖留下金银百万，也禁不住子孙狂嫖滥赌，终有尽时；父祖遗下诗书万卷，没人阅读欣赏，也只是废纸满架、徒占厅堂。《歧路灯》中的盛、张、管诸家，祖上读书做官，都留有著作印板，却被子孙视为废物，随意弃置。

盛希侨家的做法还算好的：束之高阁，任其尘封土染；不过当谭绍衣访书时，还能濡墨刷印、装订成册。张绳祖家的书板则听凭嫖客、妓女劈了烧火取暖。管贻安家最能"废物利用"，让仆人把"朱卷板"（祖上中举、中进士的卷子刻成的印板）上的字迹刮去，做成"泥屐板儿"（雨雪天穿的高齿木拖鞋），踩在脚下，正可谓斯文扫地！

李绿园在《家训谆言》中指出："人于浮浪子弟鬻产拆屋时，

往往怜之曰：可惜，可惜！不知此固毫无足惜也。衣轻食肥，于天地既毫无所益；作奸犯科，于风俗且大有所损。他若常享丰厚，那些谨守正道，甘淡薄，受辛苦的子孙，该常常挑担荷锄、嚼糠吃菜乎？天道无亲，必不然矣！"

"天道无亲，恒与善人。"李绿园执着于善恶有报的天道观，并不同情盛希侨、夏逢若、张绳祖乃至谭绍闻这一班自甘堕落的"良家子弟"。认为他们自作自受、合该倒霉，"毫无足惜"。如果让他们常享丰厚，那才是有失公平的！只有"谨守正道，甘淡薄，受辛苦"的儿孙，才能获得福报。这也是《歧路灯》的题旨所在。

本书中的诸多讨论，都涉及科举制。有关这一制度的缺点和问题，以前已经讲得太多。然而从历史的高度审视，科举制的进步意义，又是不容忽视的。笔者曾撰《重读〈范进中举〉所想到的》一文（载《中学语文教学》2001.5），对科举制做了如下评价："这项制度虽然孳生于帝王专制的封建土壤中，却始终蕴含着民主因子，带有挑战人治的性质。科举制的灵魂，其实就是公平竞争。一位平民知识分子，哪怕世代贫寒，没有任何权势背景，只要他具有一定的才智优势，又肯按科举的要求砥砺学问，科举之门便永远向他敞开着。……也正因如此，科举制在长达一千多年的时间里，为统治阶层源源不断地输送了具有较高人文素质的政权管理人才。它打破了封建贵族对权力的世袭垄断，限制了皇帝、宰臣的黜陟之权，极大地提高了平民知识分子投身政治的积极性。"

总的看来，科举选拔机制有效地化解了世袭制所带来的"五世

君子之泽，五世而斩

而斩"、后继乏人的窘迫与危机,把盛希侨、张绳祖等不学无术的纨绔子弟拦挡在权力之外,对于盛、张家族,这无疑是悲剧;但对于国家和民族,又是"幸甚至哉"!

在后科举时代,能否继往开来、扬长避短,建立起更为科学有效的人才选拔机制,在最广泛的基础上甄选优秀人才,使人尽其才,物尽其用,为人民增福祉,为社会添生力——这是我们正在摸索实践的重大课题,也是小说留给我们的一道意味深长的思考题。

附录

名家评《醒世姻缘传》

尝闻《醒世姻缘》其书也者，一名《恶姻缘》者也，孰为原名，则不得而知之矣。间尝览之，其为书也，至多至烦，难乎其终卷矣，然就其大意而言之，则无非以报应因果之谈，写社会家庭之事，描写则颇仔细矣，讥讽则亦或锋利矣，较之《平山冷燕》之流，盖诚乎其杰出者也，然而不佞未尝终卷也，然而殆由不佞粗心之故也哉，而非此书之罪也夫！

若就其板本而论之，则窃尝见其二种矣。一者维何，木板是也；其价维何，二三块矣。二者维何，排印是耳，其价维何，七八毛乎。此皆名《醒世姻缘》者也。若夫明板，则吾闻其语矣，而未见其书也，假其有之，或遂即尚称《恶姻缘》者也乎哉？

——鲁迅《鲁迅书信集·致钱玄同》

我可以预言：将来研究十七世纪中国社会风俗史的学者，必定要研究这部书；将来研究十七世纪教育史的学者，必定要研究这部书；将来研究十七世纪中国经济史（如粮食价格，如灾荒，如捐官价格，等等）的学者，必定要研究这部书；将来研究十七世纪中国政治腐败，民生苦痛，宗教生活的学者，也必定要研究这部书。

——胡适《〈醒世姻缘传〉考证》

你要看《醒世姻缘》因为它是（据我看）我们五名内的一部大小说。有人也许要把它放得更上前，有人也许嫌放得太高，那是各人的看法。"大"是并指质和量的。这是一部近一百万言整一百回的大书，够你过瘾的。……现在难得又有一部肥美的大作来供我们大嚼了，这还不好？好在这书写的年代虽已不近，看到过的人比较不多！你赶快看，你有初次探险的满足……

你要看《醒世姻缘》因为这书是一个时代（那时代至少有几百年）的社会写生。……我们的蒲公才是一等的写实大手笔！你看他一支笔就像是最新的电影，不但活动，而且有十二分的声色。更妙是他本人似乎并不费劲；他把中下社会的各色人等的骨髓都挑了出来供我们赏鉴，但他却不露一点枯涸或竭蹶的神情，永远是他那从容，他那闲暇。我们想象他口边常挂着一痕"铁性"的笑，从悍妇写到懦夫，从官府写到胥吏，从窑姐写到塾老师，从权阉写到青皮，从善女人写到妖姬，不但神情语气是各合各的身份（忠实的写生），他有本领使我们辨别得出各人的脚步与咳嗽，各人身上的气味！他是把人情世故看烂透了的。他的材料全是平常，全是腐臭，但一经他的渲染，全都变了神奇的了。……

他只是不放松的刻画人性；在艺术上不知忌惮；至少在作者，是完全可以理解的。他写的十分里有九分九是人类的丑态，他从不是为猥亵而猥亵；他的是一幅画里的必要的工细。但他的行文太妙了，一种轻灵的幽默渗透在他的字句间，使读者绝不能发生厌恶的感觉。他是一个趣剧的天才。他使你笑得打滚，笑得出眼泪，他还是不管，摇着一支笔又去点染他的另一个峰峦了。他的画幅几乎和人生这面目有同等的宽度。……

——徐志摩《〈醒世姻缘传〉序》

《海上花》似乎是我父亲看了胡适的考证去买来的。《醒世姻缘》是我破例要了四块钱去买的。买回来看我弟弟拿着舍不得放手，我又忽然一慷慨，给他先看第一二本，自己从第三本看起，因为读了考证，大致已经有点知道了。好几年后，在港战中当防空员，驻扎在冯平山图书馆，发现有一部《醒世姻缘》，马上得其所哉，一连几天看得抬不起头来。房顶上装着高射炮，成为轰炸目标，一颗颗炸弹轰然落下来，越落越近。我只想着：至少等我看完了吧。

——张爱玲《忆胡适之》

名家评《儒林外史》

小说中寓讥讽者，晋唐已有，而在明之人情小说为尤多。在清朝，讽刺小说反少有，有名而几乎是唯一的作品，就是《儒林外史》。《儒林外史》是安徽全椒人吴敬梓做的。敬梓多所见闻，又工于表现，故凡所有叙述，皆能在纸上见其声态；而写儒者之奇形怪状，为独多而独详。当时距明亡没有百年，明季底遗风，尚留存于士流中，八股而外，一无所知，也一无所事。敬梓身为士人，熟悉其中情形，故其暴露丑态，就能格外详细。其书虽是断片的叙述，没有线索，但其变化多而趣味浓，在中国历来作讽刺小说者，再没有比他更好的了。

——鲁迅《清小说之四派及其末流》

寓讥弹于稗史者，晋唐已有，而明为盛，尤在人情小说中。……迨吴敬梓《儒林外史》出，乃秉持公心，指摘时弊，机锋所向，尤在士林；其文又戚而能谐，婉而多讽：于说部中乃始有足称讽刺之书。……

唯全书无主干，仅驱使各种人物，行列而来，事与其来俱起，亦与其去俱讫，虽云长篇，颇同短制；但如集诸碎锦，合为帖子，虽非巨幅，而时见珍异，因亦娱心，使人刮目矣。

——鲁迅《清之讽刺小说》

我们顺便地就讲到《儒林外史》。它对于前清的读书社会整个的加以讽刺，不但是高翰林卫举人严贡生等人荒谬可笑，就是此外许多人，即使作者并无嘲弄的意思，而写了出来也是那个无聊社会的一分子，其无聊正是一样的。……这书的缺憾是专讲儒林，如今事隔百余年，教育制度有些变化了，读者恐要觉得疏远，比较的减少兴味，亦未可知，但是科举虽废，士大夫的传统还是俨存，诚如识者所说，青年人原是老头儿的儿子，读书人现在改称知识阶级，仍旧一代如一代，所以《儒林外史》的讽刺在这个时期还是长久有生命的。中国向来缺少讽刺滑稽的作品，这部书是唯一的好成绩，不过如喝一口酸辣的酒，里边多含一点苦味，这也实在是难怪的。水土本来有点儿苦，米与水自然也如此，虽有好酿手者奈之何。

——周作人《小说的回忆》

鲁迅先生最推崇《儒林外史》……故不愿把近代的谴责小说同《儒林外史》并列。这种主张是我很赞同的。吴敬梓是个有学问，有高尚人格的人，他又不曾梦想靠做小说吃饭，故他的小说是一部全神贯注的著作。他是个文学家，又受了颜习斋、李刚主、程绵庄一派的思想的影响，故他的讽刺能成为有见解的社会批评。他的人格高，故能用公心讽世；他的见解高，故能"哀而不愠，微而婉"。

——胡适《〈官场现形记〉序》

《外史》也是一部作者的回忆录、自叙传；不过不详于家庭的日常生活，而详于社会的种种人物。……康、乾时代的整个"儒林"，已毕集于此了。就是那时代的一般社会的生活，也都已很活泼的被表现出来。我们文学史上很少文人自写丑态的东西，这里却很坦白的恣意的攻击着"俗学"与"名士",又是那么的富于风趣,要捉住一位中国的"君子"的最纯洁高尚的人生观,这里便是最好的渊泉。从这位中国最清高的"君子"眼中所见出的社会,是那样的龌龊与不平等。但也不是全然的绝望与谩骂,其中是尽有可爱可留恋处的。评者谓"无往而非《儒林外史》",这是的确的。因为科举制度下的士人阶级的全般面目,已都被摄入这灵活的镜头上了。无疑的,这是一部漂亮的写实的小说。

——郑振铎《清初到中叶的长篇小说的发展》

名家评《歧路灯》

关于李绿园的身世,董晏堂先生所作的《李绿园传略》已经报告了。根据那些报告,这个李氏家庭间的空气,我们也可想象大概了。明趋向,重交游,绩学裋躬,推衍先绪,是李氏的家训,《歧路灯》一书,也就是以阐明此义为目的。

此义本来是极平庸的,以阐明此义为目的的小说,自然要有陈腐之弊。《歧路灯》的道学气太重,的确是一个大毛病,幸而李绿园在书中所写的,大部分是在上述此义之反面。……他书中大部分皆写谭绍闻,即所说"极聪明的子弟"如何结交"匪类"及"匪类"中之情形。他那一管道学先生的笔,颇有描写事物的能力,其中并且含有许多刺。……

尤奇的是,李绿园之理想人物虽是道学家,而《歧路灯》中也挖苦假道学。谭宅的西席惠养民，外号叫惠圣人。终日在"诚意"章打搅。他的子侄，大的叫一元，第二个就叫两仪，以下还有三才、四象。可是在他与他的太太生气的时候，太太说："你罢么！你那圣人在人家跟前'圣人'罢！休在我跟前'圣人'！你那不'圣人'处，再没有我知道的清。"后来圣人的"不圣人处"，别人也知道了，他自此正心诚意的话头，井田封建的经济，都松懈了。（第三十八回，三十九回）这些挖苦酸秀才及假道学的地方，与《儒林外史》很相似。

……

再说《歧路灯》是用方言的文学。在旧小说里面，《金瓶梅》《水浒传》，用山东话，《红楼梦》《儿女英雄传》，用北京话，近来新的小说中，也有用上海话、苏州话的。《歧路灯》用的是河南话，河南南部的话。河南话与其他的北方话，虽大致相同，而的确自有其风格，自有其土话。上所引陈乔龄的话中"五经多是临场旋报的"的"旋"字，读去声，即是临时的意思。其例甚多，不及多引。

——冯友兰《〈歧路灯〉序》

康熙四十六年，丁亥（西历 1707 年）。绿园生。《儒林外史》著者吴敬梓七岁。（《中国小说史略》）

康熙五十八年，己亥（1719）。绿园年十三。《石头记》著者曹雪芹生于南京。（《红楼梦辨》中）

雍正十三年，乙卯（1735）。绿园年二十九。吴敬梓客金陵，所著《儒林外史》已脱稿。……

乾隆元年，丙辰（1736）。绿园三十。中恩科举人。（《宝丰志·选举》）

乾隆十三年，戊辰（1748）。绿园年四十二。开始作《歧路灯》小说。（据《歧路灯·自序》推算。）时《儒林外史》已有传钞本行世。

乾隆十八年，癸酉（1753），至三十七年，壬辰（1772）。约在此20年间，绿园官贵州印江县知县。时方舟车海内，《歧路灯》仅成前半而辍笔（《自序》）。

乾隆十九年，甲戌（1754）。绿园年四十八。吴敬梓卒于扬州，年五十四。自本年起，至二十八年，癸未（1763），曹雪芹作《石头记》八十回。（《红楼梦辨》中）

乾隆二十九年，甲申（1764）。绿园年五十八。曹雪芹卒于北京，年四十五（？）。（同上）

……

乾隆四十年，乙未（1775）。绿园六十九。在宝丰。是年蓬成进士。……

乾隆四十二年，丁酉（1777）。绿园年七十一。是年四子葛得拔贡。……八月，续《歧路灯》后半部成，自序作书旨趣及其颠末，弁于卷端。按序有云："盖阅30岁以迄于今而始成书。前半笔意绵密，中阙，以舟车海内辍笔者二十年，后半笔意不逮前茅，识者谅我桑榆可也。"（上文推算乾隆十三年开始作《歧路灯》及约在十八年至三十七年之间中辍，本此。）是时《石头记》已有八十回写本，盛行于北京。越十六年（1792），乃有一百二十回之排印本出世，改名《红楼梦》（《小说史略》）。《儒林外史》成书已20余年（同上）。

......

乾隆五十五年，庚戌（1790），绿园卒，年八十四。

——董作宾《李绿园传略·年谱》

另外，《歧路灯》除能够给我们文学的欣赏趣味和帮助我们了解封建社会历史的生活外，有没有在思想上的借鉴作用？我看是有的。这问题与十几年前思想界所争论的"道德继承"问题有关。当时有一种气势很壮的论调，认为新社会的道德应该是崭新的，绝不应从旧社会的道德中继承什么东西。我当时私心以为不然。我认为任何民族的文化，包括道德在内，都是遵照有因有革的规律向前发展，新道德与旧道德的关系，既有改革的一面，也有继承的一面。继承的方式，有时是照搬，有时不是照搬，而是吸收某些抽象的、具有普遍意义的道德规范，作为借鉴。

——姚雪垠《〈歧路灯〉序》